雪夜

杨林 著

漓江出版社
· 桂林 ·

图书在版编目（CIP）数据

雪夜 / 杨林著 . -- 桂林 : 漓江出版社, 2025. 1.

ISBN 978-7-5801-0024-5

Ⅰ . I247.5

中国国家版本馆 CIP 数据核字第 2024A4T428 号

雪夜
XUEYE

杨 林 著

出 版 人　梁　志
出版统筹　文龙玉
责任编辑　陈丽君
特邀编辑　张立云
装帧设计　云上雅集
责任监印　黄菲菲

出版发行　漓江出版社有限公司
社　　址　广西桂林市南环路 22 号
邮　　编　541002
发行电话　010-85891290　0773-2582200
邮购热线　0773-2582200
网　　址　www.lijiangbooks.com
微信公众号　lijiangpress

印　　制　长沙市精宏印务有限公司
开　　本　710 mm×1000 mm　1/16
印　　张　13.5
字　　数　203 千字
版　　次　2025 年 1 月第 1 版
印　　次　2025 年 1 月第 1 次印刷
书　　号　ISBN 978-7-5801-0024-5
定　　价　69.00 元

狂人、K与Z 序

◎申霞艳

有我所不乐意的在天堂里，我不愿去；

有我所不乐意的在地狱里，我不愿去；

有我所不乐意的在你们将来的黄金世界里，我不愿去。

然而你就是我所不乐意的……

——鲁迅《影的告别》

对当代小说我爱之深，恨之切，欲罢还休，失望与期待交织：失望是由于太多小说卿卿我我，鸡毛蒜皮（《一地鸡毛》除外，呵呵）；期待是因为总有一天我梦想的小说会出现。福斯特在《小说面面观》中在区分情节与故事之际曾善意地提醒我们"将美视为情节的一部分"。小说是个浑然的有机体，故事固然充满诱惑力，但美乃小说呼唤理想读者的必由之路。

《雪夜》作者的文学抱负让人为之一振，小说为整体隐喻时代所做的努力于心戚戚。从作品来揣测，作家对先锋小说转换视角颇为会心——《雪夜》

花了很大的心思来安排叙述视点。小说语言自带光芒，比喻都是从整体感觉而非单纯的视觉出发，非职业化写作带来的陌生套路让我沉浸"雪夜"，白茫茫一片大地真干净！这也是对年轻的木鱼及其所代表的底层那些无辜者们最后的告慰。

小说三个主要人物、三个次要人物一一对应，分别是：IT业成功人士老杜及其老婆许玥，社会底层的木鱼和其被卷入传销的母亲，形而上的罪犯瞎子和瞎子的姥爷。而核心形象Z来自老杜的虚构，从小说里出走，成为木鱼和瞎子的朋友，参与整个故事进程。Z在木鱼心中不断发育、成长，他貌似拥有无数可能性，又走向大家都心知肚明却小心维护、不愿捅破的结局，就像狂人要么吃人要么被吃的命运一样。

Z是雪夜的"先觉者"，他身上多少继承着"狂人"的基因。狂人"吃人"的觉悟是从研究中，从历史的字缝中来的；Z是从当下现实中诞生的，是从越来越焦虑、越来越令人窒息的教育情境中来的，他是20世纪末"人文精神"大讨论的遥远回声。移植芯片就是将人脑电脑化，这是麦克卢汉媒介理论的形象化。麦克卢汉依据传播工具将社会分为口头传播、印刷传播和电子传播三个阶段。我们正处于印刷传播向电子传播过渡的阶段。人工智能正在逐步取代人类的诸多功能，老杜笔下的芯片人正是如此，而Z恰是少数异见者。他曾经在班上学习成绩最好，但高中时绝大部分同学都被植入了芯片，他却发生了严重的排异反应，从此成绩一落千丈。Z见证了两种文明的分水岭，电子时代的人类受科技的宰制蜕化为芯片人。当芯片人沉浸在考试成绩的狂欢中，失败者Z却从他们失神的双眼中看到了理想的丧失、心灵的冷漠，当局和教育者均有所察觉然而听之任之。一百年前，鲁迅希望以狂人的叫喊惊醒"铁屋子"里的人们，他对大家醒来后能够推翻"铁屋子"寄微茫的希望，毕竟"铁屋子"是外在于人的；可是一个世纪过去，问题内化了，芯片已经被移植到世人的大脑中枢，从内部宰制我们的思想、言论和行为。我们面对的"无物之阵"更加深化了，也就更加无从反抗。

"芯片人"是以考试分数为指挥棒的"填鸭式"教育的产物，随之而来的"精致的利己主义"席卷大学校园，个人与社会日益疏离，丧失"诗与远方"的危险正在威胁整个民族的未来。Z像瞎子故去的姥爷一样在高处俯瞰人类。他让老杜这类成功人士看到意义危机，他们的人生就像"一盘烧煳的菜"，过了头就再也回不去了。Z让瞎子看到这个尊严丧失殆尽的社会，"我根本融不进这个社会，我觉得周围都是一群苟且偷生的人，活得一点尊严都没有"。瞎子在谈起这些时眼睛里会忽然有一种光芒，这是"尊严"二字带来的光芒。

木鱼身陷囹圄而心系Z，"雪还在下，靠近窗户的地方雪花飞舞，我突然有种幻觉，Z在远处的空中看着我们，他对我们的未来了如指掌，他知道我们会走上哪条路"。木鱼看不到自己的明天却仍然希望Z有将来，"我和老杜，还有瞎子，好像都不希望他（Z）的人生变成一个悲剧"。"我们就是在一个可疑的时代过着可疑的人生。"这样描述感觉的片言只语总是让我停顿、咀嚼、静默，一种深深的沧桑感氤氲开来。

小说的结构有如蚌病成珠。珠是整个蚌的价值所在，所有的叙事都通向Z，Z就是这颗珠。

在显文本层面这是一部普通莫过的犯罪侦探小说。第一部分来自木鱼的回忆，"蚌壳"将小说的外层故事和盘托出。在被枪决的前夜，他的思维在越来越逼近的死刑和短暂的一生中穿梭，他以第一人称讲述了整个故事的来龙去脉：母亲陷入传销欠下巨额债务，"形而上"的惯犯瞎子在与押钞员"我"（木鱼）相遇后，迅速成为朋友，瞎子策划抢劫运钞车，安排木鱼事后躲进别墅之中等待接应，结果却被他们一个共同的当保安的"朋友"告发，被抓捕并判死刑。木鱼的抢劫与其说是为了得钱去偿还母亲所欠的巨债，不如说是不忍破坏与瞎子的友谊，因为他是木鱼唯一的朋友。但瞎子的动机不明，从木鱼的回忆中，我们只能拼贴出瞎子零星的生涯，沉默寡言的木鱼对瞎子的身世所知甚少。瞎子的父母是缺失的，姥爷着墨不多，在他想好要与姥爷深入谈谈自己的人生时姥爷却过世了。我们能够知道的信息是瞎子是惯犯，有枪，有很高的智商，有很多不为人知的往事、空缺和沧桑。瞎子的犯罪更多是源于虚无、无意义和对整个社会的不满，可以称为"形而上罪犯"。瞎子看清了社会的弊病并且知道这种病苦无法解除。这与后文警察在审讯老杜时谈到的激情犯罪和人突然跳楼联系起来看就具有了普遍性，生命的无意义感正像病毒一样蔓延。

第二、三部分转为第三人称叙事，分别讲述老杜在北京和回故乡的故事。"学好数理化，走遍天下都不怕。"老杜遵循时代的指令舍弃文学梦，顺利进入大学，毕业后留京打拼，几经创业后成为社会精英，将Z抛到九霄云外。当瞎子找到他时，他正陷入中年意义危机之中，妻子对他日益"成功"的表现非常不满，而公司也陷入新的业务转型和资金链断裂的风险之中。"我想和你谈谈Z的结局。"只一句话，瞎子就用老杜高中时瞎编的人物击中了老杜本身，并且控制了与老杜交往的主动权，老杜一度想跟踪瞎子却被瞎子反跟踪吓得魂不附体，上流社会的脆弱、患得患失在老杜这里得以体现。瞎子曾答应过要给木鱼母亲一笔钱养老，他找到老杜让他去送这笔钱。

有关北京的书写从雾霾开始，让我们联想起狄更斯，"这是一个最好的时代，也是一个最坏的时代"的引入彰显作家秉持的批判立场。同时也容易想到卡夫卡笼罩在雾霭和夜色中的"城堡"，始终无法进入城堡的K的幽灵依然在四处游荡。雾霾降低了能见度，使偌大的京城时隐时现，也使那些生活在京城的几千万人时隐时现，他们常常无法看清自己的内心，迷失在"雾都"深处，分享"孤儿"的心情。老杜的创业被妻子许玥概括为"拷贝别人的产品和创意"。商业精英们在她眼里就是"一群不择手段的疯子"。许玥虽然位于远处，不曾来到舞台中央，却像《神曲》中的贝雅特丽齐一样是一道引领人的光，只是显得比较微弱，让老杜不时意识到今我与故我之间的距离。老杜答应瞎子回乡去给木鱼母亲送钱，拒绝投资人关于公司转型的建议多少可以视为老杜拨开心灵雾霾之后的醒悟。

第三部分是老杜游子还乡，物是人非，不对，物非人非，老杜不是原来的老杜，故乡也不是原来的故乡。老杜读过的中学变成了别墅"巴黎公社"，这个别墅区乃木鱼事发后的藏身之所。老杜"故地重游"的感慨并不能引发服务员的共鸣，服务员不以为然地说："这块地风水好，搞房地产最合适，学校在哪儿不是学呢？"后来和门卫谈到福建小田的告密和木鱼在别墅被捕，门卫同情因别墅曝光而落马的市领导，并对"朋友"一词发出感慨："现在哪有什么真正的朋友，为了钱可以置别人于死地，然后自己拿着钱跑路。"服务员和门卫这两位路人的言论恰恰代表了当代大众的意见和他们的情感倾向。老杜与他们的对话也补足了木鱼最后的人生片段，木鱼的死并没有引起底层民众的同情和反思。"同呼吸，共命运"只是社会动员的用语，真实存在的是人与人之间的隔膜，就像闰土那声"老爷"一样横亘其中。

可喜的是，老杜到底在老家找到了高中时读过的书和当年记录Z的笔记本，这一着棋是可能将小说往深里探的。小说先摘引了穆旦的诗歌《理想》，接着是当年为虚构的Z写的序。与其说这是一篇序言，不如说它是一个高中生为自己人生做选择时写的日记，充满了青少年的激情和誓言。当老杜服从家庭、学校和社会为他做出的选择，去追求"世俗的成功"之时，他就将那条未选之路留给了Z，让他成为少数派，去走"一条充满艰辛、折磨着我的灵魂的路"。瞎子对老杜说自己和木鱼在县城南边的棚户区"不止一次地聊起Z的结局。在逃亡之中我才意识到，我们设计了那么多结局，但我们都知道其实只有一种可能，我和木鱼最终都给他选择了同样的结局，虽然过程完全不一样"。清明的理性让我们一眼就看到人生的底部，在深渊处，蜷缩着痛苦、孤独而沉默的Z。而周围是无比的喧嚣，"那些人从芯片里取出各种长篇大论，虽然逻辑混乱但总是滔滔不绝"。这就是当今绝大多数人与人群关系的写照。

最后一部分，Z依然是电子时代孕育的独特的"这一个"，是理想和尊严的化身。科技和通信在给人类带来便捷的同时也带来新的奴役，电视机曾经将我们囚禁在沙发上，手机将我们从沙发上解放出来却将我们随时随地地囚禁。作为个体，我们可以选择成为另类的Z，但是作为群体，人类无法抵御科技的诱惑和消费的召唤，我们将茫然若失却不知何去何从。拒绝了芯片，也就拒绝了大众、主流和成功，拒绝了与社会的和解。Z踽踽独行，与蚁群般的芯片人隔着楚河汉界分庭抗礼，孤独地担负着理想的分量和失败的前景。拒绝者Z是叙事扭结，既是小说中所有人物的兴奋点，也是读者的关注点。

关于Z的命名，我们的谈论还可以回溯到现代叙事的前驱《城堡》中的K。

土地丈量员K始终无法进入城堡，无法丈量土地。至于城堡究竟象征"城堡"这种坚固的有形物还是权力、体制这种无形物或者别的玩意儿在卡夫卡看来并不重要。卡夫卡的写作不是盯着现实主义的典型人物，他思考的焦点是现代社会的根本困境，他看到个人面对无物之阵的无力、颓败，他要书写的是现代社会瓦解了前现代社会固守的传统价值和文化观念之后留给我们的抽象与荒诞。城堡意味着目标像水中之月一样永远够不着，K却比手拉手的猴子们更为孤独无助，他的行为与目标若即若离，踩在废墟与瓦砾之上的我们再也无法从职业或行动中找到坚定的身份认同。

20世纪80、90年代涌现出一批实验性很强的先锋小说，残雪、余华、史铁生笔下均有字母人物出入，他们多少有些神经质、莫名其妙，没有肖像描写，没有人物性格刻画，没有合逻辑的起承转合，在断裂、空缺的叙述中凸显的是一堆灰蒙蒙的晦暗心理和涌动不止的欲望，人物被削平深度、高度符号化，失去了典型人物所要求的有血有肉。《雪夜》中的Z恢复了符号的内容，正好与我们期待的英雄形象相反，是拒绝、不合作、无法融入和无意义感使他精神奕奕，充满生命力。他与木鱼和瞎子心心相印，也让中年老杜猛回头与久违的少年老杜邂逅。消费时代，商业精英位于社会中央，看上去体面风光，实质上被各种障壁隔离，既与故乡、底层社会隔离，也远离自己的初心。

《雪夜》可能有点概念先行，但是那种一点宏愿都没有就打开电脑等灵感恩赐的小说就更为可信吗？如果我们玩一下文字游戏，将概念换为学术化的意图，或者更时髦的创意，你是否顿时为之一振？！不要被花哨的词语迷惑，关键是作家的概念如何融合到故事情节之中，如何渗透进言意之间，如何抵达读者的心坎。从一定意义上说，Z是《雪夜》的核心概念和叙事支点，让人类在奋力前行时不断回顾内心的信念、理想和良知，像迷路的自我立于灯火阑珊处。成长、成熟是否就是要不断走向自己的对立面？老杜的回头难道对以他为成功模板的我们没有更深的启示吗？

社会学家孙立平先生曾用"断裂"来形容20世纪90年代以来社会的发展情形，上层和底层之间断裂了。事实正是如此，老杜进京之后就与整个故乡断裂了，与他高中时心心念念的Z断裂了……在投资者熙熙攘攘的包围中，他的内心日益荒芜贫瘠却浑然不觉。可怕的是，断裂并不只是阶层，同一个家庭内部也分崩离析了：随着老杜日益成为商业精英，他和自己千辛万苦追到的妻子许玥渐行渐远；余金财（木鱼）除了从父母这里得到一个渴望发财的名字，就只有无穷的债务，母亲对他的还债行为并无感激；瞎子从瞎子姥爷那里得到了一个绰号，想和姥爷深入交流却毫无头绪。瞎子和木鱼共同的"朋友"福建小田干脆是个告密者，老杜和木鱼高中毕业后就再无联系……上层社会的融资游戏是合伙人之间尔虞我诈、你推我就，底层社会的集资更是赤裸裸的家破人亡。贪婪的欲望正在将我们推向自己的反面。

瞎子与木鱼的信任即建立在他们共同分享着Z的这种无法融入感上："独自一人，我觉得外面的整个世界浓稠得让我无法进入。"在一个成功学、厚黑学大行其道的时代，恰是Z这样一个建立在想象基础上的孤独者、失败者、拒斥者牵动人心。芯片化使整个社会日益趋同，同质化正在毁坏我们的人生，复制使灵韵消失、个性湮灭、意义隐匿。

有一本非常热门的历史著作《人类简史》，作者尤瓦尔·赫拉利生于1976年，以色列人。在我们过往的教育中，历史是由史实即大事年表搭建起来的，历史甚至可以简化为改朝换代和宗教的远征、民族的战争史。然而这位年轻的史学家发现驱动人类大事年表的力量背后是想象——宗教、民族、国家，从某种程度上说都是"想象的共同体"。爱、信仰、意义、价值都与想象相关。想象和现实，谁制约着谁？孰虚孰实？往深里想，真不好说。即便边界、壁垒无处不在，但人类渴望交流、对话的梦想从未改变，这也是人类文明发展的驱动力。飞机、高铁和互联网给时空距离带来革命性的变化，其背后是人类渴望拉近距离、便捷往来的动机。叙事同样是人类渴望对话、交流和被理解的产物。叙事与历史如影随形，历史本身是叙事的结果，历史又在宰制我们的叙事逻辑和叙事想象。历史与想象互为表里。这也是人类迷恋叙事的魅力所在。

如何从整体上想象和描述改革开放以来的中国时代精神的变化，这对当代作家是一个巨大的考验。它既是城乡变化，也是家庭模式的变化；既是经济体制的变化，也是巨大的阶层分化；既是生产方式的变化，也是生活方式和消费模式的变化；还有电子时代科技对人心灵的入侵……一系列问题随之而来：理想和教育问题，经济发展与环保问题，贫穷与铤而走险，真实与梦幻的边界，自然的雾霾和内心的雾霾……在作家杨林这里，这些问题被冶炼为一个核心问题——理想的丧失。Z是时代失落之物，是夜深独自缅怀和凭吊的被现实屏蔽的理想。商业精英、"形而上"的罪犯和社会底层重新建立起联盟。

"没有经过审视的生活是不值得过的。"这句哲言像一盏灯照亮字里行间，为文附魂。"人要有东西让他生存，要有东西可以为之生，要有东西可以为之死，在人的一生里，这三样如果缺少一样就导致戏剧性人生，缺少两样就导致悲剧。"这句话反复出现在文本中，就像十字路口的红绿灯一样提醒我们叙事的走向。这句话与人类的追问"我是谁，从哪里来，到哪里去"惊人地相似。核心哲学问题会被成功的表象暂时掩盖，但蛰居在每个人的心里，内心的脆弱、孤单和荒芜让我们随时会被一句话、一段记忆、一个场景击中。不配合的Z仍让我们想念，他既是瞎子，是木鱼，是老杜，是我们中的每个人，但同时，又不完全是我们，他还是我们心存侥幸的一种可能性。

（申霞艳系暨南大学文学院中文系教授、博士生导师，广州市文艺评论家协会名誉主席。长期致力于当代文学研究，在《文学评论》《文艺研究》《读书》等刊物发表论文六十多篇，曾获广东省鲁迅文学艺术奖等奖项。）

目录 Contents

壹

PART 1

第一部

1 **✻**

要来的终于来了。

那天他们提我出去，我看到随行的警察比平常要多，我就知道是时候了。他们在车上要用绳子扎我的裤脚，我说："不用扎。"那个狱警犹豫了一下，抬头看了我一眼，我就没有再拒绝他，在那一刻我确定了这次是对我最后的宣判。

回来后他们给我调号，我拖着脚镣走进牢房，大脑一片空白。我站在门口，和一个狱友的目光碰了一下，他马上挪开，他们都猜出来了。我去收拾我的东西，听到背后有人说："那个电动刮胡刀我替你留着吧。"这是我唯一值钱的东西，我没有回头，拿着那个刮胡刀走到另一个狱友面前，递给他，他犹豫了一下，接了过去。当我出门时，那个要我刮胡刀的家伙在背后说："早走早托生啊。"我没有回头，拖着脚镣离开了。

今天是最后一天，明天我就要跟这个世界说再见，我这样说就好像我相信有来生一样。整整一下午我都在等我的母亲，我曾用了好几个月的时间去想要不要在最后一天见她一面。终审之后，我向狱警提出了这个要求，他们答应去找她。会面时间快结束时，她还没有来。后来那个去找她的狱警来了，他对我说，他们问遍了整个村子，也托村里的人捎话给她，最后还是没有找到她。我不知道这是真话还是假话。没有见她，这样也好，只是我到死也不能知道瞎子有没有把东西给她，不能知道如果她拿到了东西会是什么样的表情。

整个下午我脑子里总是蹦出那个家伙阴阳怪气的话，"早走早托生"。整个下午我都没有那种对死亡恐惧的感觉，我甚至在盼着死亡早点到来，一了百了。整个下午我都没有喝过水，戴着脚镣去厕所很不方便，现在我的口很渴。天已经黑了下来，不会有人来看我了，我马上就要开始完全属于我的最后一夜。

狱警进号，今夜他要看着我。今天下午他们问我想吃点什么，我很想能再吃一次城南小吃街路口的那个肯德基的套餐，可是我看着狱警时，我又把这个要求咽了回去。算了，我不想麻烦他们，再说，就算吃到那些东西又能怎么样？这两天他们对我很好，这是他们说的什么人道主义吧，为什么非等我要死的时候才这样？这些年从来没有人对我这么好过，除了瞎子。那个狱警给我带了一包烟，他知道我抽烟，他没问我要不要，就这样直接给了我。

晚饭是面条鸡蛋，这是病号饭，我的最后一顿晚饭。我只吃了两口。狱警问我要不要纸和笔，我摇了摇头，我能写给谁呢？高中毕业后我就没怎么写过字。如果我能写的话，我早就写了，我会把老杜的那篇小说写完，可惜我没那个本事。

这一天我没说几句话。他们终于不来打扰我了，他们知道，我这一生只剩这一晚上了。我靠床半躺下来，看着天花板。一静下来，我特别真切地感觉到绝望的恐惧从我心里生起来，这次是真的到时候了。明天！我会被五花大绑，在一声枪响中死去，我努力不去想具体的场面。

2 **✳*

我的手在颤抖。一个狱友曾对我说，你害怕的时候就想想上帝，想如来佛也行，想着你要去他们那儿。可是我做不到，我记得瞎子说过，根本就没有上帝，也没有来生，人死了，就消失了，只是一些活着的人会想象着那些死去的人在空中看着他们。按这个说法，等瞎子也死了，我就从这个世界彻底消失了。瞎子会想象着我从空中看着他吗？或许会的。我的手还在抖，我没法让自己不害怕。

我从床上坐起来，狱警也马上转头看着我。我想找点事情做，或者说说话，这样就不会那么害怕，可是我又忍住了。我重新倚靠在床上，看着天花板。好像我的眼睛里有了眼泪，我都习惯了，从一审之后到现在这将近一年的时间里，我经常是先有眼泪，然后才开始感到难过。

　　我拿出一根烟来，可是打火机却总是打不着火。狱警过来帮着我点着了烟，我的眼泪掉了下来，我越想忍住眼泪身体抖得越厉害。他的手放在我肩膀上压了两下。我用力抽了一口烟，开始咳嗽起来。烟进到我的肺里，又散布到我全身，我在咳嗽中转身面对着墙躺着。狱警的手好像还在我肩膀上，又好像已经拿开。我早知道这个结果根本无法改变，我早就接受了这个结果，可是这一天来的时候，我却还是这么害怕。我害怕那个过程，被绑着，有人从我身后向我开枪，然后我就死了。我想起有一个狱友说他很羡慕国外，那里是注射死刑，另外的狱友就笑话他："你怎么不羡慕还有国家就没有死刑呢？"

　　那个狱警递给我几张纸巾，我接过来擦了眼泪和鼻涕，我感觉自己的情绪平稳了一些。我又拿出一根烟，这次我自己点着了。我看着吐出的烟慢慢消散在空中。"没有回头路了。"我想起瞎子抽了一口烟后这样说。那天下着雪，他前面的小桌子上放着他的枪。我们不停地吸烟，把计划的每一个细节又重新过了一遍。后来我半躺在床上，和现在的姿势一样，在后半夜，瞎子开始熟练地拆他的枪。我迷迷糊糊之中听到他嘟囔了一句："没有经过审视的生活是不值得过的。"瞎子说的很多话我都不懂，但是这句话我记住了。我记得那个夜晚我睡得很好，没有梦，没有惊醒，也没有在睡眠中叫喊出来。

　　香烟上长长的烟灰断落在我身上，我没有动。我的心里像是一片空白，又像是塞满了各种往事和各种感觉，它们混在一起。我能感觉到心脏跳动得很吃力，我想大喊大叫出来。我没法不想到瞎子，在我死的前夜，我没法不去想，如果我可以回到从前，是否还会和瞎子去做这件事情，这件让我被判处死刑的事情？

　　在那个不到一百万人的县城里，我这个阶层的人大都在城北地带活动，那里是一片旧城区。我住的房间很小，在一栋破败的五层楼的顶层，是一个老式的两居室隔出来的房间，好在还有一个窗户，窗外是一片棚户区，再远处就是荒地了。相对于住在那片棚户区里的人来说，我的生活并不差。我经常可以从窗户里看到那里的人们，夏天的时候他们在门口路边吃饭，他们有时和邻居吵架，有时是和家人吵架。冬天的夜晚那里则会变得异常安静，每个房间里都有暖暖的灯光透出来。瞎子就是在这个窗前说服了我。

在我住的那片楼房的另一侧，从我的窗户看不到，那里是另一番景象。那里有各种各样的餐馆、商铺、KTV和按摩房。我这个阶层的人都把我们的时间和精力消费在这里，有钱人在有钱人的餐馆喝酒吃饭，穷人在穷人的餐馆喝酒吃饭，"穷人和富人的快乐都是一样的"，每次福建小田都要把这个观点说一遍。实际上，我们当中那些在银行和高档小区做保安的人，聚在一起常说的就是在工作中听到看到的那些有钱人的事，有太多的例子可以证明他们的生活一点也不快乐。"你别看我赚钱少，我活得比他们快活。人活着不就是为了快乐吗？"福建小田总是这样做最后的结论，但瞎子对这种说法嗤之以鼻，他后来对我说，人活着绝对不是为了快乐。

瞎子不和我们争论，那时我和他已经见过几次面，但从没有单独在一起过。我和他第一次真正的交往就是在这样的酒桌上，他看着福建小田眉飞色舞的样子，每一次都坚持和福建小田把杯子里的啤酒干掉，直到福建小田趴在桌子上。那个饭局结束后，瞎子叫住了我："陪我再去喝一杯。"他说出来的话很平和，却不容拒绝。他带我走进那片棚户区，在一个破败的民房里居然有一个赌场，我们坐在一个角落的小桌子旁，瞎子又要了一箱啤酒，他对我说："知道为什么人们叫我瞎子吗？"我摇摇头，不知道该说什么。

"我从小就和我姥爷在一起，他是一个瞎子。他照顾我，我也照顾他。"瞎子又喝光了一大杯啤酒，我一点也没感觉出他喝多。我没有问他为什么和姥爷生活在一起。不知为什么我不愿去触及他和他父母的经历，瞎子后来也一直没有说给我。他继续平静地说道："从我小学起我们就在一起，我放学后他就让我和他一起出去走走，村里每个人见到他都和他打招呼。每天晚上，别看他什么也看不到，却总是能准时在八点半，让我关灯睡觉。"瞎子说着说着又笑了起来，似乎开始有点喝多了。"他会正骨，懂一些中医，能给村里的人看看病，那个时候我们俩靠这个生活得还很好。"他说得很轻松，又喝了一大口，"我上五年级的时候，有一天晚上家里来了几个人，对我姥爷说以后不能再给人开方子收钱了，说他没有行医执照。我姥爷坐在那里，等他们说完，就叫我把墙上挂的一面锦旗摘下来，那面锦旗是村里人送的，上面写着'热血暖人心，冷眼看世界'，呵呵。"瞎子说到这里就干笑起来。

"然后呢？"我看着瞎子，很想让他继续讲下去。

"然后我姥爷就冷眼看着他们，看得他们心里发毛。"瞎子又笑了一下，"我们都不说话，他们站起来要走，我们还是冷眼看着他们。"他突然不再说了，开始专心地抽手上的那根烟，我就那样等着，直到他又开始继续说起来。"从那之后我们的日子就不太好了，我上初中以后，靠救济和以前存下来的钱根本不够，从那个时候起，我就走上了另一条路。"瞎子散漫的目光划过我的脸，我却从中感觉到一种犀利。"另一条路"，这句话让我的心猛烈地跳动起来。我喝了一大口酒，等着他继续说下去。

"好在他看不见。"瞎子苦笑了一下，继续说他的姥爷，"慢慢地我觉得他总是心事重重。那个时候我还不懂事，我以为能弄到钱就能解决一切。晚上吃完饭后，我们经常一句话不说地坐在那里。而以前我上小学时，每天晚上他都会给我讲很多事情，讲《三侠五义》，讲他以前怎么跑江湖给人看病，他说得最多的是他眼睛瞎了以后他听到的各种声音，他说村长走路的声音是什么样的，他媳妇走路的声音又是什么样的，他说隔壁的那条狗的各种叫法都是什么意思，他跟我说做瞎子也挺好……但我上初中后很快他就变了，我现在才知道，这和他突然老了有关。"

他又拿起一瓶酒，我感觉他也显得有些心事重重。我当时在犹豫是不是要问他到底走上了一条什么路，但最终我还是没有问出来。我很想听他继续说下去，我很想知道后来他姥爷的事情。

"有一次我的腿几乎要被打断了，我刚一回到家，他就问我的右腿怎么了，我说没事，但他还是问，因为他听出了我走路的声音和平常不一样，还有我忍着痛走路时的呼吸声，我还是说没什么事，然后他就不说话了。那天夜里我在梦里疼得叫出声来，我看到黑暗中他坐在我的床边，用手摸着我受伤的腿。他检查我的腿，手很有力，我忍着一声不吭，那时周围很安静，我能想象他是怎样通过我的呼吸声看到我疼得受不了的样子。

"那之后我姥爷把我管得很严，每天放学后我必须按时回家，回家后他让我做作业，其实我只是坐在那儿什么也不干，他经常听着听着收音机就睡着了，然后我还可以悄悄出门做点事情。"瞎子说到这里又不经意地扫了我一眼，我可以隐约猜出他说的做点事情是什么意思，但我当时猜不出他说这些的目的到底是什么。

"我初中毕业后老师还来我家找过我姥爷，说我的学习很好，人特聪明，不上高中太可惜了，上了高中肯定可以进大学。但当时我姥爷已经有些糊涂了，那时已经没有人可以替我做主了，我知道那个老师对我好，我姥爷当然也对我好，但他们已经管不了我了，从那以后我所有的事情都是自己做主，我自己决定我要做什么，我自己承担所有的后果，到现在我还没有后悔过。"

瞎子把目光停在我的眼睛上，脸上带着笑，和我碰了一下酒杯。那时我也已经喝了很多酒，但还很清醒，却控制不住自己把瞎子想象成一个亲人。我喜欢他的身世和经历，我甚至能感受到他所经历的那些他没有说出来的痛苦、挫折或者成功，他还没有告诉我他走的是哪条路，我已经想象自己和他一起去走了。这也许是酒的缘故，但肯定不仅仅是酒的缘故。

"你是怎么来到这个小县城的？"那天在瞎子说完后，我终于找到了一个我觉得可以问的问题。

他没有直接回答我，而是说："我不会在这里待太长时间的。"他似乎又回到了平常的状态，喝着酒，目光漫不经心地扫过我的脸。

3 **

在回忆中我的心慢慢平静下来，我隐约能感到瞎子用一种最有效最能打动我的方式和我迅速走到了一起，但他没有骗我，他是真实地在我面前展现了他隐藏得最深的那部分生活，我无法知道他是怎样在那么短的时间里看到了我的弱点，然后决定用这种方式消除我们之间所有的隔阂。我无法怨他恨他，相反，直到现在，我还为能分享他的那些经历而感到高兴，虽然代价是死亡。

瞎子就这样成了我唯一的朋友，那之后我们就再没有和福建小田他们在一起。我不知道瞎子住在哪里，他经常到我的那个小屋和我一边喝酒一边聊天。他只问过一次我的家和父母，我不愿意说太多，就像他从来不说他的父母我也从来不主动问一样。瞎子只能从我的只言片语里去了解，不过我知道这些对他来说已经足够了。我有时觉得我在瞎子面前完全是透明的，他知道我是怎么想的，关于我长大的村子，关于弃我而去的我的母亲，关于老杜和Z。

我的眼泪又流下来，我却不知道到底是为什么而流泪。相信一切都是命中注定心里会好受一些，我认识的监狱里的所有死刑犯都相信。回顾我一步一步走到这个死刑犯牢房的过程，似乎每一步都是注定的。但瞎子曾说根本就没有什么命中注定，那些都是自欺欺人的东西，那就是说我还可以有别的选择，可以让我不这样死去？

我记得在高中时老杜也曾劝我去考大学，他说我的语文很好，肯定是有这个实力。但我从来没有想过。其实老杜并不真正了解我，他不可能知道像我这种人每天都在想什么。上高中之前我的母亲突然离开了村子，我不知道她在哪里，她给我安排了去县城的高中，每三个月给我寄一点钱，但我联系不到她，只是听说她在外面闯荡得很好，几年后她回到村子，又突然离开。我是在高中时突然长大成人的。

我想对老杜说，我怎么可能去上大学？但我最终还是没有去和他说这些话，我更喜欢听老杜讲他的Z的故事。我记得在毕业时我跟老杜说过："你去读大学，我和Z走向社会。"现在想想，这是我最有学生气的一句话了。

毕业前夕我接到了母亲的一个电话，是打到学校传达室的。在电话里她让我再去读个专科什么的，还让我买个手机。我说我准备找工作，然后我就不知道该说什么了。传达室的老头用眼角看着我，当时我很想冲上去把他打昏在地。

毕业后我曾有过回老家的想法，只是想想而已，村子里已经没什么年轻人了。老杜去北京读大学，那之后我竟然再也没有和老杜联系过。老杜把Z

留给了我，他在我的毕业纪念册上写道："把Z的故事编好后记得告诉我。"

老杜知道我被判了死刑会怎么想呢？我冷笑了一下，觉得自己太自作多情，这么多年过去了，老杜即便没有忘记我，也肯定只有一个模糊的印象。明天我就死了，但这和老杜没有关系，老杜有他的理想，他不应该把我记在心上。

毕业后我闲逛了一个多月，才找到一份在小区做保安的工作，我终于可以自己养活自己了。拿到工资的那个周末我回到老家，那个破败的村子。我买了吃的穿的给几个亲戚，给他们递烟，然后和他们一起点上，我也要开始抽烟了！那一刻我很兴奋——真可笑啊，但现在我回想起这些，却又想哭。

找到工作后，我就住在小区的地下室，六个人一个房间。夏天那里太热，每次回去都要花十多分钟才能适应里面的味道，但这些都是暂时的，我当时经常这样对自己说，不管怎么样，我已经可以自己养活自己了。工作几个月后，我的母亲突然回到了村子，重新在那个老房子里住了下来。我回去看她，发现她老了许多。我问她这些年她在外面都做了些什么，她没说，我也就没有再问。她没有问我是怎么找到工作的，只是说将来要找机会带着我跟她去干项目，我不知道到底是什么项目。她又要给我钱。"为什么总用钱来打发我？"我想这样对她说，但还是没有说出来。我没有要她的钱。

大半年之后，母亲突然又离开了村子，带着村子里好多人的钱。那些钱是村里人投到她所说的项目里的。那之后大概过了将近一年，有一天下午我站在小区门口，远远地看到李枭，那个小时候常和我玩的伙伴，我很惊喜，一边冲他笑一边迎着他走过去，心里还在想晚上该请他去哪里吃饭。走到他跟前，他突然一拳打到我胸口上，我倒在地上，他上前抓住我的衣领，对着我恶狠狠地喊道："我妈妈等着钱治病，你要是不把钱还给我，我就杀了你！"进出小区的人远远地围观着我们，我在和他拉扯中站了起来，他始终抓住我的衣领不放。随后他陪着我去银行，我把存折里的三千块钱都给了他，他说还差两万七千块，临走时，他对我说："你妈拿了很多人的钱，现在联系不上她了，我们从小在一块玩，你说什么也要先还我的钱。"他说话的语气好像和我是生死之交一样。生死之交先还钱，想想蛮可笑的。那天回到小区物业办公室，我的经理根本不想和我多说话，直接叫道："滚！"我莫名其妙地看着他，他低头看着报纸，好像眼前已经没有了我这个人似的。我站了一会儿就走了。

如果这些不是命中注定又是什么呢？如果我那个老乡在我下班后才来找我，我就不会那么快丢掉那份工作，我也就不会认识福建小田，也就不会认识瞎子，那么现在我就不会在这里等着明天被执行死刑。我盯着天花板，有些恍惚，这些事情真的发生过吗？我明天真的会死吗？

4 * *

不知不觉我的床边全是烟蒂，有人在咳嗽，抽这么多烟让我觉得有些恶心，可这种身体上的不适竟然可以让我心里好受一点。

我和瞎子说起老杜和Z的时候，我看到他很感兴趣。在见到瞎子前，我曾无数次地在寂寞和绝望时想起Z，为Z编一些他从学校出走之后的情节。我入狱之后，想到我可以编出一个别人想象不到的情节，甚至有点兴奋。在某种程度上，这减轻了我的一些痛苦，我感觉到自己的经历还有点价值。当然，这种感觉随时会消失。

高中时周末我也待在学校里，偶尔和同学打一场篮球，然后会有同学请大家一起吃饭。我没钱请别人，一般会去食堂买一个馒头要一点榨菜，自己吃。学校里基本没有人，在校园里一个人瞎逛的时候，我常想为什么要让我到这里来上学，我应该去打工养活自己，我甚至有点憧憬打工，相比学校，我觉得那是一个"广阔"的地方。

香烟灼痛了我的手指，我坐起身来，把烟头扔在地上。我这辈子就像这根香烟这么短，烧到头了，被人踩一脚，就彻底完了。我看着地上那一小段还坚持着的烟头，我没有去踩它，我知道只要我的脚一动，上面的脚镣就会发出声响。刚才我控制不住的痛哭好像把我的恐惧都释放完了，我把双肘撑在膝盖上，盯着那个烟头，我感觉到它并不怕死。我曾经也不怕死，像瞎子一样。

我重新倚靠在床上，即便是在这样的晚上，我仍然能看到高中时的我坐在操场上，拿手边的石子扔向不远处的一块石头，有时候会打中，有时候不会，一直到天黑。那一次老杜走到我身后时我还没有察觉，直到他坐到我身边。我当时真高兴能有这样一个机会和他在一起，但我心里又有着一丝敌意。在班级里老杜和我是属于两个阶层的，后来事实也证明我们确实是在两个阶层。他那个阶层的毕业后大多去外地读大学，我这个阶层的基本都留在这个小县城里混日子，但这并不妨碍这三年里我和老杜有着我后来难忘的经历，就从那个天微微黑的傍晚开始。

我几乎已经回到了记忆中的那个傍晚，和老杜并肩而坐，心中既高兴又不安。可是同时我脑海里却突然响起了枪声和绝望的奔跑声，我在拼命地奔跑，直到后面追我的人把我按倒在地上，我拼命地挣扎，却一动也不能动。这个蛮横地闯入我脑海中的画面让我的手又开始颤抖，明天我就死了，可是我突然想到了那个傍晚，老杜坐在我身边，说我的那篇作文不错，是他替老师改作业时读到的。

老杜拿起一块石子扔了出去，没有打中，再扔还没有中，第三次终于打中了，这期间我应该打中了两次。这时我对他的那一丝敌意已经没有了。老杜说我的作文里的一个情节给了他一个灵感，可以用在他正在写的小说里。"如果你不和别人说的话，我可以把我正在写的小说讲给你听。"老杜这样说。

毕业后每次觉得自己的生活被压抑到一定程度时，我就去想老杜的那篇小说，但我只是不停地这样想着，设想着情节发展和结束的各种可能性，从没有动过笔，我没有这个才华，这是我佩服老杜的地方，我一直连他高中时的水平都达不到。那个傍晚老杜试探性地跟我说了他的小说的开头，他说这篇小说写的是在未来世界，科技已经发达到可以把电脑芯片植入人的大脑里。"这肯定可以实现。"老杜还特意补充道。经历了十多年的人体试验，这个技术已经开始在社会上普及了。大部分学校都是从高一开始给学生的大脑植入电脑芯片，高中的课程和现在完全不一样，整个高中三年，学生们要学习的就是怎样熟练地控制自己的思维，怎样熟练地从芯片里提取信息。信息不能提取得太少，也不能提取得太多，如果提取太多，人的大脑就会爆掉，变成白痴。一般每一千人里会有一个变成白痴，在那个未来世界，人们认为这个比例是可以接受的。我和老杜都笑了起来。老杜又说，其实这篇小说是关于理想的，因为Z发现人们在大脑里植入芯片后都不再有理想了。

小说的主人公是一个高一男生，他的大脑里植入芯片后有了一种很奇怪的感觉，医生说他的排异反应非常强烈，还建议他留级一年。这个男生，老杜用Z来代表。他原本在班级里是学习最好的学生，但装了芯片以后，因为强烈的排异反应，他总是不能提取想要的信息，所以他的成绩变成班级里最差的了。老杜说到这儿的时候，我清楚记得我当时的尴尬，因为我就属于班级里成绩最差的学生。Z每天晚上都到海边静坐，尝试着用意念去打开芯片里的一扇一扇的门，然后再关上，再打开，但无论怎样努力，Z始终无法提取芯片里的知识，这让Z非常苦恼。Z的考试成绩总是很差，不靠芯片里的信息根本没法完成那些考试，他写出的文章和别的同学相比也显得特别贫乏，当别的同学在一个小时内洋洋洒洒写出一万字的时候，他只能写大概两千字。

老杜说到这儿的时候发现了我的尴尬，于是他开始说给大脑中的芯片下载特殊内容的黑市。在学校大门口总有一些鬼鬼祟祟的人，他们给愿意出钱的学生下载一些特殊的东西，比如各种武功秘籍，比如犯罪大全，等等。这些是政府严厉打击的，被抓住要判刑三年到十年不等。在Z的学校里有一个原本老被欺负的学生突然用一个格斗招式制服了学校里的一个恶霸，还有一个学生上课时突然呻吟起来，原因你可以猜得出——说到这里我和老杜都笑了起来——他们后来都被送进医院进行了大脑格式化。Z一直在犹豫要不要去下载一个，看一下是否能帮助自己掌握芯片的全部应用。目前就写到这里，老杜说。老杜说他在犹豫要不要让Z去下载，如果去的话，那要下载些什么东西。

老杜说到这儿就不再讲了，他说他需要整理一下再给我讲。老杜问我是不是希望Z去下载些什么东西，他那么郑重地问我，让我有点受宠若惊的感觉，同时又很惶惑。他的知识面远远超过我。他对科技的了解，就像我对村里的事的了解一样，但是这完全搭不上边，倒是说到黑市里那些东西我还知道一些，我差点脱口而出让Z把老杜说的那几样都下载下来，但还是没说，我怕老杜笑话，这毕竟是一篇关于理想的小说。那时天已经完全黑下来了，我曾在后来很多个痛苦或孤独的时刻回到这个夜晚开始一段幻想之旅。而现在，这段回忆让我平静下来，让我暂时忘了在明天等着我的死亡。牢房里有些阴冷，这时我耳边突然又响起了瞎子擦枪时嘟囔的那句话："没有经过审视的生活是不值得过的。"我想起这句话的时候甚至还能听到他拉动枪栓的声音，他在第二天下午扣动了这把枪的扳机，而明天，也会有一声枪响了结我。

5 **

我一直觉得我的母亲很不容易，我没有权利去责备她。她欠的钱我来还也很正常，但我的收入实在太少了。那次被李枭打了之后隔三岔五就会有人来找我，他们让我还钱的原因都是家里有人生病，有时他们会和生病的家人一起来找我，然后再去县城的医院。在那个并不远的村子里，好像生病是唯一需要花钱的事，也是逼我还钱的最合理的理由。他们给我看有我母亲指纹的借条，那个暗红的指纹让我有种难言的恐惧，后来我就不让他们再给我看这些借条，而我则给他们看我空空的银行存折，但他们都不相信。

没用太长时间，我找到了第二份工作，是李枭介绍的。他来问我要钱的时候说可以帮我介绍一份在建筑公司的工作。他带我去见福建小田，然后福建小田带我去见一个经理，没说几句话他们就雇了我，底薪不多，但奖金有可能很多。当天晚上福建小田就来找我去工地干活，他带我到公司，我发现有十来个人已经在那儿了，我们上了一辆卡车。开了很久，我们来到一片破败的平房前，大部分都已经被拆，还有几家亮着灯。大家迅速地从卡车上下来，福建小田让我跟着他。我看到有人拎着桶去接水，福建小田拿着一个大锤，他让我去拿铁锹。我看到亮着灯的房子里有人出来，然后又匆匆关上门，房子里传来慌乱的叫喊声。拎着水桶的人把水泼到房门上，很快那些水就会结成冰。福建小田带着几个人指着房子的一角说："这个不是承重墙。"然后他们就开始用锤子砸那面墙，房子里传来哭喊声。我没有动手，福建小田瞪了我一眼。这时卡车喇叭响了三下，大家突然都停下，迅速回到卡车上。卡车开走了，在卡车上福建小田给了我三百块钱，他说："过两天再来一次就差不多可以搞定，那时就不是三百块了。"大家全都兴高采烈。我坐在颠簸的卡车上，那一刻Z突然来到我心里，毕业后我几乎把Z给忘了，但那一刻不知为什么他突然出现了。

那之后Z就再也没有离开过我。我躺在牢房的床上，我觉得Z和我一样真实，或者我和Z一样虚幻。不一样的是，按照老杜的设想，Z是个有理想的人，而我没有。

高中毕业后我再也没见过老杜，只是从同学那里听到过一些他的消息。老杜在我的毕业纪念册上给我写的是"把Z的故事编好后记得告诉我"，我在老杜的纪念册上写的是"出版后别忘了送我一本"。然后我们就再也没有联系了。

老杜说那是一篇关于理想的小说，那时他一定想不到十多年后我即将被枪决，而我相信老杜的人生一定很圆满，老杜是一个有理想的人，我相信他一定可以实现他的理想。北京就是一个实现理想的地方。

我始终不知道老杜的理想是什么。关于理想，我和老杜其实没什么可谈的，我和他在一起基本上都是听他在说Z的故事。或许我不该在这人生的最后一夜再去想Z，可是我还是忍不住去想这个被老杜杜撰出来的高中生，他生活在未来，虽然老杜说那未来并不遥远，但我这辈子肯定见不到，瞎子和老杜应该也看不到那一天。我确实一直记挂着Z，自从那次和福建小田去干活时我坐在颠簸的卡车里，Z突然出现在我心里，到后来在那个总是烟雾缭绕的办公室，坐在那些打牌的保安旁边，再到我和瞎子谋划这件事然后被捕，我就经常呆坐着去想Z的结局。

老杜说，Z的大脑里被植入芯片后有着强烈的排异反应，出现这种反应的概率很低，和因为滥用芯片里的内容大脑被爆掉的概率差不多。Z始终无

我躺在牢房的床上，我觉得 Z 和我一样真实，或者我和 Z 一样虚幻。

法提取芯片里的信息，他的学习成绩很差，虽然植入芯片前曾经总是班里的第一名；他每天神思恍惚，别人已经不需要再读书了，他却还是要读书然后靠自己的记忆把书里的内容记下来。慢慢地，已经没有人愿意和他交往了。

进入高中后，每天上课其实就是学生把一根数据线的一端接到头上的一个插孔，另一端接到课桌上的一个插孔，它直接连到学校的主机上。老杜说，老师要做的就是在电脑屏幕上点一下，然后各种知识就会按照教学大纲的要求下载到学生大脑里的芯片上，一节课一般要下载关于某个题材的五到八本书，下半节课就是训练学生从芯片的各个存储目录里提取这些信息，而这个时候就是Z最痛苦的时间，因为他总是不能把那些知识提取出来。

Z所能做的就是凭着他自己读到的那点可怜的知识来应付老师的提问和小组讨论，但其实他总是被忽略的一个。直到有一次，发生了一件可怕的事情，Z终于无法忍受继续留在学校，他出走了。

老杜隔了好长时间才告诉我发生了什么事情，那段时间我们和平常一样，各自做功课，当然老杜比我要用功，我经常在他做功课的时候一个人在外面闲逛。我从来不去追问老杜，直到他主动来告诉我。

老杜说那件事情发生在语文课上。老师在下载的时候发现有个故障，于是重启了电脑，随后就发现所有的人都目光呆滞地看着他。那个老师惊讶地张大了嘴，随便点了一个学生的名让他站起来，那个学生便站了起来，但目光仍然呆滞，不回答老师的任何问题。那个老师环顾教室，发现了Z正看着他。他看到Z的眼神寒冷无比，让他不由自主地打了一个冷战。周围所有的学生都在木讷呆滞毫无逻辑地背着那几本书里的只言片语，形成了一种没有意义的乱哄哄的背景，那个老师和Z就这样互相看着，一个惊恐，另一个冷静。那个老师终于受不了了，他走过去抓住了Z的衣领，晃动着说："说，快说，你到底做了什么？"

Z说："这不是你想要的吗？你没有发现吗，所有的学生每天都忙着在脑子里存书，从脑子里取书，他们已经没有自己的灵魂了。我只是让他们做得再极端一点而已。"

面对着Z的冷静，老师有些绝望，他乞求着Z说："无论如何，你要把他们恢复正常。我承担不了这个后果。"

Z说："你是指把他们脑子里的芯片拿掉吗？"

听到这话，老师由乞求变成暴怒，他又抓住Z的衣领，更加用力地晃动起来："教学大纲里就是这样规定的，我有什么办法？每个学生都是这样，也从来没有什么问题，你不能因为你特殊，就让别人变成白痴啊！"

Z说："又不是我让他们变成白痴的。"

老师说："你等着，我现在就打电话给保卫处。"然后他往讲台上走，这时Z也站起来往教室的大门走，路过讲台上老师的讲桌时把一张卡片扔在上面，对老师说你让学校电脑校工把这个文件删掉就行了，随后Z拉开了教室的门走了出去，门被他很用力地砰的一声关上了。那之后Z就再也没有回到学校。

老杜说这一段情节他想了好久才最终确定下来。我给瞎子讲的时候，我看到瞎子两眼发呆一声不吭，半天也没说话。

老杜说Z离开学校之后就开始四处流浪，那次是老杜最后一次给我讲Z的故事，之后老杜只是偶尔和我聊起Z，但他聊得更多的是他自己，选哪个大学哪个专业更有前途，将来怎样出国……我听着，也给不出什么意见，这些离我太远了。就像老师说的，那段时间是人生的关键一步，当然对像老杜这样的人才是关键的一步，对于我，我已经知道这一步会迈向哪里，也就谈不上什么关键不关键了。老杜问过我怎么考虑我的将来，也劝过我去考大学，但我什么都没说，赚钱糊口这种事情本就不是老杜应该去了解的。

关于Z，老杜后来说Z发现了一个严重的问题，就是所有装了芯片的同学都失去了理想。"这很容易理解，"老杜这样说，"理想的构建存在于大脑的一个特定的区域，每个人都有，这是人类长期进化形成的，这是人区别于动物的特点之一。芯片的植入处正好覆盖了这个区域。"老杜说的就像是真的发生了一样。

"那为什么不放到其他地方呢？"我问。

"因为当时还没有人发现人的大脑里有主管理想的区域，所有的人都认为这个区域是没有用的，把芯片植入那里后他们没有发现对人有任何影响。

确实，理想太虚幻太遥远，短期内看不出有什么变化。"老杜回答说。

"然后呢？"我问。

"Z发现了这个问题，他发现了这种冲突。"我突然清晰地想起了老杜说这句话时的神情，他两眼放光，有点幼稚的兴奋，似乎他就是Z，跟聊他自己的生活打算时完全不同。

过了一段时间，老杜又和我说起了另一种可能性。"Z发现这个问题之后，和老师说过，老师也向学校反映过，学校又向有关的上级部门反映，但一直没有回音。你知道是因为什么吗？"老杜很神秘地问我。

"我怎么能知道呢。"我说。

"这个问题其实已经被发现了，但一直秘而不宣。为了解决这个问题，他们想出了一个方法，就是慢慢地灌输理想，当然不是所有人都灌输一种理想，而是很多种看起来很不相同的东西，让他们感觉就像是自己形成的一样。问题是，这个也被Z发现了。"老杜有些得意地说。

我问："那后来呢？Z准备怎么办？"

"我还没有想好，但有一点可以肯定，Z不会接受这些，他会坚持他自己。"

我又一次清晰地回忆起老杜的表情，在他心里，Z似乎是一个实实在在的人，而不是他的一个杜撰。

我曾想过和瞎子一起，在逃亡中到北京去看看，如果能见到老杜，如果他出版了这本书，我会向他要一本。我告诉瞎子这想法时看到他嘴角带着一丝轻松的笑说没问题，仿佛一切尽在他的把握之中。

到死我也不会去北京了，我感觉到有一丝后悔从心中生起。我无法清晰地把握这个感觉，那似乎是另一种酸楚在我心中蔓延。

6

当我回忆起那些往事的时候，我有一种错觉——死亡已经离我远去了，或者，即便我死了，我好像还是可以活很久。我觉得非常渴，我站起身，轻轻地挪到小桌旁，拿起上面的水杯喝了一口水，我从来没有注意到，喝一口水竟可以给我一种感动的满足。

我回到床上，半躺下来，望着天花板，没有睡意。我和福建小田所在的那个公司越来越忙，有时连续两个星期每天晚上都要出去，每次都是至少三百块钱，这就是为什么李枭和福建小田一直觉得他们有恩于我。李枭唯恐我把赚的钱还给别人，他从福建小田那里打听到消息，我一有点钱，他就会来找我。我不想把钱都给他，我得还一点钱给别人。终于我和他动手打了一架，他比我高大很多，最后他的拳头不停地落在我的身上，特别是肋骨那里，我疼得受不了，而李枭打完则扬长而去。那次我挣扎着回到住处，躺在床上，手里攥着一把刀子，我开始怀疑我的母亲是否真的卷走了他们的钱，我觉得这个世界很不真实。

如果这个世界是不真实的，我也就不用害怕明天的死亡了。我看着天花板，这样想。

那段时间我们总是在晚上行动，福建小田变得越来越疯狂，当我们在外面开着铲土机去铲那些房子的地基时，他会突然冲进房子里，用木棍把里面的人赶出来。当那些人躺在地上来阻止我们时，他会开着铲土机猛冲过去，有一次，躺在地上的人并没有被吓到，福建小田的铲土机猛冲到跟前时他仍然躺在地上，福建小田操纵着铲土机的机械臂越过那人去铲他的房子。我看到福建小田的脸因为兴奋变得扭曲起来，看到那面墙摇摇欲坠。我想过去提醒福建小田，但我还没有迈出步，那面墙便突然倒塌下来，整个压在地面躺着的那个人的身上。那人的老婆孩子发疯似的哭喊起来，我想上去救那个人，但发现周围的人都没有动。福建小田跳下铲土机，向大家挥了挥手，我们都跑到卡车上离开了。

那个人死了，报纸上说是一次施工时的意外事故。那之后我们的那个公司突然消失，我们去公司要没有付的工资时发现公司里空空的什么也没有，就像根本没有存在过一样。福建小田也突然消失了。

我想起跟着福建小田做过的那些事，甚至死了人，我知道我的死并不能补偿他们。我心里充满了内疚，虽然，我是为了还债饥不择食，当时我去公司要账的时候都还没有意识到，但是我现在觉得那段时间我的身上充满了邪恶，可是我却没有因为那些事受到惩罚，我被判死刑和他们没有任何关系。我被抓之后，他们审讯我时我说起了那段经历，他们打断了我，让我说重点，不要讲那些没用的。

福建小田再出现是在一年后，他带瞎子来找我喝酒。这期间我换了好几份工作，李枭如愿以偿，我最先还清了母亲欠他家的钱，但其他人的钱都没有还完。这期间我还见到了红裙子，她小学时和我在同一个学校，比我高两级，叫李萍，但我想起她的时候还是喜欢叫她在小学时的外号红裙子。我不想在这个夜晚想起她，但没有办法。手里的香烟炙烤着我的手指，那次在野外烧火烤一只青蛙被烧到手时也是这种疼痛。那时我还在小学，那时的空气里有一种青草和烟混在一起的好闻的味道。青蛙已经死了，我装作毫无怜悯之心，火烧到了我的手指。我跑向河边，把手放到凉凉的河水里，疼痛减轻了。不远处那个红裙子在远远地看着我和同伴，裙子脏兮兮的，好像从来就没换过，她想过来却又不敢。当她在的时候，和我玩的小孩里有好几个会变得喜欢打架，或者用各种方式招惹她。那天下午天突然就暗了下来，我必须回家了，但这个时候家里总是黑乎乎的，因为妈妈一直都延迟开灯的时间——恍惚间，我觉得这牢房很像那时的家。

我又见到了红裙子，她从深圳回来，找到我后她问我什么时候能还欠她父母的钱，我说这些钱都是投在我的母亲说的什么项目上的。她点了一根烟，对我说："这些我们应该都懂，也不用多说了，多说也没意思，你看怎么办吧？"我看着她，她和那个穿着脏兮兮的红色裙子的小女孩是同一个人，但又不是同一个人，她从当年那个小女孩慢慢地演变而来，如今已是丰腴成熟。

"钱呢，也不算多。你要还最好直接打到我父母的账户上，这样能让他们感觉好一些。"她说道。

"我赚的钱基本一点也不剩，你放心，我尽全力还。"我说。我有点不敢直视她的眼睛。

"你做什么工作啊？"她问。

"在物业做保安。你呢?"我说。

"我从深圳回来,想开个婚纱影楼。也不是那种高档的,就在城北那片儿。"她说,"你知道那儿吧?"

我当然知道,那时我已经搬到那边住了。那次谈话很短,我希望她能再来找我催债,但等了好久都没有等到,直到后来福建小田出现,我和她又在酒桌上见面了,那次也有瞎子。我见到她时有些激动,也有些尴尬,但她看到我只是对我说:"你也在这里啊。"她没有去提我欠她父母钱的事,慢慢地她几乎忽略了我的存在,我看得很清楚,她的兴趣都在瞎子那儿。

"她想让我们罩着她。"瞎子后来对我说,"在城北那片做生意不容易。"那时瞎子并不知道我和红裙子的关系。"你觉得她怎么样?"瞎子问我。

我没有听出瞎子的意思,我说:"她人挺好的,挺善良的。"

"她是个鸡,"瞎子说,"赚了钱回来过正常日子。"

我的心突然纠结起来,我把头转向另一边,不知该说什么。我的反应没有逃过瞎子的眼睛,他把手放在我的肩膀上,盯着我说:"兄弟,做鸡没什么可耻的,在我眼里,大多数鸡比大多数人都正派。"

瞎子说的是对的。在监狱里我想起红裙子时,我一点也不觉得她以前做过鸡有什么不好,我确实想过她,可惜她并不在乎我。

我不知为什么在死亡的前夜我会想起这些,或许是因为这些回忆能让我暂时忘记自己在等明天的死亡,但死亡又时不时把我从回忆中拉出来,让我意识到我是在一个牢房里,正处于死亡的笼罩之中。在这笼罩之中我眺望着那些曾经发生过的事情,它们让我如此深切地感觉到我还活着,还活着。

7 **

时间在流走,在这一刻,我突然想到了那个夜晚。

在我的住处有一扇窗户,可以看到外面的一大片棚户区,从那些破败的房子里透出的暖暖的光,可以让我觉得我的房间不那么冷。那一夜雪是在不知不觉中下起来的。

我越来越怀疑瞎子是一个被通缉的逃犯，躲在我们这个小地方，很少去公共场合，我不知道他每天都在干什么。有一次我下班出来没走多远就碰到了他，然后他带我去市中心的一个高档酒店吃饭。那个酒店我路过很多次，但从没有进去过。我感觉到我的吃相引起了旁人的注目，然后我就有些拘束。吃完后我们买了一些酒，回到我的住处，我才感觉放松下来。那是在见到红裙子之后，我和瞎子曾因为红裙子有过一点芥蒂，但我们都没有再提及那个女人，就像什么事都没有发生过一样。他给我的感觉是不屑于这些琐碎的事，他有着不可知的更大的事情要做。但我当时并不关心这个，也不在意他的背景和身份，他得到了我的信任，我接纳了他，我觉得这是我生活的一次转机。

"你对将来有什么打算？"瞎子一边倒酒一边问我。

"我能有什么将来。"我随口回答。

"假如你把钱都还清了，你对将来有什么打算？"瞎子又问。

我想了想，显然瞎子是让我认真地回答。"我还是没什么将来。"是啊，我能有什么将来呢，能找到这个运钞的工作已经算我有运气了，我更愿意去想一想Z的将来。

"你可以做作家。"瞎子说。

我眼睛亮了一下，随即就黯然了，沉默地摇了摇头。

"我离开学校后就没上过几天班，我姥爷是我毕业后第五年死的。"瞎子就坐在窗前，我看了他一眼，他的表情很平和，我又看了一眼窗外，发现外面飘起了雪花，这场雪来得比往年要早。

"那几年他不再管我，我猜是因为他知道管不了我了，所以只是在那里担心我。我当时没有意识到这些，每天想的都是弄钱回家，那时我们的生活已经很好了。"瞎子也看着窗外，我当时在想他做什么能有那么多钱呢。

"我当时甚至没有意识到他在担心我，我几乎都是很晚回家，然后总是看到他歪着头坐在椅子上睡着了。我把他叫醒，各自上床睡觉。第二天我起床很晚，起床后也经常可以看到他在椅子上睡着了。人是不是都会对自己的死有一种预感？"瞎子突然看着我问道，我茫然地摇了摇头。那个时候死亡对我来说遥不可及，如果现在瞎子再问我这个问题，我会回答他是的，至少我对自己的死亡有一种预感。

"我觉得他对自己的死有预感，那之前的一个月，他不止一次问我。"瞎子停了一下，我看了他一眼，也没有看到有什么不一样的表情，我还是忍住没有问他，如果他愿意自然会继续说下去。

"他不止一次问我，我对将来有什么打算。我说我能有什么将来。"瞎子说完冲我笑了一下。"不过我其实不是这么想的，我不想把我的想法说出来，我想等实现了之后，让他看到。当然他看不到。"瞎子一语双关地说，脸上有一丝无奈的表情，但马上就消失了，又恢复了那种冷静。

"我当时根本不懂得要去想想我姥爷的心情，他的话越来越少，我雇了一个护工，没两天就被他辞掉了。他总是记不住事，所以就总是问我对将来有什么打算。我准备认真跟他说一下我对将来的打算的那天，我回家看到他在椅子上一动不动，这次不是睡着了。"瞎子的表情依然冷静，那一刻我正把目光从他脸上移向窗外，雪花和那片棚户区的一片灯光变得有些模糊。

"他靠在椅子上一动不动，他的姿势几乎和平常没什么不同，他的眼睛还是那样眯着，空洞地看着某个地方，就像是在想一件事情。我对他说我回来了，刚说完，我就突然感觉到恐惧，我的心一下子揪了起来，然后我才意识到我的姥爷已经死了。"

"我一向很有主见，没什么事情能让我慌张，但那一夜不一样，我就像个小孩一样没有主张。我把村子里的人叫来，那之后我就完全被他们操纵着，直到要下葬的前一夜，我才恢复正常，我让所有人都走开，我一个人陪着我姥爷过了一夜。"

我发现瞎子开始变得滔滔不绝，那时我感觉到了瞎子内心的痛苦，我没有说话，也没有去看他，等着他继续说下去。

"我其实是已经准备好要跟他说一说我的将来的，我已经想好怎么说了。我是要做一些大事的，我准备跟他说，我将来会带着他远走他乡，但我不会告诉他我的钱是怎么赚来的。"瞎子看了我一眼，又继续说道，"但那天我感觉一切都完了，我还什么都没有做，一切就都完了。"

"安葬他以后我消失了三个星期，没人知道我在哪儿。我回来后，就开始按原计划把那件事办了，那是我准备做的最后一次。"

瞎子停了下来，似乎是在等我问他那是什么事情。我没有开口问他，我已经确定他做的那些事肯定是违法的事，虽然我猜不出具体是什么。

"但那件事没做成，我姥爷的死影响了我做事的方法，我有些失去理智，好在我全须全尾地离开了，那之后我再也没回去过。"

我在瞎子的脸上看到了一丝落寞的神态，短暂地出现，但马上又恢复了冷静的常态。窗外还在飘着雪花，房间里很冷，但喝酒让我们的身体都有些热。

"那后来呢？"我问了瞎子一句，我想问的是他那件事情是不是他做的最后一次。

"后来我在国内辗转了好几个地方，我一直在想我要不要做那最后一次。大概有三年的时间，我老老实实地在餐馆打工、在工厂打工、在市场倒卖衣服，我还以为这样活着就会慢慢地让我不去想那个做最后一次的计划，不过恰恰相反。"

那一刻我看着窗外，雪还在下，靠近窗户的地方雪花飞舞，我突然有种幻觉，Z在远处的空中看着我们，他对我们的未来了如指掌，他知道我们会走上哪条路。

"一开始的时候我也想打消那个想法，安安稳稳地活着，但我做不到，我根本融不进这个社会，我觉得周围都是一群苟且偷生的人，活得一点尊严都没有。"

听到瞎子说这话我不由得看了他一眼，那是我第一次在他眼里看到了一种光芒，虽然稍纵即逝。

"那三年中我有时觉得人活着没什么意思，一想到如果我这样过一辈子，我就觉得心里一阵阵发冷。有时我又觉得我姥爷的魂就在附近，他死后我用了两年的时间，才突然发现我姥爷身上高傲的一面，以前我从来没有注意到。那之后我便总是觉得他在高处看着我，他死了以后就什么都看得见了。"瞎子苦笑了一下，"我相信他一定不希望我做违法的事，但也不会希望我庸庸碌碌地过一辈子。"

"我第一次进赌场的时候，就感觉是在他的注视下进去的，但我还是进去了，就像他活着的时候一样，他不让我做的事情，我还是会去做。要把钱都输光并不容易，特别是我，后来我碰到了一个高手，最后我们把所有的钱都押了进去，完全看运气在谁那一边，我输了。我在赌桌旁一动不动，不是因为绝望，也不是在想我该怎么办，我知道是时候了。然后我就离开了那个城市，转了好几个地方，然后来到这儿。"

那之后是一段很长的沉默，我们都不说话。我斜靠在床上，看着窗外。我沉浸在瞎子的经历中，我能清晰地想象出他的样子，如何在餐馆和工厂打工，如何在市场上卖衣服，我也能感觉到在赌场里他冷静的表面下有着怎样的绝望。窗上渐渐地有了一层水汽，虽然我已经看不清外面，但我知道雪还没有停，这场雪似乎准备要完全覆盖这个城市。

"为什么要在这里做那最后一次？"我问。

"我是一个骰子，正好转到这儿停了下来。"瞎子又打开了一瓶酒。

我很想问为什么非要做这最后一次，但我忍住了，我能猜到那些原因，虽然当时还无法清晰地理出头绪。

"这最后一次，你准备做什么呢？"

"你应该可以猜得到。"

"你真的决定了要做？"

"你决定了，我才决定。"

8 **＊***

我仍然要去还我的母亲的债。她偶尔会给我打电话，每次她都说："你傻啊？你就不能跟他们说这是我的项目，让他们来找我要钱？你别还钱给他们。"每次她都这样，并且她还不让我把她新换的电话号码告诉任何人。每次她都说让我放心："你放心，你还的钱都亏不了，等项目做成了，把收益给你。"

那时我已经是一个押运员了，收入稍微多了一些，但我母亲欠的钱也只还了不到一半。村里人都知道我的工资，经常来找我要钱的都是些困难户，他们经常和我聊他们的生活有多么困难，拿到我的钱时他们还会劝我别有压力。有几家很久都不来要钱，包括村长，还有红裙子，他们似乎已不在乎这点钱。面对那些困难户的时候，我很后悔把钱先还给了李枭，我知道李枭曾回村子里炫耀，他说这年头你不对别人狠别人就对你狠。

赚钱，省吃俭用，还钱……我原本以为生活会一直这样过下去的时候，我接到了我母亲的一个电话。我感觉她很不好，她说那几个项目全不行了，她被人骗了。我说那就回来吧，她说她也想回村子，但又不敢。然后她就在电话那头哭了起来。

我的母亲欠钱这件事我从来没有告诉瞎子，我觉得他只有两个渠道可以知道这件事，一个是福建小田，一个是红裙子，我隐隐感觉他是通过红裙子知道的。

那次和我的母亲打完电话后，我开始想瞎子对我说的那件事。连续好几个夜晚，我都在想到底是不是要跟着瞎子走上另外一条路。"我也想出走。"我记得在那几个夜晚我对自己说了好几次这句话，因为我想着想着就想到了Z把教室的门重重地关在身后的情形。后来我找到瞎子，对他说："你说的那个事，我们去干吧。"

即便是现在我仍然觉得瞎子的做法很不可思议，瞎子对我说："做之前，我们先把那些钱还上。"我不知道瞎子当时为什么要这么做。

那是一个周末，瞎子开着一辆面包车来找我，他要我带他回村子。其实县城离村子的距离并不远，但交通非常不方便，要先坐火车，然后再坐公交车，还要再走上一段路，经常是早上走，傍晚才到。但那次和瞎子回去没有花那么多的时间，瞎子开车，将近中午时走，下午就到了。瞎子开车很快，开车就像他摆弄那支枪那样熟练。

村子里的路上没有什么人，我们直接开到了家门口。我说到了，但瞎子却没有停车，而是继续往前开，拐了一个弯后才停好车，然后我们下车一起走到那个老房子门前。我们站在大门口，这个矮小而又已经破败不堪的老房子，在我的回忆中它却是高大而又阴暗。院门上是春节时贴的对联，颜色已经发白，边角处随风簌簌地飘动。我推门进去，院子很小，在院子的右手边原先曾有一口井，早就干了，井口上面压着一块石头。

我打开房门，里面一股发霉的味道。"太穷了。"我说。

"又不是你的错。"瞎子说。

我们走进屋里，桌子上椅子上都是灰尘，我把炕上的床单轻轻掀起来，我和瞎子坐在床上，瞎子把手提包放在我们中间，拉开，我看到里面是一摞一摞的钞票，瞎子说："今天你就把钱都还上。"

我想问："你为什么要这样？你不怕我退出吗？"但我忍住没问。瞎子点了一根烟，环顾这间房子，一句话也不说。

那个手提包里的钱当时让我很惊讶，但当我在监狱里回忆起那一幕的时候，我才发觉瞎子神情的变化，当时我并没有注意到，他坐在床上看着这间老房，突然变得心事重重。

我从那个提包里拿出钱，对瞎子说："你等着我？"瞎子点了点头。我走出那个老房子，在村子里一家一家地去还钱。我走在那个破败的村子里，之后我就再也没有回去过。

那天回去的路上瞎子还带我路过了我们这个县城里最高档的一个别墅区，我当年读高中时就在这里，后来学校搬迁了，这儿变成了一片别墅区，福建小田就在这里上班。瞎子开着车围着小区转了一圈，在后面一个僻静的地方停了下来。我们下车后，他指着最靠近围墙的一栋别墅，对我说，事情做完后他会带我到这个别墅区前面不远处的一个超市门口的长途汽车站，然后我就从那里走到这个地方，踩着这块石头向上一跳就可以爬进墙里面，沿着墙根向左走十五米，再到对面的别墅里，这样可以避开摄像头。我惊讶地看着瞎子，他很从容，递给我一把钥匙，说可以打开那个别墅的门。"你不要开灯，不要动窗帘，不要出来。到地下室去，里面有吃的，够你在里面住一个月，我会来接你，带你离开这个城市。"

在车上，瞎子对我说："不会有人来的，我在里面住了好长时间，都准备好了。万一有人来，你就躲到地下室保姆房的床底，等他们出门，你再出来。但这不会发生的，你要做的，就是千万别在我来接你前出去。"

"如果你不来怎么办？"我问。

瞎子没有回答我，他把车停在路边，转过脸看着我说："你可以在里面住两个月，然后再走。我为你准备了一套方案，包括藏钱的地方，我会详细地告诉你。"瞎子顿了一下，转过脸看着车窗前面的路，说："你会有个身份证，你还需要化一下装，这些做起来都容易。"瞎子停顿了一下，又说道："但我总是担心你做不到。"

我们沉默了一会儿，然后瞎子又说："我不来接你的可能性几乎没有，这点自信我还是有的。"他笑了起来，好像是碰到了什么开心的事。

在我还完钱之后两个月，我的母亲就回了村子。她先到县城来看我，我看到她又衰老了一些，白头发更多了，不停地抽烟。她说："你干吗那么着急还钱呢？那些钱得先用来生钱，还了钱，现在什么都没有了。"

"别想那些项目了，回去好好过日子吧。"我说，"等有了钱，找个最好的养老院养吧，有些养老院就跟住大酒店一样。"

"你能靠什么有钱？"我的母亲用拿着香烟的那只手冲我摆了摆，"你等我再联系联系。"

"会有钱的。"我说道，心里想着我和瞎子的那件事，但我知道我不能多说。"你到底做什么项目？"我岔开了话题，这还是我第一次问她的那些项目。

她又摆了一下手臂，说道："什么项目都有，我都选靠谱的去做。"

那天傍晚她坐夜车回去，我知道她想这样回村子，不惊动任何人。

那段时间我和瞎子已经开始踩点和谋划了。

9 **

那是我第一次感觉到了我的人生即将到来的转折。那几天瞎子没有来找我，晚上我一个人躺在我的小屋里，关着灯，我在床上，抽着烟看着窗外。我知道我的生活转向了一条黑暗的道路，可是我又隐约地看到道路尽头的一丝微弱的光亮，那无边的黑暗和微弱的光亮都对我有一种吸引力，我的理性让我去摆脱那吸引力但我却总也摆脱不掉。

如今我在死亡的前夜回忆这一切的时候，我才意识到，这正如瞎子所说的，纯粹的黑暗或者微弱的光亮都比那灰色的生活要好。我意识到了这一点，但我却开始后悔为什么没有阻止瞎子，我确实是在死亡的前夜有了一种难以名状的后悔。

但一切都太晚了，我后悔，可是如果让我回到过去重新选择，我还是会这么做的，这是一条我无法摆脱的路。我记得在那个下雪的夜晚之后的好几个晚上我都睡不着，我表面上在思考着是否要跟瞎子去做那件事情，但我知道其实我心里早就有了选择。那些睡不着的夜晚，我的思绪总是会偏离到Z的经历上，我总是要去想Z离开学校后该怎么做——也许正是因为Z的存在，我做出了这个有点疯狂的决定。

我和瞎子聊起Z的时候，我们都认为Z离开学校后很难在社会上生存。在那个未来的社会，如果一个人脑子里没有芯片，那就只能去做一些体力活，而要由人去做的体力活已经不多了。

瞎子还做了一个假设，他说Z从学校出走后，科技又有了进步，已经可以彻底解决人对芯片的排异反应了，所以Z如果愿意，就可以回去装一个芯片。

我问瞎子："那Z回去了吗？"

瞎子看着我，笑了笑，说道："他当然不可能回去。他只有一条路可以走。"

"什么路？"我问。

瞎子没有回答，他说："我要想一想再告诉你。"

瞎子一直没有告诉我到底是什么路。在那个下雪的夜晚之后，我猜出了他说的那条路是什么，这和我的设想不一样，虽然我并不知道自己想让Z走哪条路。我所能想到的就是Z在社会中挣扎，他和其他人不一样，他没有芯片，但有自己的理想。

我不想再抽烟了，我不知道现在是几点，或许已过午夜了吧，我没有丝毫睡意。我在脑海中甚至能看到Z坐在那片棚户区中一个简陋的小屋里的样子，他的头发很长但不凌乱，脸庞上的胡子让人感觉他已经快四十岁了。他拿着一本书看着，而这样一本书别人只需要一秒钟就可以下载下来。或许我不应该让他去看一本书，他更应该坐在那里，呆呆地望着房间里的一个角落。外面的世界已经容不下他这样一个异类，可是再过十分钟他还是要出门，穿过棚户区里脏乱的小路，去面试一份新的工作，他已经预料到了面试官拒绝他时的那种轻蔑的神情。

我不该在这个时候去想一个虚幻的人，但我无法阻止Z清晰地进入我的脑海，相比其他真实的人，他现在更像一个真实的朋友，他知道我明天就要被枪决，他对我说："在瞎子那里，我的结局和你差不多。"

我说："在我这里，你不会有这种结局的。"

Z说："你让我在那个污浊的世界混了那么多年，我知道你想让我出人头地，可惜你想不出好的办法，所以，你最好让我和你一样。"

我的眼里好像又有了泪水，我说："不，我不会让你这样的。你应该回到老杜那里，他有办法带你过上另一种人生。"

Z说："我已经接受了你给我安排的那些故事，这都是必须发生的，我们能有什么办法？你应该让我沿着这条路走下去，而不是把我送给别人。那个老杜早就把我给忘了。"

我说："我觉得对不起你，让你跟着我和瞎子，我们走的都不是好路，不像老杜，他走的是一条正路，他和你一样都有理想，你们应该都能实现你们的理想才对。老杜不会忘记你的。"

Z说："你知道这是不可能的。你让我从那个芯片人的社会里又一次出走，我不可能回去了。再说，明天我就跟着你一起消失了。"

Z说完，我就开始痛哭起来，我自己都能听到我的哭声。Z说："哭什么？！这有什么不好？！你会有个干脆利索的死亡，不需要经历痛苦的过程。想想你这些年怎么过来的。"

我仍然哭着，直到我重新平静下来，直到Z从我对面消失，我在回忆中重新坐在我的小屋的窗前，看着下面那片棚户区，我重新看到Z躺在其中的一个破败的小房子里，盯着房间的一个角落，Z突然意识到他面对的这个庞大的体系容不下他，他也根本无法融入，他还需要再一次出走，从这个芯片人的体系里出走。

Z按照我的设计穿行在我想象中的城市的街道里，他的理想飘浮在他头顶的三尺之上，当他走出芯片人的体系之后，他开始被跟踪了。

确实只会有一种结果，我所有的关于Z的想象都会和我一起消失。真实的我和虚幻的Z都会失去意义。我斜躺在床上，和Z一样盯着监狱里的一个角落。我被困在那栋别墅里的时候，也曾这样把自己当作Z，或者把Z当作自己。

我按照老杜的要求，让Z遭受了很多屈辱和挫折，我还想继续编下去，让他经历被监控被追捕的生活，我想让他在这种生活中发现那个芯片人世界的可怕和荒唐，可惜我没有时间了。

10 **

那些押运员绝想不到，我和瞎子从暗处注视着他们的一举一动。他们像是生活在一个盒子里，我们把上面的盖子打开，从外面看着他们。我在监狱里回忆我的过去时，我也觉得自己是生活在一个盒子里。

在月末的时候我总会和那两个押运员一起出车，其中一个叫小孟，年纪比我大一点。他和我一样，也是高中毕业就找工作，不一样的是他的工资都属于他自己。他总说他的烦恼不是工资太低，而是一到月底钱就不够花，那时他刚刚交到一个女朋友。还有一个是老成持重的退伍军人老王，他很少说话，总是心事重重，他的妻子一直有病在家，小孩马上要高考。瞎子让我跟他多接触，但我做不到，他比我还沉默。每次出车，小孟和老王都端着霰弹枪坐在后面，我还不能持枪，我和司机坐在前面。经常是小孟和司机不停地说话，而我和老王都沉默不语。

我们从暗处注视着他们，看着他们的一举一动，琢磨他们的一颦一笑，他们却丝毫没有发现这来自生活暗处的巨大的危险。一想到这里，我心里就有种很奇怪的感觉。

我们并不知道每次运钞的路线，司机在每次任务前会拿到上面给的路线指示，但在这个小地方，没有太多的选择，有些路是必须走的。在我的小屋里，瞎子在桌子上铺开地图，用红色标出了我们走过的所有的路，然后他又把其中的几段涂成黑色。他做这些的时候，我觉得就像是在做一道数学题，而不是在谋划一次抢劫。

那段涂成黑色的路是韶山路和南外环，靠近城南郊区，要穿过铁路，是从南山农业银行提款之后必走的一段路。在穿过铁路时如果正好有火车通过，运钞车不能停，我们会向左拐到南外环，走一小段，从外环路出来后，我们会路过南洼菜市场，然后向右拐重新回到韶山路。从外环出来拐向南洼菜市场是一段人少车也少的路，瞎子在地图上把这段路又涂成很重的黑色，还在上面打了一个叉号。他说无论如何运钞车都不应该走这条路，这是一个漏洞。我想在这样一个小城市，有谁会去想这种漏洞。

基本每个月我们都会去南山农行押款一次，每次都会有十来个钱袋，瞎子问我大概有多少钱，我旁敲侧击地问过老王，他说每个钱袋差不多有两百万。这是一笔我想都不敢想的巨款，我告诉瞎子时他很平静，他摇着头说："太重了，我们拿不了，我要重新想一想。"

我们一秒一秒地计算着每一段路程的时间，那段时间瞎子每天都开车走那段路，他想在外环辅路上动手。我们必须在韶山路上正好碰到火车通过才能拐到那里，虽然经常会这样，但要确保动手那天恰好碰到火车通过，瞎子要我在南山农行时通过去洗手间来控制一下出发的时间，那天我就是从在洗手间磨蹭时间时开始有了极其不祥的预感。

当我怀着一个隐秘的目的和小孟交往时，我发现我很容易就成了他的朋友，他绝对想不到我是怀着怎样的目的和他交往的，但这并不妨碍我从开始心里就喜欢他这样一个充满阳光的人。但我始终不知道老王在想什么，他太沉默了。

瞎子对我说，他不担心老王，但害怕小孟太冲动，他让我要先对付小孟。我对瞎子说："万一他们太冲动，你不会杀了他们吧？"

瞎子看着我，没有说话。

"我们怎么可能让他们去死？"我又说。

瞎子没有回答，那天在我的那个小屋的窗前，我们沉默了很久。

我们要避免他们的死亡，这是我对瞎子的唯一的要求。瞎子说他们不会死的，还推测了他们的命运。按照瞎子的说法，小孟的未来充满不确定性，但注定很灰暗，而那个退伍军人，他注定要为了家人耗尽自己的生命。从那一天起，我开始怀疑瞎子以前就杀过人，而且这很可能也不是他说的什么"最后一次"。

我没有机会知道事情的真相了，这样也好，我可以相信我的感觉。瞎子一定察觉出了我的怀疑，但他不跟我解释，只是跟我碰杯喝酒。在今夜，我仍然相信我的感觉，我相信瞎子可以好好活下去，他不欠这个世界什么。

越接近行动的日期我越感觉到紧张和莫名的恐惧。那天瞎子把两把枪摆在桌子上，对我说："一把是真的，一把是假的。你选一把吧。"

我一直为我的选择后悔。我拿起了其中一把，沉甸甸的，我把它轻轻放下，拿起另一把，很轻，但外观上和真枪很像。

"你说吧。"我对瞎子说。

"有时候有些东西只能你自己选择。"瞎子说。

我看着面前的两把枪，最终我还是拿起了那把假枪。我说："我怕走火。"

瞎子笑了起来，他拍着我的肩膀，边笑边摇头。

那时我在那个押运公司已经有过很多次实弹射击训练，但摆弄枪从来不是我的强项。确实，我心里想的并不是怕枪走火，我知道万一小孟或老王反抗的话，我无法扣动扳机。

"他们不会反抗吧？"这个问题我问了瞎子很多次。

"你不能慌，"瞎子盯着我说，"还有你要设法让小孟别冲动。要先把他们的枪拿过来，拿过他们的枪后不要换枪，就拿着你这把假枪继续对着他们，对他们说你不想伤害他们，这个时候我差不多就过来了。你把车门给我

　　那天瞎子把两把枪摆在桌子上，对我说："一把是真的，一把是假的。你选一把吧。"

打开，我们要先把他们的手绑起来，嘴也要贴住。"瞎子举起手里的胶条，对我说道。

"如果你露怯，他们就会反抗。"瞎子收起笑容，郑重地说。

那段时间我心里经常会闪过一丝想法，就是瞎子突然对我说他不会再做这最后一次，他准备好好活着。但那段时间瞎子完全沉浸在抢劫的准备之中，他不停地和我把每个细节都落实好，他说这样反复地演习就会让我到时候不再害怕，他说只有这样才可以让我们不需要伤害那些押运员。我明白这些话是对的，很配合他的演习。然后，每一次演习都向真实靠近了一步，到后来就只想着落实了，甚至都不知道自己到底在干什么了。

11 **

要来的终究会来的，就像明天。

瞎子现在在哪里呢？这真的是他的最后一次吗？我无法知道答案了，但我相信他一定会想办法把钱给我的母亲，可我又担心他会因此被捕——不，不会的，他的智慧足以让他保全自己。我的脑海里反复出现我们分手那一刻他看着我眼睛的画面，在今晚，我才发现那眼睛深处的东西。我知道我的死一定会给他带来改变，想到这里，我感觉泪水又涌到了我的眼睛里。我突然又开始后悔，后悔自己为什么没有阻止他。过了午夜之后，我已经后悔了三次。

那些钱会以怎样的方式送到我母亲手里？她又会怎么花呢？或许我的死会让她不再用那些钱去做什么项目，或许她会想起我说过的话，去找一个最好的养老院，至少那些钱可以用来翻新一下那个破旧的房子，可是到底会怎么样，我一点也不能确定。

这一切都无法改变了。短暂的一分钟，或许还更短，我的人生已经转向了。

那天上班后，在那个乌烟瘴气的办公室里，我接到通知去南山农行提款，我马上给瞎子发短信，当时我的手不由自主地在颤抖。有个同事过来对我说："你的脸色这么差，是不是生病了？"我说没有，昨晚没有睡好。他拍着我的肩膀笑着说："年轻人，要注意身体啊。"我冲他笑了笑，看着他离开我，张罗着要打牌。我要表现得平静一些，如果他们因为关心我而不让我上去，那一切的安排都白费了。

一切都和平常一样，但我和瞎子躲在暗处看着这一切。小孟和老王端着霰弹枪坐在后面，我和司机在前面，到了南山农行我拿着解款单一个人走进去。那时是下午三点，瞎子要我在三点半从农行出发，我先和银行前台的一个女孩聊了一会儿，我知道她喜欢那种穿迷彩服的男人，我有些紧张，我对她说："让他们慢慢弄，我去一下洗手间。"

我在洗手间待了很久，但这也可能只是我的错觉。在三点二十分，我出来，银行的两个人拎着钱袋，像平常一样，冲我笑着。我和他们一起走出银行，小孟和老王端着枪站在运钞车后门的两边。小孟脸上带着笑，看着两个人中那个年轻的姑娘，老王脸上没有表情，他环顾着四周。他们来回搬了三趟，终于全部装上了运钞车，老王把保险箱锁上，关上了车的后门。这时已经三点三十五分了，我又开始担心会晚，但我没有时间给瞎子发短信，如果瞎子没有在南外环的辅路上等到我们，那这次行动就取消了。

我发现所有的人都变得和蔼，脸上都挂着笑容，甚至包括老王，他们似乎知道我的企图，都想用微笑来阻止我。我知道这是一种错觉，但这错觉一直顽强地存在于我脑子里，一直到现在。在这个小地方，谁也不会想到会有人抢劫，他们都想不到我身后别着一把枪，虽然是一把假的。

但是上车之后，我在司机旁边坐好，回头看了一眼后座的小孟和老王。我和老王的目光碰在了一起，我赶紧把目光挪开，我听到老王干咳了两声，我感觉到刚才他看我的眼神里有一丝警惕，我的后背出了好多冷汗。

不知为什么，那天小孟没有和司机聊天开玩笑，车里有些沉默。我们上了韶山路，往那个有火车穿过的路口开去，一切都还在计划之中。我们来到了那个路口，一列火车正在穿过，司机嘟囔了一句，我没有听清，他向左打方向盘，我们按计划走上了南外环。外环上有不少车，但当我们走上辅路时，路上的车立刻少了。在辅路上开了一小会，我们就来到了那个路口，向右转就是那段被瞎子在地图上用黑笔反复画了好几次的路，一条可以让我们重新回到韶山路的土路。这段路的两边是庄稼，前方不远处是南洼菜市场。我们的车刚一转过来我就看到了前面瞎子开着的一辆摩托车改装的三轮车。

越来越近，我甚至看到了瞎子的背影。三轮车开在路的中间，司机按着喇叭，想让它靠边然后我们超车过去，可是那辆三轮车突然停了下来，我们的车也跟着停下来。是时候了，我的手有些抖，但我还是从背后的腰带上拿出来那把假枪，我转身用枪对着老王，我说："抢劫！"

"兄弟，你这是干什么？"老王说。他比我想象的要镇定得多。我瞥了一眼小孟，看到他的手紧紧端着霰弹枪，我知道他随时准备把枪对着我。

"我不想伤害你们，"我说，"我不想好好过了。"我边说边伸手去拿老王的枪，老王没有反抗，我把老王的枪放到我的腿旁边，把那把假枪转向斜后方的小孟，对他说："把枪给我。"小孟没有动。

这时瞎子已经来到车门，我让老王给他打开门，老王说道："兄弟，你缺什么大家可以帮你，何必走这条路？"

"我不想好好过了。"我说。我看到老王看了一眼小孟，然后慢慢地把门打开。

瞎子手里拿着枪，探身进来，他看到小孟手里还拿着霰弹枪，瞎子向小孟伸出手。小孟慢慢地把枪递过来，瞎子探身去拿枪，这时瞎子的身体在我和老王之间，突然瞎子的身体倒向我，几乎同时，我听到一声枪响，我看到血从小孟的右胸上方流了出来，随后瞎子拿着小孟的枪猛地向后一撤，他的手枪已经抵住了老王的头，瞎子说："你们想死在这里吗？"我看到瞎子的左手臂上插着一把刀子。

瞎子把一个胶带扔给我，让我先把司机的手脚绑起来，那个司机主动把手脚伸给我，我又把他的嘴也贴住，把他兜里的手机拿了过来。我回过头来，看到瞎子用枪对着老王，老王正在用一块布把小孟的伤口紧紧扎住。

我们把老王和小孟绑起来后，瞎子拿走他们身上的手机和车后保险柜的钥匙，这期间老王还说了一句话，他对着我说："别干傻事，想想你的家人。"我的大脑已经不会去思考别的事情了，我把老王的嘴用胶条贴住，迅速走向车后，而瞎子则到车前面把那辆电动三轮车开到车后。

这个过程曾在我脑海里一遍一遍地重放，不到两分钟的时间，我的一生就彻底改变了。

我和瞎子飞快地把那些钱袋扔到摩托三轮车上，然后把霰弹枪和手机都扔到了运钞车里。瞎子开车，我坐在他后面，我们开进南洼菜市场，在里面拐来拐去，这时我才明白瞎子为什么要用这种车。市场里还没有太多人，我们拐到了边上一排房子的后面，从那里开到了菜市场的另一边，我看到了他平时开的那辆小面包车。

瞎子开着那辆面包车带着我离开了我原先的生活轨道，瞎子没有说话，只是熟练地开着车在这个县城里拐来拐去。瞎子的胳膊仍然有血渗出来，我在车上给瞎子做了包扎。我的大脑一片空白，但小孟中弹的样子总是在我眼前晃来晃去，这是计划之外的事情，却是实实在在地发生了。瞎子开着车在一些小路上转来转去，我看到他开始变得轻松下来，他转过头看着我，我觉得这是第一次我和瞎子这样互相看着对方的眼睛。我能感觉到他的脸上除了安慰我的表情，还有些歉意，这是我第一次看到瞎子身上柔软的部分，我不知是为我，还是为受伤的小孟。

我知道我的新的生活开始了，只是当时没有想到这新的生活还没有真正开始就要结束了，并且是以死亡的方式结束。

车子直接开到了长途车站附近，那竟然是我和瞎子最后一次在一起。在我下车前，他把身子转向我，把他的右手放在我的肩膀上，很用力，那一刻我感觉我们从来没有这么靠近过。我在车里换了衣服，戴上帽子，下车时我回过头来看了一眼瞎子，他脸上带着真诚的笑，和以前完全不一样的表情。我有些笑不出来，瞎子对着我挥了挥手，但我还是站着不动，我看到瞎子依然笑着看着我，同时启动了汽车，在我的注视中开走了。

我独自向那片别墅走去。未来会怎样，我没有任何概念，我已经不会思考，只是按照瞎子的安排在做。路上偶尔会碰到几个小商贩，他们向我打招呼，让我去买他们的水果，那应该是他们自己家种的。我低着头从他们面前走过。我和他们之间已经有了一条难以逾越的鸿沟，这是刹那间出现在我脑海里的想法。

一切都如瞎子所说，我很轻松地翻墙进了别墅的小区，径直走向那个最近的别墅，打开门，我闻到了一种长时间不通风的沉闷的味道，地面上有一层尘土。我按瞎子说的，找出了一双拖鞋穿上，我在各个房间里转了一下，这里太豪华，离我的生活太远而让我无法做出评价，我也丝毫不羡慕住在这里的生活。按照瞎子说的，我戴上手套，推开一间卧室的门，在床头上方的墙上挂着一幅巨大的油画，里面是一个中国女人，显得十分虚假。我悄悄地退出来，按原样关上门，沿着客厅拐角处的楼梯下到地下室。那里的面积比我想象的要大得多：有一个小型的电影院，有台球桌，有乒乓球桌，在一个角落里有一个逼仄的小走廊，通向一个小房间，里面有一张床、一个柜子、一个冰箱，还有挂在墙上的电视。在冰箱和柜子里我发现了很多食物，确实够我吃很久了。

我在床上躺了下来，脑海里空空的，仅仅两分钟的时间，我成了一个罪犯，像一只老鼠躲在地下室。我记得我很快就睡着了，醒来时已是夜里，我是被一个噩梦惊醒的，在梦里我疯狂地奔跑，瞎子跑在前面，他跑着跑着转向了另一个方向，但我没有跟随他，我继续跑着。后面的人全都追向了我，越来越近，终于他们抓住了我，我拼命地反抗，但还是被压在地上，然后我在绝望中惊醒。

我短暂的逃亡生活开始了。

12 **

我不去看时间，但我感觉我的时间已经不多了，天应该已经蒙蒙亮了。我不想再抽烟，那让我恶心。今晚我应该哭过好几次，每次都伴随着浑身的颤抖，而现在的我似乎已经平静下来，那些人栩栩如生地在我脑海中闪过，看着他们，我甚至能感觉到从内心深处涌起了一种感动，一种类似幸福的

我记得我很快就睡着了，醒来时已是夜里，我是被一个噩梦惊醒的。

感觉。

老杜在分析Z面临的困境的时候曾说，在未来，大部分人都相信了人只是一台设计精密的机器，但Z不相信。我也不相信。我捕捉着从我内心深处涌起的那种感觉，它并非来自我的身体和我的思维，或许这是命运带给我的礼物，虽然我知道，打开这礼物，在它的最底层放着死亡。

我和Z都不相信人只是一台设计精密的机器，如果是的话，我现在不应该后悔。我确信我是后悔了……在那个别墅的地下室里，我经历了漫长的三个星期，与世隔绝。

我被抓之后，有个审讯我的警察对我说："你在那么豪华的别墅里待了三个星期，什么东西也没动，你可真老实啊。"

我说："那都是别人的东西，我不想让别墅的主人回来感觉不舒服。"

那个警察笑了起来："你还知道那是别人的东西，那银行的钱呢，不是别人的东西了？难道是你的？"

我无言以对，但我待在别墅里的时候确实是这样想的。

我确实是老老实实地待在地下室里，除了一开始我把整个别墅的房间都转了一遍，了解了它的整体布局，之后除了客厅、厨房和地下室，我就再也没有去过其他房间。在那些卧室里有一种生活的温馨，我不想去触及。

从第三天开始，时间变得很漫长。我开始有想出去的冲动，我不停地来到上面的客厅，轻轻掀开窗帘的一角，偷看着外面。白天外面总是静悄悄的，偶尔看到清洁工，到了傍晚才偶尔看到有车从窗户外面的路上开过。那应该是那些富豪回家了，我猜想。夜里在我所能看到的几栋别墅里只有一栋是亮着灯的，这是这座城市最高档的小区，这里奢侈的生活曾在福建小田的口中被反复地渲染，我现在就住在这里，以一种荒唐的身份。但我很想出去，突然地很想回到我在城南的家，那里破败不堪，此时却突然有了温度。

其实大部分时间我还是待在地下室，我觉得那里更安全，夜里我可以打开灯，也可以打开电视，但电视里的东西让我觉得恐惧和绝望。我经常是大段大段时间地坐在地下室的沙发上发呆，大脑里一片空白，然后在这片空白里总是首先出现小孟流血的身体和惨白的脸庞。他的眼睛看着我，眼神里似乎是惊讶、恐惧和无法理解。他是否会死去？我知道我永远也摆脱不掉这个画面了，它不停地出现在我的梦中。为了和这个噩梦对抗，我只有不停地想瞎子、老杜、Z、那个红裙子，甚至还有童年的我。

我不知道瞎子会躲在哪里，他说一个月以内绝不能露面，之后我需要好好化装才能出去。瞎子到底有着什么样的经历让他能积累起这些经验，他和他的姥爷是怎么样生活在一起的呢？在我与世隔绝的那段日子里，我突然能体会到瞎子的姥爷的心境，他面对着一个他看不到也控制不了的世界，没有人可以了解到他内心的感受，没有人可以与之倾心地交谈，久而久之，他一定会忽略了自己，然后让自己只是专注在瞎子的一举一动上，为他担心直到死去。我相信瞎子一定也懂得这些，但他不愿意去面对，是的，他不愿意去面对，在那个孤独的地下室里，我突然明白了这一点。

在第六天的早上，我听到了开门的声音，当时我幸亏没有在客厅……在监狱里回想这一幕，总会让我苦笑一下。我不应该用"幸亏"这个词，因为我最终还是被抓住了，如果我当时就在客厅，并且被发现了，我一定会夺路而逃，或许会有不同的结局……但真的会有不同的结局吗？这个想法让我再次苦笑。

那时我在地下室听到了上面开门的声音，我首先想到了瞎子，是他来接我了，但马上我意识到时间不对，他不会这么早过来。随后我想这是警察来抓我，我当时是坐在地下室的沙发上，我一动也不敢动。我听出来上面只有一个人，他径直走进主卧，关上了门，开始在里面打起电话来，我听不清他说的话，但知道这不是一个年轻人的声音。我悄悄走到楼梯下面竖着耳朵听着，手里拿着一根短木棍。这样过了好久，我确认这或许是别墅的主人偶尔回到这里，我悄悄回到那个小房间，看着手里的棍子，想着该如何出去。

后来我听到他离开的声音，一切又恢复原样，直到我被抓也再没有人来过，但后来的日子里我真希望能有人来，我已经快崩溃了。

因为我不开电视，也没有手机，我失去了对时间的概念。有时我醒来后来到客厅，才发现已是中午，每次从醒来一直到我再次昏沉沉地睡去，这段时间我总是要经历从清醒到崩溃的过程，这样反复循环着，直到后来我不停地想把这里一把火烧掉，我想彻底地走向毁灭。

后来我不停地去想Z，似乎只有Z可以无条件地随时陪伴着我。我现在需要为他出走之后编一个新的经历，我发现这是一个打发时间的好办法。

在Z出走以后，他四处躲藏，我想或许他也经历过这种困境，躲在一个隐蔽的地下室等着别人来救他。在把大脑里的芯片取出之后，Z只能通过读书来得到他想要的知识或者思想，所以他永远都随身带着书，对于那些植入芯片的人，这样去读一本一秒钟就可以下载完的书简直是浪费时间。

在那个地下室里，我也曾幻想自己能像Z那样喜欢读书，这样那段时间就不会如此折磨我，但我做不到，再说，在这个别墅里也没有找到什么书。我只有在想象中，看着Z躲在一个和我现在一样的地下室里，但那不是一个别墅的地下室，而是在一片破败的贫民区里一个小酒馆肮脏的地下室，我看着在昏暗的灯光下的Z，这个画面是老杜曾说给过我的。Z出走之后，他的模样已经完全像一个成年人了，他的表情坚毅，目光锐利，经常在昏暗的灯光下看书，或者是坐在那里一动不动，思考关于人的理想的问题。

我想不出Z对于人的理想会有什么样的思考，这实在超出我的能力，我总不能把赚一大笔钱当作他的理想吧？我只能在想象中看着他，让他像我一样躲在社会的一个肮脏的角落。在他的第二次出走之后，面对一次次的追捕，他经常不得不迅速地收拾东西，飞快地逃离。

在那段时间里，我处在崩溃的边缘，但我想象中的Z始终没有结局，Z用一个神秘的纽带拉着我使我不至于坠入深渊。但不管怎样，我和Z都没有想到我们其实已经生活在死亡的阴影里了，我们当时都认为将来我们要么就这么动荡地躲藏下去，要么终会有一天安定下来，我们当时还都没有死亡的预感。而现在从死亡的前夜往回看，那段在地下室的经历所带给我的，是我终于明白了Z思考的到底是什么。

那曾是我不能理解的，当老杜给我反复解释的时候。他说人要有东西让他生存，要有东西可以为之生，要有东西可以为之死，在人的一生里，这三样如果缺少一样就导致戏剧性人生，缺少两样就导致悲剧。老杜说当他在一本书里读到这些话时，他马上就想到了Z。"如果三样都缺少呢？"当时我这样问老杜，老杜睁大眼睛瞪了我一会儿，然后我们都笑了起来。高三后老杜没有时间继续把Z的故事编下去，但他说过希望我能沿着这个思路继续下去。

我记得很清楚，当我把这些话告诉瞎子时，我感觉得到这些话对他的触动比对我的更大，他沉默了好久，然后问了我一些关于老杜的消息。我找出了一次同学聚会时我拿到的通讯录，我对瞎子说我很想去北京看看老杜。瞎子在我脸上看出了我的遗憾，他对我说即便是被通缉，我们也可以去北京。我说只怕到时候老杜就不愿意见我了。

在那个别墅的地下室里，我濒临崩溃边缘的时候，我想到了Z，以及老杜说的那三样关于人生的东西，我突然意识到老杜在很多年之前就为我的今天埋下了伏笔，在躲入那个别墅之前我从没有把这些话和我自己联系在一起，但在我濒临崩溃时我突然意识到我的人生是一个悲剧。

但Z的人生不是悲剧，我和老杜，还有瞎子，好像都不希望他的人生变成一个悲剧。Z的藏身之地是在一片破败的贫民区里一个小酒馆肮脏的地下室里，在地下室的斜上方就是那个小酒馆的厕所，所以地下室里永远都有一股让人受不了的臭味，没有人会想到这里躲藏着Z。在这样的一个地方，Z的没有装芯片的大脑不停地想着困惑他很久的一个问题，但福建小田——我把福建小田也搬到了这个Z的故事里——经常进来打断Z的思考，他或是带来吃的东西，或是添油加醋地带来外面的消息。Z的相貌特点已经下载到所有大脑的芯片里了，但那是他在学校里的资料，他出走后容貌气质有很大的变化，他偶尔会出去，从后门绕到小酒馆的前门，进去喝一杯。偶尔有人会对Z说你长得很像Z，Z会说你就当我是吧。Z经常这样和这些人交谈，看他们如此自然地和大脑里的芯片相互依存，丝毫意识不到那小小的芯片已经侵占了他们的灵魂。Z有时会引导他们谈一谈理想，但在交谈和辩论中Z经常是处于劣势，那些人从芯片里取出各种长篇大论，虽然逻辑混乱但总是滔滔不绝。"你能不能不说芯片里的东西？"Z会这样打断他们。"不说芯片里的东西你让我说什么？"那些人基本都会这样回答Z。这时Z会陷入沉默，呆呆地看着他们。有一次，Z的这种样子引起了一个人的警觉，他在去洗手间的路上报了警，十分钟之后，Z听到了外面急急停车的声音，他看到对面的人的表情细微的变化，Z开始离开自己的座位向窗户移动，当小酒馆的门被猛地打开的时候，Z从窗户跳了下去。

Z在破败的小巷里拼命地奔跑，后面追他的人跑得比他快，所以他要不停地拐来拐去。在奔跑中，Z会经常闪过一个念头："死亡会不会是一种解脱？"Z总是能顺利地摆脱他们，回到小酒馆的后面，下到地下室里，他大口地喘着气，忽略了那种难闻的味道。"死亡会不会是一种解脱？"这个念头又一闪而过。

这样想象的时候，我在这个豪华别墅的地下室里不经意间似乎能闻到卫生间里的臭味。

13 **

在地下室的三个星期，是我在自由世界里的最后三个星期，但这样说并不准确，我那时并没有什么自由，那三个星期更像是我从自由世界到监狱的过渡，而之后在监狱的这一年，则是我从生到死的过渡。

那三个星期，当时觉得漫长无比，可现在看却短暂得像是一眨眼。在最后几天，我几乎决定要打开门出去了，这个冲动时不时地控制着我，让我冲到楼上客厅，握住了大门的门把手，但每次我都退缩回来。我不知道出去后该怎样面对这个世界，独自一人，我觉得外面的整个世界浓稠得让我无法进入。

我在客厅里发现一部电话，拿起听筒，我能听到拨号音，或许我应该给瞎子的手机打个电话。当时连这样愚蠢的想法也能控制住我，让我不停地想去尝试。

瞎子是怎么找到这个地方的呢？这里确实是一个安全的地方，谁也不会想到一个银行抢劫犯会躲在本地这样一个豪华别墅里，我能想象出来日后我那几个同事会在打牌时说我能在这里住三个星期也够本了。

独自一人，我觉得外面的整个世界浓稠得让我无法进入。

我一直没能走出那个别墅,我等着瞎子来接我。在这死亡的前夜,我还是后悔的。我应该走出去,回到我的小屋,看着窗外那片棚户区的灯光,睡上一晚,似乎这样的一晚可以溶解人生的所有苦难。

老杜一直没有提及Z的父母,好像他们都不存在一样。我曾跟瞎子说,我想安排Z回到家里,但瞎子一直不置可否。瞎子为Z设计了很多破坏性的行动,还有很多反侦探的情节,似乎他特别着迷于此。在Z的无限种可能性里,我觉得Z最有可能成为瞎子这样的人,而我则是Z最不可能成为的。

冰箱里的东西越来越少,这当然不是问题,有水有大米,还有很多榨菜,这些就够了。我的时间感开始变得模糊,我需要在日历上计算一下才能知道我在这个别墅里住了多久,但我在最后那段时间已经不去看日历了,我不知道过了多少天,也不知道还有多少天瞎子会来找我,我经常在地下室里坐着发呆,或是在客厅的窗帘后面看着外面发呆。

事情并不像最初设计的那样发展,瞎子没有来。或者应该说,是在瞎子来之前,我已经被抓住了。那个下午我在客厅的窗帘后面看着外面,我听到几声狗叫,但那并没有引起我的注意。随后我看到福建小田出现在不远处的一个拐角,他看向我这边,然后又四下张望了一番,随后就消失了。

自从躲到这里后,我从来没有看到过福建小田,虽然我知道他就是在这里的物业做保安。我有一种不祥的预感,但我还没有来得及去想其中的原因,我已经看到一群人从拐角处拥出来,并向我这边跑来。我的心狂跳起来,身体一时动弹不得。

过了一会儿,我才如梦初醒,转身冲向别墅的后门,打开门冲了出去。后门站着两个人,看到我跑出来他们便迎上来要拦住我,其中一个拽住了我的胳膊,我不知从哪里来的力气,用力一甩,竟摆脱了那人,我看到他跟踉地倒向路边,我拼命地向前跑去,另一个人在后面紧追着我。我想是我的恐惧让我跑得更快,我冲向了我曾爬进来的那处围墙。我不知道是怎样翻过了那个不算矮的围墙,我跳下的时候是右脚着地,正好踩在一块石头上,那块石头滑向一边,我摔倒在地上。当我爬起来继续向前跑的时候,我发现右腿有些瘸,我并没有感觉到疼痛,我的脑子依然是一片空白,但在奔跑中我不知不觉地哭了出来。后面追我的人越来越多，越来越近，我没有勇气停下来，虽然我已经意识到我完了。我只是本能地绝望地跑着，终于有一个人拽住了我的衣服，他扑上来把我按在地上，然后很多人上来压得我一动不能动。

那次注定是我一生中唯一的一次绝望的奔跑，在监狱里它反复地出现在我的回忆之中。我感觉自己是奔跑在一片空白里，一边跑一边哭，是的，我应该是哭了，这是我能记得的唯一的画面。随后就是我被按在地上，他们像抓一头掉进陷阱里的狼一样，反扭着我的关节，我的挣扎渐渐停止。我不再挣扎了，任他们把我铐住，架着我到警车里。警车开动时，我从车窗向外看了一眼，看到那片豪华的别墅，在围墙外站着一群看热闹的保安，我从中还看到了福建小田。

是谁出卖了我？在我刚进监狱时我曾反复想过，不可能是瞎子，但我隐约感觉到我似乎只是这个计划中的一部分，有一些东西我不知道。那段时间瞎子躲在哪里呢？当我意识到或许到死我都不会有瞎子的任何消息时，我心里便烦乱地理不出头绪。瞎子不会出卖我，但他一定有瞒着我的东西，虽然我相信我没有必要知道这些东西，但瞎子为什么就不能告诉我呢？

瞎子为我准备了两套计划，一是瞎子会在大约一个月后到我藏身的地方来接我，他会带着钱，在我们离开这个城市前，他会和我想办法把钱送到我家里；另一套计划是瞎子无法按时来接我，那我要在一个半月后独自离开，到一个隐秘的地方去拿钱，那是为我日后逃亡所准备的，而给我家里的钱，瞎子会想办法送过去。

至少有两件事情瞎子没有告诉我，一个是他的藏身之处——我其实始终不知道瞎子住在哪里，他经常会突然出现在面前，不知为何我一点也不觉得突兀。另一件事情是瞎子怎么找到了这个别墅作为我的藏身之地呢？我想了很久，每一次福建小田的影子总是在我脑海里晃动。在监狱里，我才突然感觉到他是一个猥琐的人，曾经的一些细节会清晰地出现在我脑海里，而最后的画面总是我坐在警车里瞥到他站在那群保安之中看着我远去。

躲在别墅的地下室里那段时间，我经常想着当Z躲在那个弥漫着洗手间臭气的地下室时，福建小田经常给他带吃的过来，同时还有外面的各种消息。那次在酒吧被追捕之后，Z就减少了外出的次数，也是从那次起，每次Z组织他的追随者集会，Z总感觉到有一双在暗中监视的眼睛。福建小田并不知道这些集会，但Z每次出去之前，总是先让福建小田告诉他外面的情况，然后他会用各种不同的化装方法改变自己，就像瞎子一样。当他出去后，他和真实的自己已经判若两人了。

福建小田不属于Z的组织，但他知道关于Z的传说，他知道Z的行踪。Z觉得这样安排更安全，他对福建小田有戒备，但没有怀疑，直到他发现不知从何时起福建小田不再和他聊怎样赚钱，Z心里有了隐隐的顾虑。原先福建小田最喜欢的话题就是如何利用Z的名气去赚钱，他总是说，你如果这样做，如果那样做，赚钱简直是轻而易举。Z心里充满了厌恶，但他从没有表现出来，Z知道他只是一个在底层挣扎的小人物，他向往一种富足的生活没有什么不对的，Z要让自己尊重所有的人，这是老杜反复强调的，但即便如此，当福建小田眉飞色舞地做着关于自己的白日梦的时候，Z还是忍不住有一种厌恶的感觉。可是不知从何时起，福建小田不再和他谈论这些了。Z渐渐感觉到危险笼罩过来了。

福建小田是一个可以为了钱出卖别人的人，可是这个情节如此安排应该是一个致命的漏洞，Z怎么会和这样的人在一起呢？我已经忘了这情节是如何来的了，或许是因为我随便给那个人起了个名字叫福建小田，才导致他变得如此猥琐，从而引出了后来Z的死亡；或许是因为瞎子，他一定让Z因为身边的人蒙难，让Z被一个这样的人出卖。

我不明白为什么在死亡的前夜我会去想一个虚构的人的生死，自始至终，这个虚构的人和我所处的现实没有任何关系，我做不到像瞎子那样用一颗强大的心脏控制自己的情感和行为，进而改变着自己的处境。Z和瞎子一样强大，他们的人生应该都至少不会是一个悲剧。那老杜呢，我相信老杜的人生应该具备那三样东西。想起老杜会经常让我觉得欣慰，我一直感谢他给我一个Z的故事，使我贫乏的生活有了一点亮色。

14 ✴✳

　　我相信外面的天空已经慢慢泛出太阳的微光，清洁工应该已经开始了他们的劳作，在银行里值夜班的保安开始换衣服准备回家，有很多人家应该已经开始做早饭，这一天和昨天或明天不会有什么不同，地球照样旋转，那些灰暗的、明亮的、痛苦的、快乐的、毫无希望的或者充满希望的人生，都将继续下去。死亡始终相伴，在这新的一天，死亡注定要带走一些人，其中就包括我。

　　这将是我的最后一天，我将被五花大绑，押赴刑场。子弹会从我背后射出，在子弹到达我的身体之前，我将经历片刻却又漫长的等待，那一刻注定将包含人生所有的苦难、所有的幸福、所有的期望和所有的绝望。我期盼却又害怕这一刻的到来，或许让死亡先来，让它先把我带走，死亡或许是一种解脱。

　　我记得一个狱友被执行死刑前曾反复对我说，他是多么羡慕国外的死刑犯可以在死前看到牧师，可以向牧师做忏悔，他希望狱方可以安排和尚来给他做个超度。他死后很长时间人们还在取笑他这个请求。"他想被超度到什么地方？"人们总是笑着说。

　　是啊，死去的人，他们都在什么地方呢？他们是否可以在另一个空间里看着这个世界？那另一个空间或许是存在的，存在于那些记挂着死去之人的人的心里，我知道瞎子就是这样始终被他的姥爷注视着的。除了我的母亲和瞎子，我不知道我还会存在于谁的心里，除了这两个人，我更希望所有的人把我从他们的记忆中抹去。我不希望自己被同事带着嘲讽的口吻谈论，或是从我身上满足他们卑微的幻想。我也不希望小孟和老王始终对我怀恨在心，忘掉对我的仇恨会让他们活得更好，也会让我死得更轻松。我甚至也不希望老杜会记住我，我对他已经没有任何意义，他的人生充满了光亮，他有生存所需要的一切，他也有东西可以为之生，也有东西可以为之死，虽然我不知道具体都是些什么。

或许我太自作多情了，他们会很快忘记我，除了我的母亲和瞎子，我坚信我死后仍然会存在于他们内心的另一个空间里，从那里注视着他们，看着他们如何度过余生，等到他们都死了，我就彻底消失了。

夜色渐去黎明将至的时间是最疲惫的时刻，和瞎子在我的那个面朝一大片棚户区的小屋里，每次熬夜到这个时刻我都控制不住自己而沉沉睡去，瞎子却总能坚持下去。或许我现在应该睡一小会儿，我确实困了，睡意像海浪开始向我涌来，退下，又涌来。能平稳地睡过去也是一件幸运的事，或许死亡也是如此，那个不停地要求狱方找和尚来超度他的狱友也曾多次表示羡慕国外的死刑犯，说希望能被注射死刑，想到这儿，我的睡意又消退下去。注射死刑应该会让我像睡着一样死去，可是明天会是一声枪响结束我的生命，我又一次想象了那种情形——会有一个短暂的等待，然后是突然的结束，或许死亡会先于疼痛而到来。

我没有选择死亡方式的权利，我不知道是不是因为我必须接受这种方式而在心里找到了一些理由，从而让自己更安心地接受它。是的，这种死亡的方式可以让我体验死亡，而不是体验睡眠，可是有什么意义呢？死亡之后，一切经历、情感和思考都烟消云散了。

睡意再次袭来，我靠在了床头，闭上眼睛。我希望能拥抱他们，我的母亲、瞎子、老杜、红裙子、小孟……和他们一一作别，或许他们会在我梦中出现，栩栩如生，那种类似幸福的感觉又一次来临。这感觉让我坚信不疑，他们都将顽强地活下去，我会在另一个空间注视着他们。

我应该是已经睡着了，迷蒙中我闻到了青草和烟混合在一起的好闻的味道，我的手被火烧到了，但一点也不疼，我跑向河边，把手放到凉凉的河水里，不远处那个红裙子在远远地看着我和同伴。天突然就暗了下来，我必须回家了，傍晚时分家里总是很暗，因为妈妈总是延迟开灯的时间。

　　我跑向河边，把手放到凉凉的河水里，不远处那个红裙子在远远地看着我和同伴。天突然就暗了下来……

1
*

当雾霾降临，能见度只有不到三百米的时候，北京似乎是消失了，那些皇城遗迹或者怪诞的现代建筑都退隐到雾霾之中。好几千万人生活在这个时隐时现的城市里，老杜也是其中之一。雾霾让人活得像只蚂蚁，老杜手握着方向盘，这样想着，在拥挤的四环上随着车流慢慢地移动着，他看不清远方，走走停停似乎让他的思维也停滞了。

即便在车里，老杜也戴着口罩，不然，每一个呼吸都会有一些微小的有害的颗粒进入自己的肺里，并从肺里进入血液而到达全身，这是一种无视你的存在的侵入，人们无法在身体上直接感觉到这种伤害，需要通过理性让自己相信它。戴上口罩，老杜感觉自己躲过了一些，但这口罩又让老杜感觉无比别扭，或许该在车里装一个空气净化器了。总之，老杜觉得生活完全可以分成两个空间，有净化器的空间和雾霾的空间，那个雾霾的空间无比庞大，每一个人在它面前都显得弱小和无力。

"这是一个最好的时代，也是一个最坏的时代。"狄更斯的话在这个城市里很流行，这句话像一个分类垃圾桶，每个人都可以往里放乱七八糟的东西。老杜更倾向于说这是一个平庸压抑却又疯狂冷漠的时代，老杜似乎能隐约感觉到自己心里的一丝怨气，或者说，一丝怒气，可旋即又被这浓重的雾霾湮灭了。

手机就在身旁，老杜控制住自己去拿手机的冲动，整整一个下午，老杜已经经历过了从惊讶到心灰意冷，从纠结无助再到冷静的过程，他要控制住自己，不去看那条短信，不再回到今天下午那个过程中的任何一段。他已经想好了对策，一会儿见到妻子和女儿，他会表现得一切都像从前一样。

从四环主路上出来，来到辅路马上就是一个红灯，这里是最堵的地方，依然是那个老太太，一只手里拿着一些地图和车载充电器，另一只手里拿着

雾霾让人活得像只蚂蚁。

一只乌龟，一辆车一辆车地兜售。寒冷似乎是巨大的阻力，让她的行动比以往缓慢了许多，她慢慢地靠近老杜的车，老杜把眼神从她身上移开，看着别处。老太太在老杜的车窗外先晃了一下一只手里的地图和充电器，又晃了一下另一只手里的乌龟，干瘪的脸上有着说不清的笑容。老杜一动不动，看着前方，余光里老杜看到那只乌龟的头伸了一下。这时从车的另外一边跑来两个小孩，十四五岁或者十七八岁的样子，行动奇快，不由分说地在每个车窗上插上一张花里胡哨的宣传单——又有一个新的楼盘要开盘了。老杜前些日子还在考虑买第四套房子，房子似乎是无数家庭生活的终极目标，买这第四套房子，又会让多少人感慨自己的成功，并且这肯定是一个最稳妥的投资，比把钱投到自己的公司还要稳妥得多，可现在老杜已经失去了那种冲动。老杜看着远处的雾霾，不知怎的，或许是因为自己的心情仍然在那条短信的影响里，那老太太的样子突然让他心里涌起一种荒诞和伤感交织在一起的感觉。

过了这个红灯，老杜拐到了四环内，很快便远远地看到妻子许玥和女儿站在路边，风轻轻吹起妻子大衣的下摆，女儿戴着口罩，但许玥没有。你无法改变一个人，老杜又想起这句话，这样说也不对，应该是你无法改变一个成年人，老杜看着女儿小小的身影这样想着。这个世界上原本没有这个小孩，一系列的因果循环和阴差阳错让她来到了这个世界上，竟然成为他生命的延续。

老杜研究生毕业后留在了这个城市，上班的第一天就碰到了如今的妻子。那是在电梯里，老杜按着他要去的楼层，但那按钮却毫无反应，身旁一个甜美的女孩对他说这是只去高层的电梯，对面是只去低层的电梯，老杜连谢谢也没说一声就匆忙出了电梯。后来老杜经常在电梯前碰到这个女孩，周一到周五，她每天都穿不一样的衣服，两个月后，老杜基本可以确定她有大约七套衣服的组合，有四个背包，轮换着背。老杜知道那里面总会有她从家里带的午饭，还可以断定这个女孩和自己一样，像一只蚂蚁一样在这栋大楼里打工，于是老杜约了她喝咖啡，在这个陌生而又庞大的城市里，老杜感觉她也希望能有一个相互关系可以更密切的朋友。

这个女孩很喜欢老杜的两只蚂蚁的比喻，她心里想的是两只勤奋的蚂蚁在一起营造自己的小窝，或许还把自己幻想成不停生育的蚁后，老杜不忍心告诉她自己真实的想法，那时的老杜充满焦虑地想象着自己像蚂蚁一样在地面甚至地下的灰暗的人生。

当时的老杜是这样用蚂蚁来想象着自己的一生的，那是在工作的第一年。那确实是苦闷的一年。或许正是这些苦闷，让老杜从第一年就开始在工作之外筹备未来的发展。现在回望来路，老杜很庆幸自己的选择，这里有运气的成分，但运气是给有准备的人的。相对于大学或高中的那些同学，老杜无疑是成功的，老杜一度觉得自己是一个成功的幸运儿。但最近这一年，老杜开始怀疑，甚至有些搞不清楚自己到底是成功还是失败。

从开始工作到出来单干，花了四年的时间，然后又是整整三年充满了艰辛和挫折的时间，许玥能一路陪着走过来也不容易。老杜远远地看着她，他们之间是车的长龙，缓缓移动，老杜恍惚间有种错觉，似乎许玥是在一个极限点上，老杜不停地接近，却永远都到达不了。

他们是在第一次见面的一年后才确立了恋爱的关系，在这一年中老杜能感觉到这个女孩曾有过感情的波折，她像一只小巧的纸船，漂泊在这个城市险恶的大海里，老杜能隐约感觉到她情感上受到的伤害，她的委屈，虽然她并没有说出来。她在固定的时间上班下班，去挤地铁，偶尔和朋友去餐馆吃饭，承受着周围的一些卑鄙的窥视，老杜很想用自己的双臂隔开那险恶的大海，把这小巧的纸船保护起来。但老杜所能做的，只是每一两周约她出来一次，看着她慢慢从痛苦中走出来，看着她的脸上开始出现明朗的笑容。老杜很庆幸，为自己的耐心，为自己从小学就有的那种朦胧的感觉，能一路变幻生长成为炙热的爱情，也许之前每次的对象都不一样，但竟然是这样一个女孩，让他体会到了最深的爱和这种爱带给他的痛苦和快乐，而最后，又是和她以婚姻作为归宿。老杜向她求婚的时候，她说："都说婚姻是爱情的坟墓，那干吗还要结婚？"老杜感觉心在收紧，在慌张中，老杜回答了一句非常不合时宜的话："如果没有婚姻的话，爱情岂不死无葬身之地？"这让女孩很不高兴，那次求婚没有结果，但那之后他们却开始忙碌着准备结婚了。那现在的婚姻是不是真的成了爱情的坟墓？即便是独自一人回想往事，老杜也总是让自己回避这个问题。

终于蹭到了幼儿园的门口，老杜把车停在妻子和女儿身边，许玥上车后冷冷地说："如果你知道堵车就应该早一点出来。"这样一说，直接省略掉了前面的好几句交流。"和爸爸好好说话。"听到女儿稚气的声音，老杜笑了一笑，从后视镜里和女儿对视了一下，他看到女儿把口罩摘了下来，没有阻止。

沉默在车里增长，那条短信还躺在手机里，一切都和以前一样，至少表面上是这样，至少对女儿来说是这样。老杜还是摘下了自己的口罩，天气预报说今晚会起风，那明天雾霾就不会太重了。看到女儿后，不知不觉，老杜的心情稍好了一些。他想起女儿昨天睡觉前问他的话："为什么妈妈生出来的是我不是别人？"老杜一时不知该怎么回答，五岁小孩脑子里的想法千奇百怪，这问题就如同为什么自己会以现在这个样子生活在这个世界上一样，又比如有些人为什么会有那么不一样的人生之路，在其中能隐约嗅出存在主义的味道，那是早已被老杜抛弃的哲学。那短信还躺在手机里，老杜忍不住从后视镜看了一眼许玥，她的脸转向窗外，留下一个精致的侧影。"生活为什么是这个样子而不是另外一种样子？"老杜沉默地操纵着汽车，"如果生活不是这样，我就不是现在的我了。"老杜借用了物理学里的人择原理，可发现这丝毫不解决问题。或许是因为这是一个平庸压抑而又疯狂冷漠的时代。老杜在心里对自己这样说道。无法避免地，他知道自己会重新陷入那种纠结的心情之中。

车缓缓离开已经空荡荡的幼儿园门口，从右边的后视镜里老杜看到幼儿园门口有个人站在那里朝自己的车的方向张望着，老杜觉得自己似乎在哪里见过他。老杜开着车又重新进入四环上缓缓涌动的车流和湮灭一切的雾霾之中。

这几天老杜感觉他的一举一动都被一双来自雾霾深处的眼睛注视着。

持续了三天的雾霾终于退去了，老杜可以从办公室的窗户里看到远处的山峦，对着这片曾一度让他感到志得意满的景色，最近老杜却总是陷入一片空白的思维之中。员工在外面像往常一样忙碌着，公司的情况并不好，风雨飘摇，这时正需要老杜投入更多的精力。老杜的好几个朋友已经把公司关掉了。现在整个城市完全暴露于阳光之下，老杜却开始觉得自己和这个城市有了距离，他觉得自己的心思是在这城市之外，也在自己的公司之外。

老杜发现自己花了这好几天的时间才终于明白，自从收到妻子那条短信，自己的内心深处渐渐弥漫起一种恐惧，老杜望着远处的山峦，感觉自己是站在悬崖边上，未来不可能是一次飞腾，他的忧虑告诉他那更可能是一次坠落。

老杜干脆站起身来，走出办公室，穿过外面的公共办公区，现在只有四十来个员工坚持跟着自己。前台的小女孩没有想到老杜会在这时突然走出来，赶紧关了电脑上一个花里胡哨的网站，脸上还升起一片莫名其妙的红晕。老杜没有去在乎这些，他在员工的注视中走出公司，下到地下停车库。他犹豫了一下，不知道自己是开那辆捷豹还是路虎，他想离开这里，似乎这样就可以摆脱那些烦恼。快出车库的时候，老杜看到一个人站在车道旁边，他和老杜有一个短暂的目光接触后便转身走开了。老杜感觉似乎在哪里见到过这目光，却又回忆不起来，这不是那种邪恶、猥琐或者卑下的目光，这让老杜不用去担心自己被坏人盯上，自己并不是那种招摇炫富的人，况且现在的处境也确实没有什么可招摇的了。老杜没有再去多想，他开车往五环外驶去。现在不是高峰期，老杜开得很快，渐渐地两边不再是高楼，开始出现了田野，远处的山似乎就近在眼前。雾霾也无法削弱自己对这座城市的热爱，这是自己孕育理想、历经磨难、奋斗成功的地方，但现在或许又是自己的一个低谷。老杜想到这里时心情又明朗了一些。如果仅仅是一个低谷又有什么可烦恼的呢，一切都会重新好起来。老杜这样想着，但意识到刚才习惯性地想到了"成功"两个字。"成功"，老杜自言自语，不禁又开始心烦意乱。

那是一个美丽的背影——至今仍深深印在老杜的回忆里——每天差不多六点过十分从电梯里走出，老杜并不希望和这个女孩打太多的照面，他相信有过几次的目光的碰撞足以给这个女孩留下印象，大部分时间老杜都是不让这个女孩发现自己的。他观察着这个女孩的一举一动，他甚至开始喜欢看着这个女孩的背影，从她走路的姿态，老杜能感觉出来，下班后是她很放松的时刻。老杜记得很清楚，那是一个周四，他肯定这个女孩下班后不会有其他安排。老杜从后面追上去，走在她身边。女孩发现了他，转过头来，他们的目光碰在一起，老杜看到她笑了一下。老杜说："我们一起去喝杯咖啡好吗？"

一起去喝杯咖啡，似乎在最近这一年，老杜和妻子已经完全丢失了这个习惯。之前很多年，即便是有了孩子以后，他们还是继续保持每周都一起在外面喝杯咖啡或茶的习惯。最近这一年来，好像一次都没有。老杜的脑海里始终是许玥那个美丽的背影，或许在很多人眼里，他们的第一次约会再平常不过，但对老杜而言这是一个美好的开始，那之后的一年，老杜控制住自己想去触碰她身体的欲望，老杜像得到一个宝物一样只是想把它保护好，而不是急着去触摸它。

事情是怎么样一步一步发展到今天这个地步的呢？老杜找不出答案。老杜找不出自己在哪里做得不好，但事情却慢慢地往不好的方向发展，直到一切似乎都不可挽回。"为什么妈妈生出来的是我而不是别人？"老杜又想起女儿的话。如果没有女儿，自己是否更容易面对分手？如果现在公司倒闭自己破产呢，是否可以——把所有的积蓄留给妻子女儿而自己决绝地离开现在的生活？如果人生可以重来，自己该怎样做才能躲避今天这样的处境？

老杜想不出头绪，他把车开进一个很欧式的庄园里。围墙之中是修剪得规则整齐的草坪和花圃，在庄园中心的欧式城堡前是一块露天的平台，老杜没有进去，而是直接坐在外面，要了一杯咖啡。空气干净而冷冽，远处的山峦起伏，似乎是在和这个世界沉默地对望着。有过一段时间，那是在结婚前，老杜和许玥会互相凝视着，也不说话，那时他们常去的是在那个所谓"宇宙中心"的几家咖啡馆，许玥偶尔也会带老杜去附近大学里的音乐厅听一些票价很便宜但水平一点也不低的音乐会。老杜对音乐没有感觉，他的童年是在一个小县城里度过的，那里没有什么像样的演出，即便有也不会有人去。在音乐会上，老杜要么轻轻碰着许玥的身体，感受着她在身边的轻微的气息，要么就想着自己的项目，等音乐会结束，他就会急不可待地往自己的住处赶，因为这种时候许玥都会住在他那里。

咖啡还剩下一半，已经凉了。老杜点起一根烟，在妻子怀孕前老杜戒了将近六个月的烟。那段时间他总是很自豪地拒绝朋友递过来的烟，在小孩出生后，他又同样自豪地在朋友面前拿出烟来点上，现在回想起来这些事都失去了意义。是从哪一刻，他们之间又是如何开始了相互的冷漠呢？老杜竟然理不出头绪。唯一可以确定的是，如今是妻子决定离开这种冷漠，这时老杜意识到，原来自己内心深处曾完全接受了这种冷漠的生活并愿意一直这样持续下去，这让老杜心里有了愧疚。一开始仅仅是一丝丝的愧疚，但慢慢地开始在心里蔓延开来，老杜有些犹豫是否该起身走进这座欧式城堡。烟灰在风中断裂，落在老杜的裤子上，老杜站起身，走进大门，一个服务生毕恭毕敬地迎上来，弓着身子，引领着老杜往里面走，边走边说："还是5号吗？"老杜没有回答，径直向里面走去，当自己开捷豹来的时候，这里的服务员知道自己只想要一次纯正的按摩。与以往不同的是，老杜总觉得有一双眼睛从暗处注视着自己。

还是5号，她今天格外认真，因为她能感觉到老杜与以往不同。老杜有些后悔，心中弥漫的愧疚越来越重了。按摩只做到一半，老杜就让她停了下来。老杜坐起身来，看着5号全是青春气息的脸庞，这脸庞上没有了第一次见面时的那种职业化的表情，老杜能从她脸上感觉到一种信任和依赖。老杜拿出两千块钱递给她，她没有接，或许她察觉到老杜的异样并猜测这是老杜最后一次来。或许真的是最后一次吧，老杜心里这样说，但并不确定。老杜把钱放到按摩床旁边的小茶几上，穿好衣服，走到大门口处结账离开。

现在还早，回去的路仍然比较畅通。但天空又开始变得灰蒙蒙了，很多年前污染并不比现在少，但那时老杜没有去在意空气，在"宇宙中心"只有一个话题，就是创业。老杜记得在参加一次咖啡聚会后许玥对他说："你们这是创业吗？整整两个小时你们讨论的就是怎么样拷贝别人的产品和创意。"老杜有些尴尬地说："这也算创业，因为这个市场可以容纳好几家同样的公司和产品存在啊。"那时老杜为许玥的单纯和率真而着迷。

　　用许玥的话说："你们是一群不择手段的疯子。"但老杜从来没有怀疑过，他甚至在聚会上说："这就是我们的宗教。"

后来许玥就拒绝参加这种聚会了。确实，这种聚会有洗脑的作用，用许玥的话说："你们是一群不择手段的疯子。"但老杜从来没有怀疑过，他甚至在聚会上说："这就是我们的宗教。"并且最终成功了，虽然老杜并不算最成功的，但生活的层次已经彻底改变了，没有人去在意那过程，其中的艰辛、苦闷、彷徨，以及为许玥所不齿的东西，人们在意的是结果。我有着让百分之九十九的人都羡慕的成功，老杜这样想着，但心里泛起了苦涩的味道。他现在才意识到许玥从来就没有在意过自己所谓的成功。现在，他甚至已分不清自己到底是成功还是失败。

老杜开得不快，这种速度让他的右肩有一丝异样的感觉。结婚前有很多个这样的周末——他们出去玩的时候，许玥总是把头靠在老杜的肩膀上，这时老杜就把车速降下来，慢慢地开，他们有的是时间，那时老杜感觉这世界就是为他们准备好的。

"但这世界终究不是为我准备好的。"老杜苦笑着这样想着。这其实是一个冷漠的沉浸在污染之中的世界，而和许玥的那些美好的时光也终究被湮灭其中。

很快老杜就回到了公司，大部分员工都下班了，现在的经济环境下他们已不需要加班了。老杜收拾自己的东西，来到楼下的咖啡馆，老杜想把下午没喝的那半杯咖啡补上。他坐下来，准备具体想一下回家后该怎么化解这场危机。下班后这里几乎没有人了，在空荡荡的咖啡馆，老杜看到一个人端着一杯咖啡向自己走来，他戴着帽子和口罩，他的眼神似乎在哪里见过，但老杜确定自己并不认识他。他走过来，径直坐在老杜对面。"老杜——"他目光平和地说。

"你是？"老杜问。

"我想和你谈谈。"那人并没有回答老杜的问题，他的目光在老杜的周围巡视着。

"你想谈什么？"老杜警惕地问。

"我想和你谈谈Z的结局。"他的表情仍然很放松，但眼神变得犀利，似乎是不经意地又一次划过老杜的脸。

　　"我想和你谈谈Z的结局。"他的表情仍然很放松，但眼神变得犀利，似乎是不经意地又一次划过老杜的脸。

3 *****

老杜看着面前这个人，他不像是在这座办公楼里经常碰到的那些搞推销的人，老杜能看出在他的沉着和警惕背后藏着一个和自己有关的目的。老杜的大脑快速地运转着，但还是想不起他说的Z是什么东西。

老杜的眼睛直视着面前的这个人。"你这样的人我碰到的多了。"老杜在心里对自己说。然后他看了一下手表，冷冷地说："抱歉，有什么事明天再说吧。我要去接孩子了。"随后便站起身。

"你今天不用去接孩子。你太太在四点半已经把你的孩子从蓝天幼儿园接走了。"那人也同样直视着老杜，从容不迫。

老杜的心猛然收紧，他感觉到了一丝危险的味道，这时老杜突然意识到了，这几天总感觉有人在暗处注视着自己，是的，就是面前这人似曾相识的目光，在幼儿园门口，在车库出口，是同样的目光！

老杜重新坐了下来，拿出手机拨通了妻子的电话，那人的脸上有了一丝隐隐的微笑，目光远远地投向老杜。

"你现在在哪里？接到宝宝了吗？"老杜问。

"我在家里，有什么事？"妻子听到老杜焦急的语气，非常简练地回答。

"不要出门，等我回去。"老杜悬着的心放了下来，同时，也就是刹那间他感觉到了对这个家庭强烈的眷恋。

"关于Z的结局？Z是谁？"老杜重新面对面前这个人，老杜让自己冷静下来，心里想着该怎么摆脱。

对面这人并不着急，他说："你不记得Z了吗？"

老杜摇了摇头，大脑继续快速地扫描，但仍然一无所获。

"Z是一个拒绝在大脑里装芯片的人，他是你虚构出来的。那是一部关于人的理想的小说。"那人不慌不忙地说，脸上有一丝失望，也同时流露出一丝嘲讽。

老杜终于想起来了。"Are you Z ?"老杜忍不住在心里蹦出了一句英语，在这个时代竟然有人来神神秘秘地和自己谈一部关于理想的小说。老杜渐渐回忆起更多的细节，那是高中时自己天马行空的胡思乱想，他已经不记得自己具体写过些什么了，但对 Z 这个人物还有印象。老杜苦笑了一下，怎么会有人突然跑来要谈这个时光垃圾堆里的东西，还让自己紧张了一番。但老杜马上又意识到，或许事情并不那么简单。

"你是……你是木鱼？"老杜尽量把事情往好的方面想。面前这人或许是自己的高中同学，但老杜马上又摇头否定了。面前这人不是木鱼，模样完全不像。这人为什么要跟踪自己，为什么去了解自己女儿在哪个幼儿园？老杜的心又收紧起来，眼睛紧盯着这人，想从中发现一些蛛丝马迹。

"木鱼是谁？这个 Z 的故事你只和木鱼一个人说过吗？"那人问道。

"是的，我记得只和他一个人说过，说过什么我都记不得了。你到底是谁？"老杜并不想让自己在对话中处于下风。

"那我知道木鱼是谁了，你对他还有印象吗？"那人始终很平静从容，但眼神里没有了犀利，而似乎充满了回忆。

"没什么印象了。"老杜摇了摇头。但又觉得这样说不好，便又说道："那个住校、家在农村的同学，他姓余，人挺木讷的，我们都叫他木鱼。你是他朋友？"

那人并不回答，看着老杜的眼睛，说道："木鱼很想知道你是怎么写 Z 后来的故事的，Z 的结局是什么？"

老杜耸了一下肩，翘起一边的嘴角，说道："我后来没去写，我不是当作家的料。"然后笑着看着对面这个人，他想让关系缓和一下，似乎这样就会让刚才的担忧消失一样，他同时在快速思考着如何脱身。

那人依然保持着距离，看着老杜似乎是在观察动物园里的一个动物。"不用担心你的女儿，她不会有事的。"那人意味深长地说。

"关于 Z 我实在想不起什么来了，木鱼我也是从高中毕业就没有联系了。你想跟我谈什么？"老杜收起了笑容，他尝试着换了一种姿态，表情变得居高临下。

"既然你想不起Z了，我准备和你聊一聊木鱼。"那人在说"木鱼"两个字的时候，目光扫过老杜的眼睛，让老杜心里生起一股寒意。"我有三四天的时间，只想和你一个人聊一聊，不会去打扰你的家人。"那人继续说道。

他反复说自己的家人，已经说明问题了。老杜不再去猜测了，知道自己摊上了一件棘手的事情。从自己出来创业到现在，碰到的难事不知有多少，虽然没有这类事情，但老杜知道必须让自己尽快冷静下来。无非是和钱有关，"能用钱解决的事情就不是什么大事"，这是老杜创业后经常听朋友说到的一句话，老杜没想到会在今天这样的情景中想起这话。

"木鱼现在怎么样了？也有小孩了吧？"老杜问道。

"他在监狱里，我不知道最终的判决是什么，但我感觉是凶多吉少。"老杜从那人的脸上读到一丝悲哀，稍纵即逝。

"我能帮上什么忙吗？"老杜装出一副关切的样子问道。

那人冷笑了一下，仿佛一眼便洞穿老杜的伪装。"木鱼住在你生活过的那个县城的南边，住处旁边是一片棚户区，在一个五层楼的顶层，从窗户里就可以看到外面的那一大片棚户区。我们在那里不止一次地聊起Z的结局。在逃亡之中我才意识到，我们设计了那么多结局，但我们都知道其实只有一种可能，我和木鱼最终都给他选择了同样的结局，虽然过程完全不一样。我们其实都受了你说的一段话的影响，不过那段话应该不是你说的，好像是你引用的。"那人说得不慌不忙，眼睛时不时地环顾周围，又时不时地扫过老杜的脸。

"什么话？"老杜问道，似乎被吸引而忽略了所面临的危险。

"你说，人要有东西让他生存，要有东西可以为之生，要有东西可以为之死，在人的一生里，这三样如果缺少一样就导致戏剧性人生，缺少两样就导致悲剧。我在逃亡的时候，这句话经常出现在我脑子里。"那人似乎陷入了一种难以言传的回忆之中。

这句话打开了老杜记忆的大门，他想起来了，那个没有写完的小说的一些细节都陆续出现在老杜脑海里。是的，那是一个关于理想的小说，那是在一个傍晚，老杜第一次和那个木讷的同学聊起了这个故事，始终都是自己在说，木鱼安静地听着，没有给出任何评论。是的，那时老杜读到一个诗人说的关于人生的三样东西的话后，就决定把它写进小说里，那时老杜也曾经用这句话去想象自己的一生，但后来到北京读大学后就没有再想过这句话。老杜也想起了木鱼的原名，很俗气的一个名字，余金财，老杜觉得他更喜欢别人叫他木鱼。关于Z，老杜也想起来了。那时老杜希望Z能有着一个独立而又完整的一生，这完整当然包括了常人所不能经历或承受的苦难，以及与这苦难相对应的幸福。从上大学后老杜就再也没有去想过Z，这个由自己在高中时代创造出来的人，他身上有着当时自己青春期的叛逆，他拒绝在大脑里装上芯片，因为他发现装上芯片自己就失去了理想。这些记忆涌上了老杜的心头，这么多年它们始终被封存在脑海的深处，今天是面前这个不速之客把这些记忆翻了出来，老杜有些恍惚，觉得不可思议。借着这些回忆，老杜似乎看到了那个生活在小县城的青春期的自己，他生活在一个封闭的小县城中，他规划着自己在外面广阔世界的人生，老杜发现他身上似乎有着自己后来所没有的东西。

而木鱼的形象也渐渐在老杜脑海中变得清晰起来，当时好像除了Z，老杜和木鱼之间就没有别的话题可谈了，木鱼总是安静地听着老杜讲，似乎生怕老杜停下来。他的学习成绩并不好，应该是没有考上大学，家境好像很艰难，有好几次老杜在学校里吃晚饭，看到他只是吃馒头和咸菜。老杜无法将这个老实的同学和罪犯联系在一起。老杜看着面前这个人，搞不懂他为什么要绕这么大的圈子。

"是的，是有这句话。"老杜仍然盯着那人的眼睛说，"但我后来没有继续写下去，我也不知道该给Z安排一个什么样的结局。"

"你在毕业纪念册里让木鱼去帮你想一个结局。"那人说道。

这样一说，老杜又想了起来，是的，自己是这样写给木鱼的，而木鱼在自己的纪念册上写的是将来出版了别忘了寄给他一本。

"你们想的Z的结局是什么呢？"老杜把自己从回忆中拉出来，提醒自己现在自己的家庭正面临着危险，而自己面对的很可能是一个逃亡的罪犯，虽然他一点也不像。老杜忍住没有去问木鱼为什么进了监狱。这个人不说，我也不会去问，老杜在心里这样盘算着。

那人的目光又变得犀利起来，仿佛要看穿老杜。他说："木鱼让 Z 有着和平常人完全不一样的人生，现在的你已不能想象，让我先告诉你我这几天观察你的结果，用你引用的那句话来评判的话，你的人生至少是个悲剧。"

那人的脸上没有笑容，眼神划过老杜的脸，在周围巡视一圈后，又停在了老杜的脸上。

4 **＊**

离开咖啡馆，在回家的路上，老杜的心仍然无法平静，那人竟然用自己高中时瞎编的故事以及当时自己引用的一句话击中了现在的自己。如果现在自己的生活是一盘烧煳的菜的话，那人在上面又撒了一把沙子，老杜这样想着。这是一个厉害的角色，他完全把控了谈话的节奏，在老杜想交流下去以便更好地了解他的目的的时候，他让谈话戛然而止。

"你该回去了。"刚才那人这样说道，不给老杜其他选择。

"你还没告诉我你到底为什么来见我。"老杜说。

"我后天给你短信，我们约一个地方继续聊。"那人这样说，没有什么表情，距离似乎一下子远了很多。

"有什么事就直接说吧，你知道我最近比较忙。"老杜的语气不知不觉中软了许多。

"我会给你短信的，我有你的电话号码。"那人顿了一下，看着老杜继续说道，"我估计你回去要在网上搜索一些信息，你不会有太多收获的。你放心，你只要让我们的交流仅限于我们两个人，就不会有任何问题，一切都会和以前一样的。"那人说这些话时同样让人不容怀疑。

在回家的路上，不知是因为什么，老杜选择让自己相信那人。老杜感觉到了威胁，却没有感觉到危险，老杜想知道他凭什么说自己的人生至少是一个悲剧，这让老杜握住方向盘的手有一些发抖。但不管怎么样，老杜不会拿自己的女儿冒险，他想让妻子带着女儿去她姥姥那里住一段时间，可老杜又不想把这件事情告诉妻子。如果是以前，老杜一定会告诉她的，但现在老杜不想，那盘菜已经做坏了，撒上一把沙子不会让它变好。

到家时已经快十一点了，老杜先去了女儿的卧室，看着女儿在安静地睡觉，老杜心里涌起一丝感动，这是自己生命的延续，让自己想把所有美好的东西都留给她。老杜轻轻地退出女儿的卧室，来到客厅，灯光有些昏暗，客厅里充满寂静，熟悉却又陌生，真切而又恍惚。这里本应是自己生活的港湾，老杜却突然觉得变成了人生的驿站，恐惧感又一次在心里蔓延开来。妻子一定是醒着躺在卧室的床上，老杜要进去，却又迈不动腿。

老杜深吸了一口气，走进卧室，在床头柜上台灯昏黄的灯光里妻子正在看着一本杂志，并没有抬头看他，老杜先走进卫生间，心情也稍微放松了一些。那条短信还在手机里，但现在更重要的是妻子和女儿的安全。老杜走回卧室，对妻子说："你带着孩子回她姥姥那里住一段时间吧，最近公司的情况不好，我需要花点时间在公司上面，也需要出去跑一跑。"

妻子沉默了一会儿，冷冷地说道："这样也好。"

"等你们回来，我就把公司放一放，我们出去旅游。你想去美国还是欧洲？"老杜尽量让自己显得很轻松，他想起上一次出国还是结婚蜜月，仿佛就在昨天，一些不连续的画面闪现在老杜的脑海里，那个时候许玥活泼又快乐，对未来充满了憧憬。"宝宝现在能记事了，可以带她去国外看看。公司是个无底洞，永远有干不完的事情，钱也永远都赚不完。"

"今天下午你打电话给我时发生什么事情了？"妻子这样问老杜，显然，她有了一种与平日不一样的感觉，老杜也知道，妻子一定察觉出发生了什么事情。

"没什么，一个高中同学来了。"

"那也不至于不让我们出门啊。"

"我们好久都没有去喝咖啡看电影了，什么时候去一次。"老杜岔开了话题。

"是不是要先预约，把它写到你的记事本里？"许玥把杂志合了起来，仍然没有去看老杜一眼。

"我整天忙公司，到现在才发现我们有那么久没有去喝咖啡看电影了，你是不是觉得我变了？"老杜坐在床脚，看着橙黄灯光中的妻子，"其实我没变，我还是以前那个我。"

"问题在于，"老杜看到妻子抬起头看着自己，但给他一种保持着距离的感觉，"你察觉不到你的变化。"

"你觉得我变了吗？那你告诉我，我哪里变了？"老杜笑着问妻子。

"你变得不认识我了。"许玥冷冷地说。

"也可能是你变了，变成了认为我变了的人。"

老杜看到妻子的脸瞬时变得冷冰冰的，意识到自己不该在这时说这种胡搅蛮缠的话。老杜记得在和许玥刚开始确定恋爱关系的时候，每次这样胡搅蛮缠都会给许玥一个假装生气和着急的机会，但现在不一样了，或许是两个人都发生了变化。老杜收起了刚才的表情，对妻子说："如果你和宝宝有危险的话，我会抛开一切去保护你们的。"

"你确定你会吗？"

像是被一支箭击中心脏一样，他看着妻子，手有些微微颤抖。"我会吗？"老杜在心里问自己。老杜懂得了妻子为什么说他变了，他感觉自己在触及一些被封存很久的东西，他现在还看不清到底是什么，但他已不习惯在生活中出现这些东西。今天是不寻常的一天，发生了太多的事情，老杜控制住自己的情绪，站起身来，走近妻子，弯下腰把手放在妻子的手上，对妻子说："早点休息吧。"妻子在冷着的脸上挤出一丝微笑，她看到老杜站了起来，便关掉了床头柜上的台灯，房间突然一片漆黑，老杜摸索着走出卧室，穿过客厅，来到书房。

老杜点起一根烟，在书桌的正上方有专门设计的排风系统，把烟悄无声息地吸走。十一点多了，老杜打开电脑，在网上输入了"余金财""罪犯"还有那个小县城的名字等，他无法想象这些词会在此刻通过这种方式联系在一起。"变化"，老杜想到刚才妻子说这个词的表情，这么多年，足够让木鱼发生彻底的改变了，彻底到变成罪犯。"或许我也是？"老杜又陷入了刚才的心境，心中充满了纠结。

确实如那人所说，信息并不多，但还是让老杜无比惊讶。这是一桩运钞车抢劫案，内外勾结，蓄谋已久，有押运员在抢劫中受重伤，这是这个城市发生的第一起运钞车抢劫案，暴露了其安全系统的很多漏洞。有两个案犯，一个是押运公司的编外员工，一个是流窜人员，身份不明。老杜还看到了一张照片，一眼便认出那是木鱼，他的模样一点也没有变化，还是高中时那个样子。木鱼在照片中呆滞地看着外面，似乎没有什么思想，似乎对这个世界没有任何感觉。老杜盯着照片中木鱼的眼睛，又感觉他仿佛是在倾听，像当年那样倾听自己瞎编的关于Z的故事。这么多年，到底在他身上发生了什么事情呢？他是怎么走上这条路的呢？网上没有说对木鱼的判决，但老杜也觉得凶多吉少。而另一个案犯，正在被通缉，有一些关于他身体特征的表述，还有一张手绘的肖像以及一张并不清晰的照片，从上而下，只能看到一个侧脸，但不清楚。

那个人就是另一个案犯！虽然网上的信息根本无法确定另一个案犯就是他。老杜感觉自己的脊背有些发冷。这不是一个普通的罪犯，而是持有武器的抢劫犯，如果被抓肯定一辈子就出不来了，那么他可能什么事都做得出来。

从网上所说的案发时间来看，这个人应该逃亡一年多了，他为什么竟然要到北京来？为什么会找到自己？暗中观察和跟踪自己的家人，冒着风险把他的来历告诉自己，还谈什么人生的戏剧性、悲剧性……老杜觉得这一切都难以想象。

从那天在幼儿园门口发现那人的眼神到现在，老杜相信那个人跟踪自己的时间不会超过两周。他从自己身上看到了什么，然后就断言自己的人生至少是一个悲剧？又偏偏是在家庭和公司一团糟的时候闯入自己的生活。

他不是为了钱，这是老杜做出的第一个判断，这不是一件用钱可以解决的事情，他也绝不是来和自己讨论人生的悲剧的。那人的一举一动在老杜脑海里反复出现——他不是一个普通的罪犯，这是老杜的第二个判断，他的思维缜密，对谈话和局面的掌控一点也不比自己差。他和木鱼有着精神层面的联系，这是老杜的第三个判断，当说起木鱼的时候，老杜能察觉到他表情细微的变化，老杜隐隐地感觉到他冒着这么大的风险来见自己，或许和木鱼有关。

还有一种可能，那就是那人根本不是木鱼的同案犯，或许是一个假冒的罪犯，想敲诈一笔钱，或许是那个同案犯派过来的，而那个罪犯则继续在暗处盯着自己和自己的家庭。老杜觉得不能排除这个可能性，虽然直觉告诉自己这可能性很低。

要不要报警？要不要明天早上把这一切向妻子和盘托出？危险似乎就聚集在窗外的夜里，又似乎是从内心深处慢慢地向外蔓延。

5 **

公司的情况不好，没有在做得最好的时候把公司卖掉，现在看或许是一个错误，但不管是在朋友面前，还是在妻子面前，老杜从来不承认。老杜曾经总是说："这个公司是我的追求和寄托。"后来老杜就不再这样说了。

上午老杜又和妻子确认了一遍带女儿去姥姥家的事，妻子说票已经订好了，并且也没有再去追问老杜，这让老杜有些意外。不管怎样，这几天少了一个后顾之忧，自己可以专心对付那个人，同时还要扭转目前公司被动的局面。老杜想开一个会，把公司的情况和员工说一下。下午一个投资人要来，以前见投资人时就像打了鸡血，可现在老杜最不愿听到的就是投资人要来开会。

"这是一个最好的时代，也是一个最坏的时代。"这最好和最坏或许都有自己的贡献，老杜自嘲地想。公司最好的时候已经有三百多人，那时老杜每天工作至少十二个小时，用户数不断增长，投资人不停地来找老杜，让老杜有时会兴奋得睡不着觉，那时只有许玥一个人冷眼旁观。"你们有什么真正的产品吗？"许玥问过好几次这些问题，"为什么要这样烧钱？"

老杜觉得许玥这么年轻，想法却是那么传统，这是她可爱的地方，老杜为此而着迷，但对许玥的那些问题老杜一直觉得过于幼稚可笑。这是一个变革的时代，中国将产生世界上最伟大的公司，虽然老杜觉得自己不会有这么好的运气，但自己至少赶上了这个潮流。"汽车、房子、估值不断升高的公司，还有周围富豪阶层的社交网络，这些都是实实在在的，不是吗？人们的生活因为自己的公司而更加方便有效率了，并且，国外也是这样的。"老杜曾用不同的方式向许玥传递着这些信息，一直到现在老杜才意识到许玥从来没有认可自己的这些话，她从来没有认可，只是一直远远地看着自己，并且一直到现在老杜才意识到，许玥并不会因为财富而留在自己身边。想到这里老杜的心开始剧烈地跳动起来，甚至在有了一个这么可爱的女儿之后，许玥居然还能做出离开自己的选择，难道自己真的已经变成另外一个人了吗？

老杜又打消了和员工开会的想法，这不是最紧急的事情。老杜要准备好下午和投资人的会，过了这一关，或许一切都如从前。一切？老杜想象不出是否会有这么一天，许玥和自己就像刚开始那样在一起，老杜知道人生是无法回到从前的，他呆呆地坐在那里，黯然神伤，前台小女孩在门外敲了半天门他才反应过来。

老杜让前台进来，准备让她把自己准备好的PPT做得漂亮一些。老杜静下心来给她讲，讲着讲着突然停住了。"你们是一群不择手段的疯子。"许玥的话以及说这话时的神情突然出现在老杜的脑海中。"创业搞公司怎么可能不说谎，怎么可能不夸大一些事情隐瞒一些事情？"老杜一直这样为自己辩解，并且心安理得。时隔这么多年，许玥的话从封存的记忆里突然跳出来，让老杜无法再继续讲下去。老杜对前台说自己还要再考虑一下。前台走后，老杜继续在办公室里发呆，感觉不仅仅是这个PPT，而是自己的生活和事业都不知该怎样继续下去。

老杜知道自己不能用这种状态和这样的准备材料去见投资人，最好的办法是取消今天下午的会。他拨通了那个投资人的电话，老杜又撒了一个谎，对方出乎意料的爽快，让老杜专心处理公司的事情，下午的会就这样取消了。

下午老杜想去送妻子和女儿，却又不知道该如何面对妻子。老杜很想告诉许玥，让一切都如从前，但老杜本能地感觉这是一种愚蠢的做法。老杜控制住了去郊外的冲动，也控制住了去网上搜索更多关于那个罪犯的信息的冲动。老杜仔细地思考，如果妻子女儿离开这个城市，那么自己在下次见那个人之前报警，很可能就可以抓获他，自己的生活就不会再受他的折磨了。老杜不停地想着是否下定决心去报警，可是内心深处又不停地否定。在不知道他到底能做出什么事情前，不应该冒险去报警，同时老杜很想再和他交流几次，那人说过，只要他们之间的交流仅限于他们两人，就不会有问题，不知为什么老杜选择相信那人的话。老杜想继续和他谈谈，看看他眼中自己的生活到底为什么会至少是一个悲剧。意识到自己有这个想法，老杜突然觉得有点滑稽，觉得自己有点病急乱投医的心态。谁叫事情都赶在了一起呢，人在不顺的时候难免会幼稚。这也是正常的，他想。

下午老杜又给妻子打了一个电话，妻子却说要推迟到明天走，老杜掩饰住了自己的失望，说这样也好。经过这一整天，老杜已经冷静下来了，坚信那个人不会真的做出伤害自己家人的事情，只要自己不去报警。老杜刚挂断电话，便收到了一条短信，来自一个陌生号码，短信内容是"下午四点，府城路五号见面。木鱼"，显然这是那人发的。不是明天见面吗？老杜感到自己明显地紧张起来，大脑快速地运转。不能犹豫，要马上告诉那人自己下午没有时间，这是一种较量，老杜一边这样想着一边拨通了发那条短信的手机号码。

"我今天下午没有时间，我明天已经把整个下午空出来了。"刚一接通，老杜就说了起来。

"哦，你的朋友已经走了，刚才他说忘带手机了，就借我的手机发了短信。"电话那边传来的是一个女孩好听的声音。

"那能告诉我你们在什么地方吗？"老杜说。

"在江苏路华清大厦下面。"那女孩很耐心地回答说。

就在自己办公楼的下面！老杜想冲下去，但忍住了，老杜谢了那个女孩，挂了电话，看了一下手表，已经三点四十五分了。

去还是不去？老杜开始犹豫起来。老杜感觉自己就像那人的猎物，他不急着出手捕杀，只是从容地让自己始终在他的射程之内。老杜长吸了一口气，让自己冷静下来。"其实他才是真正的猎物，全国的警察都在抓他，我有什么理由害怕呢？"老杜给自己壮胆。他拿起手机，拨了110，还没等接通就马上挂断，然后又向前台要来了自己开重要会议时用的录音笔，插到上衣内侧的口袋里。老杜准备出门时甚至有一点兴奋，如果罪恶是生活的阴影，那么在这阴影之中，自己同样能取得成功。老杜这样想着，匆匆地走出公司，瞥见前台小女孩瞪着大眼睛吃惊地看着自己。

从公司到府城路五号只需要七八分钟，老杜知道那是一个咖啡馆，叫"雕刻时光"，他很久没有去那儿了。老杜曾在这个咖啡馆里和朋友讨论自己的创业项目，在这里见过投资人，还曾和许玥在这里互相呆看着对方。"雕刻时光"，当时自己总是觉得这个名字有些矫情，可此刻这名字却让老杜心里涌起一股怀旧的情绪。每个人都会把时光雕刻成他的回忆，即将在这咖啡馆里和那个人度过的时光不知会被雕刻成什么样子，或许是一颗钻石，而不是一个噩梦，老杜想到这儿时心情竟有些愉快。

但老杜没有失去警惕，他没有急于走进咖啡馆，而是在马路对面远远地看着，那人并没有出现，或许他已经在里面等了，老杜一边想一边看着手表，还有几分钟的时间，老杜决定进去。

"物是人非！"当走进这个熟悉的咖啡馆时，老杜首先想到了这个词，这里一切都没有变，但现在自己已经不是当年那只在底层挣扎的蚂蚁了，生活已经变成了另一副样子。老杜环顾咖啡馆内坐着的形形色色的人，很快就辨别出几只有志气有理想的蚂蚁，像当年的自己一样，他们坐在那里，要么天南地北地聊着，要么给人讲述着自己的想法或者刚刚开发出的一个小软件。还有几个外国人，中文说得不比中国人差。老杜没有看到那个人，他找了一个角落坐下，自己背对着墙，可以看到门口处人们进进出出，然后便点了一杯热拿铁，时间正好是四点，但那个人还没有出现。

老杜想思考一下一会儿该怎么对付那个人，可是又觉得无从下手，最关键的是不知道他到底有什么目的，总不会要挟自己去监狱救木鱼吧？老杜脑海里又浮现出木鱼在网上的那张证件照，老杜想知道木鱼是怎么和那个人去做抢运钞车这种事的，有时候只需要一瞬间错误的判断，生活就会走向崩溃。正在监狱里的木鱼会怎么想他的生活呢？他和那个同犯似乎讨论了很多当年自己杜撰的那个Z，或许他们给Z安排的是去抢劫，聊着聊着他们就真的去做了，老杜想到这里笑了一下，感觉那个人不像是那种无聊的人。

现在是四点十五分，那个人还没有出现。他肯定猜不出自己的一个小时值多少钱，老杜有些懊恼地想，又后悔没有带电脑来，和投资人的会最好定在下周，把这些乱七八糟的事解决了后，自己要专心把公司再做起来，就像是重新创业一样。老杜有些怀念那个专心而又单纯的时代，在这个曾经熟悉的咖啡馆，老杜似乎又重新燃起了当年的激情。

已经四点半了，那人还是不见踪影。他来自那个遥远的县城，老杜几乎忘了那个县城的样子，只记得自己熟悉的那几条街道。从上大学后老杜就再也没有回去过，虽然也曾想过回去看看，但也仅是偶尔想一想而已。那是自己的童年和青春时期，充满了各种幻想，Z只是其中的一小部分，但那些幻想在开始上高三时戛然而止，老杜知道如果自己想摆脱在这个小县城终老的命运，就要考上大学，并且最好是一所好大学。老杜没有想到Z在木鱼和他的那个同犯那里继续存在了下去。老杜甚至想起了当年自己很喜欢的一个想法：所有想象中的事情都是真实存在的，人的大脑拥有两个世界，每个人都需要把他的生活分配给这两个世界，这就是为什么有些人表面上是生活在这个世界里，但实际上他已把自己的一切都分配给了另一个世界。老杜由衷地欣赏高中时期的自己，然后又想到了木鱼的照片，照片中的木鱼似乎变得生动起来。

监狱里的生活会是什么样子呢？日子应该不会好过。对木鱼来说，或许这是最坏的时代，老杜的心里有了隐隐的伤感。不知为什么，老杜突然回想起木鱼的一个表情，那是老杜给木鱼讲Z的故事时木鱼眼睛突然的闪亮，虽然很快木鱼又恢复了常态，但可以看出木鱼非常想听自己瞎编的Z的故事。难以想象，Z从自己的另一个世界到了木鱼的另一个世界，并在那里生活了下去，过了这么多年，又通过一个罪犯，叩响了Z出生的世界的大门。想到这里，老杜甚至觉得对自己当初杜撰的这个Z有了点好奇心。除了知道有这件事，他对当初自己如何虚构这个人物的细节都想不起来了。

已经五点了，老杜觉得不能再这样等下去。老杜突然又有些担心妻子和女儿，急忙拿出电话打给妻子，确认一切都好后才放下心来。

这个下午几乎什么也没干，咖啡馆门口不停地有人进进出出，但始终不见那人的踪影。不能再这样等下去了，一味地顺从就等同于允许他得寸进尺。老杜站起身，结账，然后离开了咖啡馆。街道上人流如织，老杜观察了一下四周，雾霾又降临到这个城市，稍远处的建筑已经看不清了。老杜向公司走去，还没走几步，便看到对面一个人，戴着口罩，站在行走的人流中不动。他的眼睛盯着老杜，老杜和他的目光相碰的一瞬，便意识到这就是那个抢劫犯，然后老杜才发现那个人比第一次见面时竟然高大许多，如果不是刚才目光的碰撞，自己绝不会认出他来。老杜愣在那里时，那个人向他走来，从口罩里传出一句不慌不忙的话："再回去喝一杯咖啡吧，我有点事耽误了。"

6 **

当那人摘下口罩后，老杜没有看出他的容貌和上次有什么变化，老杜心里竟有了一丝亲切感。

"上网查过了，确实没太多信息。但我没有想到是运钞车。"老杜压低声音说出了"运钞车"三个字。

"是的，那是那个城市的第一起。"那人说道，"这是我们第二次见面，把手机放桌子上吧，不要接打电话，去洗手间的话我和你一起去，别介意。"

"那你到底为什么冒着这么大的风险来见我呢？"老杜问。

"有什么风险？"那人冷笑着说。

"摄像头无处不在，还有不管干什么，你总要使用证件。"老杜也知道自己的话说得很不专业，但不这样就没法对面前这个人了解更多。

那人没有接老杜的话，只是观察着老杜，老杜便也观察着那人。他的嘴唇有些薄，脸颊消瘦，眉毛长而舒展，眼神里总会有种嘲讽别人的感觉，却也偶尔会闪过一丝寒光。老杜看着面前这个人，感觉他一点也不像一个罪犯。这样沉默了一会儿，老杜忍不住说道："也就是说，你逃出来了，木鱼被抓进去了？"

那人对着老杜冷笑了一下，算是给出一个肯定的回答。

老杜又问道："那你来见我该不会是来给我讲你的逃亡生活的吧！"老杜停了一下，又说道："我们还是开门见山吧。"

"如果你想听的话，我倒可以给你讲讲我的逃亡生活。"那人说道。

老杜也对着那人笑了一下，算是给出一个肯定的回答。

"如果住地下室你还可以想象的话，住下水道你肯定想象不出。"那人说。

"我知道，我在网上看到过，好像很多人在北京住在那里。"

"看文章和实际住是两回事。"那人脸上是一种轻描淡写的神情，"你或许应该去住几天。"

"呵呵，"老杜觉得这是一个玩笑，"让我珍惜现在吗？"

"是让你体验一下那些人是怎样屈辱地生活着的。"

"这个世界是不公平的，如果不接受这个现实，那基本就没法在这个世界生活了。"老杜说，似乎自己已经有很久没有去谈论这类话题了。

"你想象不出在那种阴冷或者闷热还特别狭窄的地方是怎么住人的，从下水道的井盖口下去，基本就没法活动了；不过你更想象不出住在那里的人是什么样子，他们吃完一碗热面条就像你喝一杯拉菲葡萄酒一样满足和快乐。"那人的眼神突然变得冷酷，他盯着老杜说道，"他们要做的就是忘掉自己的尊严。"

老杜突然听这人说起这些形而上的东西，竟然不知道该怎么回答。

没等老杜说话，那人又接着说了下去："其实你也经常忘掉自己的尊严，但你忽略了这点，因为你的生活有保障，你还有一个你愿意去做的事业，为了这个事业你可以不顾一切，甚至会忽略自己的尊严，因为你知道等你成功了，你可以找回一切。但他们不一样，他们对将来没什么指望，然后一旦适应了自己的环境，其实是很容易屈辱地去生活的。不过也有例外，比如……"那人说到这里，停了下来，像是在思考到底比如什么。

"比如什么？"老杜问。

"比如木鱼。他经常跟我说他给Z编的故事。当我躺在北京的下水道里的床上，听着旁边的人谈笑风生时，我突然明白了为什么木鱼不停地编着Z的故事。"

老杜猜不出面前这人说这些到底是什么目的，一个抢劫犯有必要去想这些问题吗？老杜从大学二年级就不再有这些思考了。"有些东西，人们在缺少时才会意识到它的重要性，比如健康，但尊严似乎不在此列，尊严是一种更高级的需求，只有在满足了基本的需求之后人们才会追求它。"老杜说，"不过，你真的是来和我聊这些的？"

"木鱼一直在猜测你是怎么编Z的结局的，木鱼甚至猜你已经出版了这本书。"那人盯着老杜的眼睛说，老杜有些尴尬地笑了笑，"我也很想知道，你创造出的Z，在你心中，到底是个什么样的人？"

老杜看着面前这个人，他是个抢劫犯，来到自己跟前，竟然说一些形而上的东西。或许他确实有着自己想象不出的经历。老杜记得在高中时自己曾想让Z也经历极端的苦难和无比的幸福，但那只是一个高中生虚空的幻想而已。

那人保持着沉默，没有去打断老杜的回忆，他喝了一口咖啡，眼神快速地环顾四周。

"如果你不和我提起Z，没准儿我就把他彻底忘了。"老杜说，"当时我就是想编一个故事，满足一下我对高中时那种教育体系的厌恶，你知道在那样的县城里，一切都是为了高考。"

老杜停顿了一下，看到那人喝咖啡的时候表情自然，似乎是经常喝。老杜发现他每次喝咖啡，杯子后面的眼睛都会巡视四周。

老杜继续说道："所以我就想让Z是一个有着他自己的理想的人，而周围其他人的理想其实都是来自他们大脑中的芯片。我想让Z经历一些别人都没有的经历，包括一些苦难，但我又想象不出来，当时我想让木鱼帮我想想。大概是这样的。"

"你觉得那些苦难木鱼能想象出来？"那人打断了老杜的话，问道。

老杜有些尴尬，说："当时也想找个人分享一下。"

"那Z的理想是什么？"

"说实话，我当时也没想好，反正他是有理想的，并且他不想因为装了芯片而丢失自己的理想。"老杜回答道。

"你还记得你给木鱼最后讲到什么地方吗？"

"好像是Z从学校出走，我有些记不清了。对，应该是从学校出走，那之前的情节我编起来比较得心应手。"

"是的，木鱼确实在想Z从学校出走后的故事，但是他觉得自己想不好符合Z的命运，他觉得还是你编更合适。"

"我的文学梦早就不做了，"老杜自嘲地说，"与其做那些不切实际的幻想，还不如去做点实事。"

"你做的是什么实事？"

老杜有些犹豫，不知道这个人对自己了解多少，无论如何没有必要让他知道太多自己公司的事，并且公司的规模还曾经很大，虽然他很可能已经都掌握了。

"就是踏踏实实地工作。"老杜说道。

"然后每周去一次郊外的会所？"

老杜皱起了眉头，盯着面前这人，一个字一个字地说："你为什么要跟踪我？"

"像我这样的人，你觉得我会不了解你就出来见你吗？"

"那你到底想要我做什么？"老杜有些控制不住自己的恼怒。

"你正在做我想要让你做的事情。"

"可是说这些有什么意义呢？"

"因为木鱼想知道——"

"关于Z，我能说的也就这些了，那只不过是一个高中生的幻想而已。"

那人看着老杜，不慌不忙，但目光坚忍："我觉得木鱼到死都会想着Z的结局。"

"你们为什么要去做抢运钞车这种事？"老杜终于忍不住压低声音问出了这个问题。

"我也一直在想，木鱼为什么要跟着我去做这件事。"那人说这话时似乎陷入了深思。"其实你没必要觉得去那个会所是什么不好的事情，那里的人不比你那栋办公楼里的人差。"那人的脸上又浮出冷笑来。

时间不知不觉已到了下午六点，周围有些人已经离开，也仍然有几拨人还在谈论着他们的项目，老杜可以很轻松地把他们分辨出来，面前这个人可能也可以很轻松地把警察分辨出来吧。从刚才的交谈中老杜能隐约感觉到对面那个人话里的一些深意，印象中木鱼确实是一个与众不同的人，只是这么多年，老杜已经失去了那种真切的感觉。关于尊严，老杜想或许应该和面前这个人讲一讲马斯洛，老杜相信这个人应该不会读过马斯洛的书。想到这里老杜心里有一丝颤动，大学时浮光掠影地读了一点，但凭此难道自己就有资格跟面前这个人讲马斯洛的理论吗？一个像木鱼那样在底层挣扎的人，或一个像对面这样亡命天涯的人，如果他们谈起了尊严，那么他们一定有着和自己完全不一样的理解。对于面前这个人，马斯洛的理论太苍白了，老杜想起第一次见面时这个人说自己的人生是一个悲剧，便有一种怅然若失的感觉。老杜不知道这个人到底跟踪了自己多长时间，这个人比自己想象的还要厉害，这就是所谓的高智商犯罪吧，他一上来就击中了自己都没有发现的薄弱点。

"那是一部关于理想的小说，我想让Z和他周围的环境有一种冲突，于是就编了大脑植入芯片的情景，这种植入其实象征着我们的教育体系。"关于Z的故事，突然清晰起来。老杜说："但你知道吗，现在关于大脑和计算机的研究已经有一点点进展了，我前一段时间还接触了一个国外的公司，他们演示了通过脑电波来控制电脑里一个小球的运动，这将会成为一个巨大的市场。"老杜在这个咖啡馆总是一说起市场和新技术就不由自主，但老杜马上意识到对面不是一个会去讨论创业机会的人。"但当时只是我胡思乱想，用这种方式让Z在高中就和这个社会产生不可调和的冲突，如果他要坚持自己的理想，那就只能放弃这个社会对他的改造。"老杜觉得当时的情景变得更清晰了一些，但自己确实想不起来Z的理想到底是什么，而当时自己的理想是当一个作家，这个理想在大学时期就被喧嚣的创业故事埋葬了。"你问我Z的结局，我真的没法告诉你，除非我现在重新开始编这个故事。所以，"老杜看着面前这个人说道，"与其你问我Z的结局，还不如我问你，你和木鱼怎么编的呢？我真的很想知道。"

那个人的脸上没有表情，缓缓地摇了摇头。

7 **

窗外的夜色已经笼罩了这个城市，雾霾也消隐在夜色之中。老杜所熟悉的灯光也都出现在窗外，老杜想起自己也曾独自坐在这个咖啡馆里，就在现在这个座位上，那时自己想了很多，比如自己的一生该怎样度过。那是在创业之前，像一只蚂蚁，面对这个庞大的无情运转着的机器所做的微弱的思考。时过境迁，现在是否真的是物是人非？假如自己属于那百分之九十九的创业失败的人，那自己现在会是什么样子？木鱼在网上的那张照片又浮现在老杜脑海里，和老杜记忆中高中时代的木鱼的样子重合在一起，那是木鱼倾听自己讲述时的样子，一言不发，但眼睛偶尔会放出光来。

老杜想象着木鱼该是如何和面前这个人一起不断地编着Z的结局的，或许他们先是以Z的名义去谋划一次抢劫，然后就真的实施起来，木鱼的人生就这样彻底转向了另一个方向。老杜感觉到自己内心有一种欲望，细微但很清晰，就是想要知道更多的关于木鱼和面前这个人的经历。

老杜意识到别在衣服里的录音笔内存也许已经满了，他把手伸到衣服里碰了一下那支笔，和那人的目光有了短暂的碰撞，那人没什么表情，也没有把目光移开。老杜转头看了窗外一眼，然后对着那人说道："你们不会是因为Z才走上那条路的吧？"

"我和木鱼认识的时间大概只有三个月。"那个人说道，"我到了那个城市后，先找到了城市里最高档的别墅，我在那里转了三天，认识了一个叫福建小田的人，嗯，在木鱼编的 Z 的故事里也有个福建小田，他借用了他的名字和一些特点。后来这个在别墅小区里当保安的家伙带我去和他的朋友喝酒，就这样我认识了木鱼。"

那人接着说道："木鱼给了我一种独特的感觉，他让我想到了一个人。"

老杜认真地听着，忽略了对面坐着的是一个危险人物。那人停顿了一下，似乎是要整理一下思路。

"他让我想到了一个人，那个人是我姥爷，我从小就和他在一起生活。我对人的判断从来没有错过，当我和木鱼讲起我姥爷的时候，我说的那些事情果然触动了木鱼，他很快就把我当成了真正的朋友。但我来到那个小城市不是来交朋友的，我有着另外一个目的。

"我和木鱼讲起了我姥爷，我知道这可以让他完全信任我，但我也因此违背了一个行规，干我们这行的，不应该把这些牵扯进来，我把这些讲出来，我和木鱼的关系就变得不一样了。在与木鱼交往的过程中，我一直在想，我该怎么对待木鱼对我的信任和依赖。现在回想起来，我觉得我做了一个错误的决定，我不应该把木鱼拉进来，我更应该选择另一个方案，就是和福建小田去做点事情。

"但在当时，当人处在那种环境中时，走上了一条路，就没法再倒车回来。我心里想的全是怎样一点一点地把木鱼引向那条路，我陪着他喝酒，聊天，编 Z 的故事，我和他聊我的姥爷，我听他讲他小时候的事情，心里却怀着一个他所不知道的目的。就这样我慢慢地改变了他，不过后来我才发现，他也改变了我。

"事情发展得比我预计的要顺利，我记得那是一个下雪的夜晚，我和木鱼聊起了我姥爷的死，以及他死后我的一些经历，然后我就告诉了他我的计划，他没有直接回答我，但我知道他愿意跟我干了。"

那人说到这里，眼睛扫视了一下四周，然后又落到了老杜的脸上。

"他竟然没有问我是怎么计划的，没有问我到底为什么要这么做，确实像你说的，他就是一个木鱼，一直都是一成不变地敲打着，不，应该说是被敲打着。那天晚上下雪了，我记得很清楚，木鱼后来和我提过好几次那天晚上的雪，我不知道到底是因为什么让木鱼对那天的雪印象深刻。

"那天晚上之后，我就开始制订具体的计划。在那样的一个县城里，你可以想象他们的保安体系有多落后。我踩点的时候，经常可以看到木鱼，他穿着迷彩服的样子有些滑稽，有几次他看到我，面对面，我好像都能听到他心脏狂跳的声音。木鱼不是做这种事的人，当时我没想那么多，满脑子都是行动计划，后来我回忆起来的时候，我也同样想不通木鱼为什么没有中途退出。

"现在我有点想通了，也许是我编的关于 Z 的故事帮了我的忙，其实也可以说是你帮了我的忙。"

"你是怎么编的？"老杜起了好奇心。

那个人看了他一眼，又缓缓地摇了摇头。

那人似乎陷入了沉思，突然安静下来，周围的嘈杂声清晰起来。

"那是一个下雪的晚上，"那人脸上有一丝说不清的微笑，"那是我第一次说起我姥爷的死，以及我后来的经历，在那之前我还没有意识到这会让我这种冷血的人的心里涌起那么强烈的波澜。那天晚上木鱼睡得很踏实，我一整夜没睡，我拿出了我的手枪，它跟了我那么多年，但那一晚我觉得我有些拿不住它了。我抽了很多烟，木鱼睡着觉还咳嗽了两声，我当时甚至想去给他盖一下被子。"那人又笑了一下。

"我的子弹并不多，基本就没用过。在外面混，经常能碰到道上的人，拿出枪来，一般都很管用。木鱼看到我有枪好像一点也不惊讶，真是奇怪，这么老实的一个人，或许在他的想象中，我是一个恶贯满盈的人。我姥爷是瞎子，看不到我的枪，有一次我拉动了一下枪栓，他听到了，然后一整天他都不说话，忧心忡忡。

"那天晚上我觉得有些驾驭不了我的枪了，窗外的雪越来越大，楼下那片棚户区仍然有几家亮着灯，其实我就住在那片棚户区里，那里有一个地下赌场，我带木鱼去过一次，那曾是唯一一个可以追查我底细的线索，我相信木鱼不会说出去。那天晚上我从高处看着那片棚户区，雪慢慢地从天而降，听着木鱼均匀的呼吸声，我想这是最后一次了，然后我就收手。那天我一直等到棚户区里的最后一盏灯熄灭，天快亮了，能看到雪纷纷扬扬地还在下，房间里很冷，但我一点都没察觉。"

"那把枪现在就在我的腰上别着，"那人看着老杜，脸上似乎是一种满足的笑，"我现在又可以驾驭这把枪了，逃亡之后，它还真是派上了用场。"

老杜不知道该说什么，他听得确实有些入迷，这些都是在另一个世界里发生的事情，这些行走在死亡边缘的人，他们的经历似乎让自己目前的困境显得微不足道。

"时间不早了，我要出去抽根烟了。"那人不慌不忙地说着。

老杜也想抽根烟，其实三楼是可以抽烟的，老杜选在二楼就是希望不让对面这个人过于舒适。老杜有些后悔，三楼的人要少一些。老杜没有去看手表，但估计已经晚上九点多了，旁边不远处的那几个人还在说着，声音有些大，老杜的耳朵很轻松地就捕捉到他们说的"天使""A轮""一千万"等熟悉的词。

那人站了起来，冷静地对老杜说："等我的短信，我们还需要再聊几次。"然后他不等老杜说话就戴上帽子和口罩，转身离开，刚迈出步又转头对老杜说："咖啡算你请我吧。"随后他低着头，快速走出了咖啡馆。

老杜坐在那里，有些不知所措，那人转眼间就走出了咖啡馆，似乎对刚才说的没有丝毫留恋。老杜站起来，从旁边的窗户向下看，但没有看到那人，老杜突然想到，或许这是一个争取主动的机会，他匆匆掏出一百块钱，递给服务员，对他说一会儿回来再拿找零的钱，便冲出咖啡馆。

站在咖啡馆门口，老杜左右张望着，在左边不远处的人流中看到那人的背影，老杜也拿出口罩戴上，低着头跟了上去。在十字路口，那人扬手叫了一辆出租车，老杜闪身躲到旁边的一个小超市里，从里面看到那辆出租车往东开去，便急忙出来，也上了一辆出租车，让司机往东开，找到了那人坐的出租车后，老杜便让司机保持距离地跟着那辆车。

那辆车在拥堵的路上拐来拐去，向外拐出了四环，但随后又拐了回来。老杜在后面跟随着，心里的担忧越来越重，前面的出租车是在向他家开去！老杜越来越惊讶，这个人为什么要在这个时间和他聊完后去他家呢？出租车拐出了四环，老杜紧张地指挥着司机，让他千万不要跟丢了。越来越接近自己家了，再拐一个弯就到了，老杜看到那出租车停了下来，那人下了车，向前走去，并在那个拐角拐向了自己家的方向。老杜的心已经提到了嗓子眼，他急忙下车快步跟了过去，在拐角处，刚一拐过来便突然被拽住了衣领，然后被人猛地用手臂压住脖子顶在墙上，那人的眼神在黑暗中似乎可以穿透老杜的身体，他压低声音冷冷地说道："如果你再跟踪我，我就把你引到你女儿那里！"他说完后便松开了老杜，随后似乎又想起了什么，老杜还没有反应过来，那人的手已从老杜上衣口袋里拿出了那支录音笔。那人没有再说什么，转身离开，消失在夜幕之中。

8

瞎子走在夜幕中北京的街道上，他一直走着，要穿过几乎大半个城市，这样不停地行走是一种奢侈。自己一直走在危险边缘，这一次，瞎子感觉比以往更接近危险。瞎子相信自己的直觉，一方面他知道老杜不敢去报警，另一方面，瞎子的直觉却告诉他危险已经越来越近。

走在北京的街道上，是木鱼一直希望的。可是这里的马路都太宽了，宽得失去了生活的感觉，木鱼无论如何也不会适应的。瞎子在世贸天阶下面坐下休息了一会儿，头顶上巨大的屏幕播放着海底五颜六色的游动的生物的画面，屏幕在头顶延伸开来，给人一种身临其境的感觉，如果木鱼在一定会惊讶无比，但也或许不会，瞎子似乎还没看到木鱼对什么事情表现得惊讶无比。那些自由自在游动的海底生物终究只是一种幻觉，在这个世界里，究竟哪里是真正自由自在的？头顶的画面突然又转换到了非洲，一头狮子站在草原之上，望着远处的牛群，似乎是在展示自己高贵的尊严。

那终究也是一种虚幻，瞎子又点燃了一支烟，唯一真实的东西存在于想象之中，瞎子想到这里，第一次感觉到Z是那么真实，比那个老杜还要真实千百倍。瞎子站起身来，把烟掐灭在垃圾桶，他没有丝毫出格的行为，一切都遵循着这个社会的表面上的规范。但瞎子一刻也没有忘记别在身后的枪，有些东西注定更真实一些。

瞎子继续走着，离开了繁华的CBD，路边开始偶尔出现一些摆摊卖小吃的，有些人坐在或蹲在路边，吃着夜宵，瞎子很轻松地从他们中间认出一个道上的人，这已经成了一种本能。瞎子穿过他们，很想喝酒，但不想停留，继续这样走着给他一种踏实的感觉，也让他的思维保持着敏捷。如果一切顺利，自己是可以和木鱼一起走在这街道上的，瞎子这样想着，自己的最后一次行动是失败的，但是否真的是最后一次呢？关于将来，谁又能完全把握？但瞎子真真切切地感觉到，自己越来越驾驭不了那把枪了。

慢慢地，瞎子已经离开了市中心，周围也开始熟悉起来，他路过了曾经住过的一个下水道，从那里面依然透出了光亮。他没有停留，继续走着，那种下水道里的味道竟然逼真地出现在周围。瞎子曾经一连几天窝在那里，头顶上是轰轰作响的外面的世界，那个世界容不下他自己，可怕的是，他自己把木鱼从那个世界里拉了出来。

那种味道依然围绕着瞎子，瞎子从没有因为住在下水道里而觉得是一种耻辱，因为瞎子知道自己不属于这里，但瞎子却为同住在那里的人感到耻辱。在离开时，瞎子扔了一摞钱在那里，但瞎子知道这不会改变什么。自己确实改变过别人的一生，可似乎都是把它们往坏的方面改变。在那段住下水道的日子里，瞎子让同住的人叫自己哑巴，这样他们就可以很容易习惯自己的沉默。那段时间瞎子整天待在那里，在沉默的时刻，瞎子终于明白了为什么木鱼会不停地去编Z的故事。

下水道的味道终于减弱了，还有半个多小时应该就可以走到藏身的那个城中村，这时瞎子想起来木鱼曾说过，Z就躲在一个咖啡馆的洗手间下面的地下室里，那里总是弥漫着一股洗手间的味道。瞎子感觉Z就走在自己的身边，逃亡中的Z，在他身上看不到老杜的影子，却充满了木鱼的气息。瞎子走进城中村，仍然有几户人家亮着灯光，其中有一个是人们赌博的地方，瞎子点燃了一根香烟，推开门走进了那个地下赌场，他冷冷地环顾四周，径直穿过了人群。

9 ✳*

　　老杜到家的时候已经快午夜了，老杜没有去女儿的房间，也没有进到卧室，妻子似乎已经睡了。老杜感觉有些疲惫，拐角处那一幕仍让他心有余悸，老杜坐在客厅的沙发上，大脑似乎是空白，又似乎在想着什么。刚才那人的背影快速地远去，消失在黑暗里，老杜则在那里呆呆地站了很久，目光深入黑暗之中，像是望向无底的悬崖。

　　或许刚才自己与死亡擦肩而过，随后老杜又推翻了这个念头，那人显然始终都不想伤害自己，老杜想，他从黑暗之中走来并闯入自己的生活，一定有他的目的，只是现在还没有让自己知道。

　　老杜又把今天那个抢劫犯说的话在脑子里重演了一遍，感觉那个抢劫犯像是有着难以承受之重，是因为木鱼，还是因为他的姥爷？他说的那些关于木鱼、关于Z还有他自己的经历，在一点一点地吸引着自己，把自己吸引到那一片无底的黑暗之中。

　　反观自己的生活，那个抢劫犯的到来似乎淡化了前些日子的烦恼，一个形而上的抢劫犯，老杜想到这里笑了一下，觉得这是一个很有趣的总结。老杜想起多年前泡咖啡馆听音乐会然后又留宿许玥家的那些夜晚，曾经和许玥讨论，到底形而上重要还是形而下重要，老杜对许玥说"大器因你而成"。老杜记得许玥红着脸笑个不停。回头看去，相对于现在，那段生活已经变得形而上了，直到后来结婚，老杜辞职创业，那段生活始终在一片阳光之中。

　　老杜又想起了仍然存在手机里的短信，明天又要面对公司里一连串的坏消息。老杜轻轻站起身，卧室里仍然一点声音也没有，过于整洁的客厅显得空空的，在创业初期，他们住在一个一居室，老杜经常在许玥睡熟之后起来工作，房间很小，老杜甚至能听到许玥睡眠中的呼吸声。

　　老杜轻轻地走进书房，点起一根烟，想把这些乱如麻的事情梳理一下，确定下一步该怎么走。老杜意识到自己不能再做任何冒险的事情，和罪犯打交道不是自己擅长的领域，何况这是一个不同寻常的罪犯。不过老杜觉得刚才那一幕更加证实了自己的感觉，这个抢劫犯不会对自己和家人造成伤害，如果自己遵守他定下来的规则的话。

在书房里，木鱼的样子以及和木鱼交往的那些往事反复出现在老杜脑海中，渐渐地，自己那个瞎编的关于Z的小说，以及自己青春期的那些梦想，也变得清晰起来。没有想到这个幼稚的故事居然会在木鱼和这个抢劫犯那里延续了下去。老杜开始担心现在的木鱼，他的形象渐渐清晰丰满，老杜记起了他走路的样子，他吃饭的样子，也想起了第一次和他说自己小说时的那个傍晚，他们坐在学校操场边上一开始时的沉默。老杜心里开始有了担心，木鱼不会真的被判死刑吧？想到这里的时候，老杜觉得自己无法接受这样的现实，无法想象一个在监狱里的木鱼，更无法想象一个要上刑场的木鱼。

在凌晨，老杜听到客厅里有声音，便从书房出来，看到妻子坐在客厅的沙发上。老杜的第一反应是，那条短信或许要在此刻浮出横隔在两人之间的水面。

客厅里只有那盏落地灯是开着的，老杜记得在和许玥设计这个客厅的装修时，许玥特别强调要买这个底座在墙角，灯罩却沿着长长的弯弯的臂膀伸到了客厅中央的落地灯，装修好之后，老杜对许玥说他最喜欢看着她坐在这盏灯下翻看那些时装杂志。而现在，老杜站在客厅的一角，看着这盏灯下的妻子，时空转换，面对着冷冷地看着自己的妻子，老杜觉得有许多话要说，却又感觉为时已晚。

"最近发生了一些事情，"老杜走过来坐在妻子的身边，"如果你不想带宝宝去姥姥家，就不要去了，应该没有什么危险。"

"发生什么事情了？"妻子问。

"有一点小麻烦，"老杜准备把这件事告诉妻子，"我最近被一个抢劫犯缠上了。"

老杜看到妻子脸上有一丝惊讶，随后又恢复了冷静："我记得去年你曾说过类似的事情。"

"这次是真的。"老杜看着妻子，真诚地说道，"缠住我的那个人和我高中的一个同学抢劫运钞车，我同学被抓起来了，那个人在逃亡，找到了我。"

"他为什么来找你？"

"我也一直没有搞清楚他的目的。"老杜说，"我高中时曾准备写一篇小说，科幻的，那时我真正喜欢的是文科，那篇小说写的是未来的人类从高中开始都要在大脑里植入一个芯片，但有个高中生发现植入了这个芯片后，人们就不再有理想了，或者说不再有自己的理想了，只能有这个芯片里设置的理想。"老杜看着妻子，尽量让自己的语气平稳柔顺。妻子的脸上有了一丝不易察觉的冷笑，这让老杜有些恼火，但老杜还是很好地控制住了自己的情绪。

"我把这个故事讲给了一个同班同学听，我后来上大学后就再没有和他有过联系。但前两天有一个人突然来找我，问我后来到底怎么写那个小说里的高中生的故事。这个人在见我之前，应该已经跟踪我们一段时间了，他知道宝宝的幼儿园，知道我们家的地址，他是有备而来。"老杜停顿下来，看着妻子，等着她提问。

"所以那天你说你会保护我们？"妻子说道。

老杜笑了笑："那时我很紧张，因为那个人和我见面后就直接告诉我他是一个抢劫犯，我那个同学也是，并且现在是在监狱里，而那个人逃亡在外。你说我能不紧张吗？"

"你接着说。"

老杜摇了摇头，说："我猜不出他为什么冒着这么大的风险来和我聊我高中时的那篇小说。昨天下午我和他见了第二面，他跟我讲了他和我高中同学的事情。"

妻子仍然给老杜一种远远的感觉，老杜打起精神，开始认真地斟酌自己的词句。"他讲了他是怎么认识我那个高中同学的，怎样取得了他的信任，又怎样一点一点地让我同学跟着他去抢运钞车。哦，对了，我那个同学是编外押运员。他被抓住了，这个人却逃了出来。我想他应该是通过我的同学知道了我的信息，我曾把我的电话和公司名称给过学校。"

"这个逃亡的抢劫犯来见你就是为了和你说这些？"老杜能看出妻子脸上的不信任。

"我一开始也觉得不可思议，昨天和他见面，我感觉他只是想和我讲他和木鱼之间的事情——我们都叫那个同学木鱼。如果他想伤害我们，没有必要费这样的周折。"

老杜停顿了一下，想到让这个突发事件占据了这个凌晨的谈话，这未尝不是一件好事，但妻子并不相信自己的话，这又让老杜担心或许一切都已不可挽回。

"他让我想起了我的高中时代，还有我和木鱼的交往，现在想想，高中时候真的很单纯，那时的我是个有理想的文青。"老杜接着说道。

"你从来没有和我说过你还写过什么小说。"

"我早就把那篇小说给忘了，但没想到，我的同学还有那个抢劫犯却继续编着那个故事。那个抢劫犯说，这个小说帮着他说服了我的同学去和他抢运钞车，听起来难以相信，但我又觉得那人不像是在撒谎，何况他也没有必要。"

"你还能找到那篇高中时的小说吗？"

老杜摇了摇头说："找不到了，那时候没有电脑，都是写在纸上的，后来就不知放哪儿了。"老杜看到妻子脸上有一丝失望，便急忙又说："我找机会回到老家的那个房子里找找，或许还能找到。"

妻子摇了摇头，脸上流露出一丝不易察觉的微笑，说道："那还不如再写一篇，如果你还有这个理想的话。"

老杜也笑着摇了摇头："我已经很久没有接触这些形而上的东西了，现在公司的情况你也知道，如果度不过去，这些年的努力就白费了，还谈什么理想。这两年我光忙着公司，疏忽了你和家庭，对不起。"老杜看着妻子的眼睛说道。

妻子摇了摇头，说道："你脑子里也装了一个芯片。"

"如果你不喜欢，我就把它取出来。"老杜说道。

老杜的目光与妻子碰撞在一起，但许玥的目光随后就转到了别处。

"冰冻三尺，非一日之寒。"妻子一语双关地说道，然后就换了话题，"如果你觉得不放心，我也可以带着宝宝先去姥姥家住一段时间。"

"我不确定那个人是独自一人还是有同伙，如果你们这样走，我又怕他们跟过去，在那里比在北京更危险，毕竟在首都，安全措施是全国最好的。"老杜说。

"那么这段时间就不送宝宝去幼儿园了吧，我在家带着她。"

"嗯，尽量不出门，我相信不会有危险。"

"你确定不报警吗？"

"不能报警，那个人非常警觉，我怕报警反而会有危险。看他下一步要做什么吧，他说还要和我再聊几次。相信我，我会保护好你们的。"老杜看着妻子的眼睛说道，心里竟然有了一丝庆幸，这个闯入自己生活的抢劫犯，或许会化解自己生活里的一次危机。

老杜仍然是回到了书房，他打开排风扇，点燃了一根烟，这个夜晚发生了太多的事情。那个抢劫犯，还有木鱼，此时此刻会做什么呢？老杜从没有想到会和银行抢劫犯打交道，老杜想起来木鱼的家好像是在偏远的农村，晚餐经常只是馒头和咸菜，老杜发现自己从来没有真正了解木鱼，那时的自己沉浸在关于Z的故事里，从没有去考虑木鱼是怎么想的，就如同这两年自己沉浸在公司的运作之中，没有去考虑许玥都在想什么一样。不知不觉，老杜发现自己开始期待和那个抢劫犯的下一次见面，老杜感觉这是自己第一次这么近距离地去看别人的完全不一样的人生。

10 *****

"木鱼被判了死刑。"那人一见面就这样说道，老杜从他的脸上看不出任何他内心的波动，他似乎是在说一个毫不相关的人。"只有一种可能，他们抓不到我，就把那个押运员受枪伤的责任放到了木鱼的身上，我可能变成了从犯。"

"你是说木鱼不应该被判死刑？实际是你开的枪？"老杜问，心里想到了几个在法院工作的同学，或许可以帮上忙，但马上又打消了这个荒唐的想法。

那人摇了摇头，说："是的，是我开的枪。行动前我预感到这次会有麻烦的，那个年龄大的押运员，我对他太疏忽了。"

老杜看着面前这个人，他的神秘感在减弱，但仍然让老杜无法看透。他把这次见面的地点选在天坛公园里，周围的游人很多，老杜在等待的时候认真地观察着这些人，他们大部分都是匆匆地赶往下一个景点，也有几个老年人在散步，他们都没有注意到有一个从不远处观察着他们的人。

他点燃了一支烟，老杜渐渐习惯了他们之间的沉默，这沉默有一种张力。"等他们抓到了我，也会判我死刑的。"他仍然是冷静地说道，然后老杜看到他脸上有一丝冷笑。

"那个押运员后来怎么样了？"老杜问道。

"我相信他只是肩膀受了伤。两个蠢货，"那人的声音突然大了一些，"他们没有受过足够的训练，不知道在那种情况下不应该反抗。"他停了下来，也像老杜一样观察着那些匆匆的游人。

"你是刚知道的消息吗？"

"这个消息肯定是滞后的。"那人并没有直接回答老杜的问题。"木鱼可能已经死了。"他冰冷地说道。

这一次老杜感觉到了对面这人冷冰冰的表面下汹涌翻腾的思绪，他确实背负着不能承受之重。木鱼已经死了，老杜希望这只是面前这个人的猜测，但老杜很清楚，这种犯罪被判死刑是很正常的。

"你知道木鱼的家庭情况吗？"那人打破沉默，问道。

老杜摇了摇头，他只记得木鱼住在偏远的农村，来到县城读高中是住在学校的，每个周末回去一次，老杜还记得木鱼的家庭条件不太好。

"木鱼带我去过他的老家，开车的话从县城去他家也只需要不到两个小时，但如果坐长途汽车去，就需要大半天的时间。那个村子很小，我去过很多贫穷的农村，但那个村子可以说是我见过的最穷的。木鱼说村子里大部分的劳动力都在外面打工。"那人的眼睛始终在观察着那些游人,又似乎穿过了那些游人,直接望向他们背后的生活。那人像是自言自语,忽略了老杜的存在。

"木鱼不愿意和我说他家里的事,我是通过另外一个人了解到的。"那人停顿了一下,仿佛是在想该怎么说下去,"木鱼的母亲估计是加入了传销之类的组织,骗了村子里不少人的钱,这些钱都要木鱼来还。木鱼跟我说他想赚一笔钱,让他的母亲去一个好的养老院,然后他想离开那个县城。木鱼决定跟我去做那件事之后,我让木鱼带我去他老家,我把他母亲欠的钱都还了。"

"为什么?"老杜问道。

"我要给他一个选择,我也想知道替他把钱还上后他还愿不愿意跟我去做那件事。"老杜没有去问木鱼的选择,而是耐心地听着,他在脑海里勾勒出一幅景象,木鱼和面前这人站在一个破落的院门前,最后一次走进家里,然后他们的命运就彻底偏离了。老杜渐渐明白了面前这人的纠结,他越想探究木鱼跟随他去抢劫的动机,就越会陷入人性深处的旋涡。

"他一直担心那两个运钞员,怕他们被我杀死。"那人继续说道,"你知道我有一把枪,只有一把,要么木鱼拿着,要么我拿着,最后他还是选择了一把假枪。一开始在车里他是用一把假枪对着那两个押运员的。"

"你是不是后悔了?"这句话老杜斟酌了好久,还是找到机会问了出来。

那人没有回答,继续说道:"木鱼怀疑我杀过人,我对他说我从没有杀过,我不知道他最后是不是相信了我。那次离开木鱼的村子后,我就开始重新考虑行动计划,我要想尽办法避免那两个押运员在这件事里死亡,为了木鱼。"那人看了一眼老杜接着说道:"我原先可没这么想。"

那人说到这里又开始了沉默,他看着远处的游人,似乎沉浸在另一个世界。老杜不想打破这沉默,也和那人一起看着远处的游人,他们嘻嘻哈哈地走着,完全没有注意到远处正在观察他们的两双眼睛。

"那你杀过人吗?"老杜鼓起勇气问道。

"你觉得呢?"那人盯着老杜的眼睛反问道。

老杜耸了耸肩，模棱两可地说："我觉得没有什么是不可能的。"

"那之后我继续计划着这次行动，我想按照木鱼的想法把这件事情搞定。回去之后，我又重新开始踩点，有一段时间我去了另一个城市，去弄车。那段时间我和木鱼没有任何联系，我独自一人在另一个城市，我是真正地把这次行动当作最后一次来准备，我当时又感觉到我的姥爷在高处看着我，我很想对他说，虽然我不知道自己将来到底要做什么，但我不想再做这些犯罪的事情了，当时我甚至有些期望木鱼在我回去后对我说他不干了，如果真的是这样，我一点也不会惊讶，我会觉得放松下来，如释重负。但这些都没有发生，我知道无论如何我都要去做这件事情。"那人边说边对着老杜意味深长地笑了一下。

"随后我就开始安排行动后的脱身方案，在这里我又犯了一个错误。"那人仍旧盯着远处的游人，却又仿佛是望向过去，老杜仍旧认真地听着。

"我本来已经断绝了和那个城市里所有不相干的人的联系，但我后来还是找到了福建小田，在刚认识他的时候他曾和我说起过那个小区里有一些房子几乎整年都空着，我想让木鱼躲在那里。我当然不会和福建小田说起我真实的计划，我只是和他说我准备去扫一扫别墅里的东西，并且我确实去做了，然后给了他一些钱。我承诺把东西卖了后会再给他一大笔，同时我还告诉他，如果他把我卖了，他不会有好下场。他一直让我觉得不舒服，其实我应该坚持相信自己的直觉。"

"你是让木鱼一个人躲在那个别墅里吗？为什么不在一起？"老杜问。

那人停顿了一下才慢慢说道："我是一个没有身份的人，当我出现在公共场合或摄像头下时，我都是化过装的，就像我们现在见面一样。"那人转过头来冷笑着看了老杜一眼，然后继续说道："在那个小城里，除了两个人，没有人见过我真实的样子，事后我仍然可以上街，但木鱼不行。"

老杜忍不住看了那人一眼，看不出他化过装。

"你想知道现在的我是不是本来面目吗？"那人没有去看老杜，直视着前方说道，"你将来可以把我的样子告诉警察，他们会按照你说的画出来的。就像当年福建小田做的那样。"

"我想我不会去报警。"老杜说道。那人笑了起来，点燃了一根烟。"后来呢？"老杜又问道。

"福建小田看到悬赏通缉令时，我不知道他是花了多长时间意识到是我和木鱼做的这件事，我们只有在第一次见到木鱼的那个饭局上是同时在一起的，并且通缉令上关于我的特征和他所看到的完全不一样。我本来计划事后还会去找福建小田，这样他就彻底不会怀疑了，但当时我受伤了，那个押运员一刀扎在我胳膊上。我不知道到底发生了什么，但直觉告诉我是他发现了木鱼，并报了警。"

那人又陷入了沉默。"你是不是后悔了？"老杜又问了一遍，因为老杜知道这或许是进入这个人内心的一扇门。

"如果我们不去做这件事，我相信木鱼会把Z的故事编完。"那人转过脸来，看着老杜说道，"我每次都把自己想象成Z，而木鱼说他从来都做不到这一点，我后来才意识到，其实他才是真正的Z。关于我们一起去做的这件事，我和他有个最大的不同，我是为我自己而做，而他恰恰相反。他的活法和我不一样。"那人把手指间的香烟弹向远处。

"你的活法和他不一样，"那人突然笑了一下，吓了老杜一跳，停顿了一会儿又说道，"跟我的活法也不一样。"

11 **✳**✳

夕阳西下，公园里的游人少了许多，那些古老的树变得肃穆庄严，老杜看着那人的背影。他刚才毫无预兆地突然站起身，说他要走了，然后就戴上口罩头也不回地离开，留下老杜独自坐在公园的一条长椅上。

不知不觉，那人已经讲了他们这次抢劫的来龙去脉，木鱼就是这样一步一步走入了深渊。老杜问了那人两次有没有后悔，但他都没有回答，却总是给老杜一种从高处俯视他生活的感觉。他的思考似乎确实是在高处，老杜意识到自己在公司里曾引以为豪的那种激烈的竞争环境在那人的眼里其实不值一提，他面临的始终是生和死的选择，现在却跑过来和自己讲这些。他还是有点云里雾里。

老杜想起第一次见面时，那人仿佛是说自己并没有过着一种有尊严的生活，或许他是对的，老杜看着对面那一片郁郁葱葱的树木，隐约体会到了为什么那人翻来覆去地说着Z的故事。

老杜站起身来，向圜丘坛走去，游人已经少多了，散步健身的人开始多了起来，不远处传来唱歌和舞曲的声音。老杜登上圜丘坛，坛中心是那个被称作离天最近的点，站在那里据说可以听到天庭的声音，那里仍然围着一群游人，轮流站在那块中心的石头上拍照。老杜站在圜丘坛的边缘，看着围在中心的那群人，越过那群人，老杜能看到夕阳和在夕阳余晖下的一片树林。那个点曾作为人与上天相连的寄托，站在这里，一边是每个人的世俗生活，一边是人们精神上的寄托，人们可以让自己处于一种特殊的境界：在世俗和神灵的连接点上审视自己的两种生活。可如今这个点已经完全失去了意义，老杜这样想，随后又把目光转向在那里照相的人群，他们轮流站到那中心点上，摆出各种姿势，似乎是在宣告那所谓的上天神灵早已无关紧要了。

老杜走下圜丘坛，沿着丹陛桥向天坛走去。放眼望去可以看到天坛，那完美的设计以及周围的建筑和树木的衬托，似乎只有它配得上在天地之间遗世而独立。人用自己最杰出的作品去和上天的神灵沟通，老杜边走边想，这时唱歌和舞曲的噪声断断续续地传来，在这背景下老杜又觉得天坛似乎是很孤独地站在那里。

无法挽回了，老杜心里竟然有一种绝望，不管出于什么动机或为了什么目的，对于木鱼和他的母亲，这终究是一个悲剧，而根源是那个人，他或许怀着内疚，过着逃亡的生活，但他是应该受到法律的制裁的。老杜相信他是独自一人，如果自己报警然后他被抓住应该不会有同伙报复自己或家人，可是老杜却已不忍心看着这个人被关进监狱，如果他被抓，等待他的也一定是死刑。

这终究不是一篇小说，这是实实在在的生死，它不同于想象中的生死。如果真的被判了死刑，老杜想象不出木鱼会是什么样的心情，他会怎么想自

　　老杜走下圜丘坛，沿着丹陛桥向天坛走去。放眼望去可以看到天坛，那完美的设计以及周围的建筑和树木的衬托，似乎只有它配得上在天地之间遗世而独立。

己的人生，怎么想他的母亲，怎么想这个带他入深渊的人，甚至怎么想那个想象中的Z。而木鱼的同伙，那个主犯，老杜知道他是那种随时准备去死的人。他们那到底是怎样的一个世界？老杜边想边走，已经到了天坛的跟前。

天已经快黑了，天坛的轮廓有些模糊，仍然有一些游人围着它，老杜没有走过去，不远处传来的唱歌的声音更大了，唱歌的人好像也比刚才多了许多。这是一种扯着嗓子的唱法，歌声回荡在天坛的上空。黄昏中的天坛本应更加肃穆，这合唱的歌声却似乎充满了荒诞。

老杜走出天坛，沿着长廊向公园的门口走去，没走多远，果然看到了那些唱歌的人，比老杜想象的还要多。那是一片草坪，被古树包围着，老杜从长廊里迈出来，来到那群人的不远处，站在一棵古树旁边，不知为什么，老杜想这样站一会儿。"在那个逃犯眼里，我到底是个什么样的人？"站在那儿，老杜心里突然冒出这个想法，让老杜有些烦躁和懊恼。

从这棵古树下向前望去，老杜看到大约有七八十人，里面竟然也有和自己差不多大的人。他们分成了两拨，一部分在一侧的空地上跳舞，人不多，从音箱里放出来的是一首根据流行歌曲改编的舞曲，大多是两人相拥而跳，也有几个人是在独自旋转着，脸上的表情随着身体姿势的变化也发生着变化。大部分人都聚集在另一边，有一个人站在他们面前打着拍子，没有音乐伴奏，他们手里拿着A4纸打印的歌本，高声唱着歌，声音甚至盖过了旁边音箱里的舞曲声。唱完一首，他们并不说话，翻过一页，打拍子的人做了一个开始的动作，又唱了起来。他们的脸上没有笑容，表情有些凝重，但又绝不像是在思考。不远处还有几个人在旁边各自抱着一棵古树，不停地拍打着，摇头晃脑，像是着了魔一般。看到这些，老杜心里突然升起一种不真实感。

天色又暗了一些，周边的古树已经被夜色覆盖，愈发显得静穆。陆续又有几个人走来加入跳舞和唱歌的队伍，他们制造的噪声更大了。老杜知道，他们相信跳舞唱歌拍打树木可以增加肺活量，可以理顺经络，可以打通任督二脉，可以延年益寿，特别是在这古树环绕的环境之中。但一定还有别的原因让他们选择这种大概最没有效率的方式来达到那些目的，或许那些健身的目的也只是一个借口。这个社会风云变幻，他们茫然四顾，发现在这里用这种方式可以进入一种集体生活，他们一下子找到了归属感，在这个集体的庇护下，他们无所顾忌地唱着，完全无视天坛的肃穆——他们似乎发现了他们的宗教，找到了属于他们的荣光。

那个逃犯为什么会选在这里见面？或许这里可以让他没有那种被追捕的感觉，老杜这样想着。确实是这样，老杜想，在围绕着天坛的古树之中，世俗的世界被挡在了外面，如果没有这群唱歌跳舞的人的话。

"我的活法是什么？"这个疑问又回来了。"是不是在那逃犯和许玥眼里，我也和这群唱歌跳舞的人一样？"老杜心里烦躁起来。远处的灯光暗淡，老杜知道雾霾又降临了。天坛依然矗立在那里，圜丘坛中心的那个点依然在那里，但已没有人把它看作尘世和神灵的连接点，没有人在乎它，它已彻底被拖入这尘世之中。

老杜感觉一些很久以前读过和思考过的东西从脑海里涌了出来。"我的殿，必称为祷告的殿，你们倒使它成为……"看着对面那些唱歌的人，老杜想到了《圣经》里的这句话，但一时又找不出该用什么来替换原文后面的词。

12 ***

坐在办公室里，老杜有了一种想重新开始的感觉。木鱼和那个人的影子总在脑子里晃来晃去，老杜发现自己有很多问题想问一下那个人，或者说自己很想知道他的内心到底是怎么想的。但或许再也见不到那个抢劫犯了，他似乎把该说的都说了，虽然仍猜不出他的目的，也许他是没有目的的，老杜想，也许他只是把自己当作他在逃亡之中所承受压力的一个释放口，也许真的只是想知道自己是怎么编Z的结局的，但不管怎样，这个人用这几次谈话让自己想了很多已经被忽略很多年的东西。

老杜从敞开的门里望向外面，员工已陆续到了，有几个在斜对角的咖啡机那里喝咖啡聊天，老杜看不到前台那个小女孩，但知道她一定在补口红。他们平淡的生活里充满了小小的情趣和快乐，但老杜知道他们的生活一点也不容易。这帮刚起步的年轻人没有赶上经济高速发展的时代，却赶上了资产价格飞涨的时代，他们要拿着可怜的工资，去规划自己那没有多少保障的一生，而一旦自己的公司倒掉，他们就会被抛入社会的沼泽，要重新找一艘船前行。但要想在船上找一个好位置却非常艰难，现在已不是到处都是机会的年代了。

老杜站起身，关上了办公室的门，他需要专心准备和投资人的会。得到下一笔资金是活下去的前提，但老杜心里清楚，如果短期内没有公司来收购，这样烧钱下去，终究会有死去的一天，生和死有时是很偶然的。老杜不知不觉又想到了木鱼。

一上午的时间很快就过去了，老杜勉强做完了发言的材料。他并不满意，但他也很清楚，如果投资人现在不帮一把，那他们原先的投入肯定就打水漂了，而现在帮一把，虽然风险很大，但至少还有一线希望。

老杜转过椅子，看着落地窗外的街道，楼下的人群熙熙攘攘，走在这个最好的时代里，也走在这个最坏的时代里。如果公司好转，老杜想回老家看看。这个念头突然闪过，让老杜自己都吃了一惊。随后老杜又想，如果公司倒闭了，自己该怎么安排以后的人生？或许一个人去过和那个银行抢劫犯一样的逃亡生活，抛开了所有的羁绊，去把那篇小说写完。老杜为自己这个想法感到一丝恶作剧般的快乐。

会议定在下午两点，老杜还有时间去吃一顿从容的午餐，喝一杯咖啡。那个人今天应该不会找来了，老杜又不由自主地想到了那个人。这是一种很奇怪的感觉，他希望他能来和他再谈一次，又希望这段经历就这样结束。老杜站起身，离开了公司。

老杜没有想到，当他回到公司的时候，投资人已经在会议室等了。那三家投了A轮的公司各派了一个人过来，老杜感觉这短短半年多的时间不见，他们都比原先显老了许多，但他说出来的话却正好相反。"三位老兄，现在气色是越来越好啊。"

"气色好，那是因为市场不好，"其中一个人回答说，"现在是无所事事。"

老杜突然不知道该怎么应对，感觉自己失去了原先在生意场上的自如。在上一轮融资中，自己明白了一个道理，这只是一个轮盘赌，自己和投资人都是赌徒，放上各自的筹码，选中一个数字，等着骰子停在自己的数字上。每个人心里都清楚，十赌九输，这只是一个为了那百分之十的赢面而下的赌注。

但老杜必须控制着自己，不让自己说出关于公司好转之后转型的设想，老杜知道这想法不会得到投资人的支持。先把这个阶段度过去吧。老杜把电脑连上投影仪，开始了他准备好的发言。

那三个见惯大风大浪的投资人很耐心，但老杜知道他们并没有真正在听。这些都不是重点，只是重点前的铺垫，老杜想尽快把这部分说完。这时前台敲了两下会议室的门，然后轻轻推开一道缝，老杜示意她进来，她递给老杜一个纸条，老杜接过来一看，心猛然加速跳动起来，是那个人的，上面写着："我现在在楼下咖啡厅等你。木鱼。"

即便是和投资人的会，老杜也觉得自己必须先下去见一下那个人。他对那三个投资人编了一个理由，说要出去一小会儿，马上回来。说的时候老杜心想，其实自己和他们一直是这样骗来骗去的，感觉心里有些堵。投资人并没有介意，他们今天似乎充满了耐心。

老杜来到楼下的咖啡厅，看到那个人戴着口罩坐在一个角落里，他脚下有个大旅行包。老杜走过去，还没坐好就说道："今天不巧，我现在正有个非常关键的会，十分钟后我必须上去。"

那人的眼睛扫过老杜，老杜感觉出有一丝与以往见面不同的东西。"十分钟够了。"那人说道。

"请你帮个忙，"那人不慌不忙地说，"不过你有选择，我不强迫你。"

"什么事？"老杜意识到自己一直困惑不解的问题现在或许会有一个答案了。

"在我脚下这个包里——"那人非常平静，边说边环顾四周，并扫过老杜的眼睛，"有一百万现金，我想请你转交给木鱼的母亲。"说完后那人便盯着老杜。

这就是目的！从一开始，一切都已计划好，都是为了这个目的！老杜不知道是该愤怒还是释然。"这就是你来找我，和我说那么多的目的？就像你当年对木鱼那样？"

"差不多，但不完全是这样。"那人仍然平静地说道，"我一开始是有这个目的，但在这过程中慢慢地有其他东西出现，然后这个目的变得不是唯一和最重要的了。"他停顿了一下，继续说道："所以我给你选择，刚开始我只能逼着你和我接触，但现在我给你选择，这一百万就在我脚下，木鱼的妈妈还在那个老房子里，这是木鱼生前的愿望。你做还是不做，都由你自己决定。"

"我不可能为这区区一百万冒这样的风险。你为什么不自己去？"老杜的目光变得犀利，好像自己终于拿到了一张好底牌，和那个人对视着。

那人摇了摇头，说道："现在已经不可能了，在那个小县城，我一回去必定会被抓住。但如果你不帮忙，我也只好自己去。"

"我可以每年给木鱼的母亲寄一笔钱，保证她的生活。你应该知道我并不缺钱。"

"我知道，但这笔钱是木鱼生前要留给他母亲的。"那人的眼神随着这句话突然变得伤感和迷茫，"如果你回去，这笔钱被收走了，那时你能每年接济一下，那就最好了。"

"如果我拒绝呢？"老杜问道。

"如果你拒绝，我会马上离开北京。"那人停顿了一会儿，又说，"但你不能报警。如果你帮这个忙，之后你可以去报警，把一切都如实说出来，甚至添油加醋，或者编一个对你最有利的说法，他们可以在很多我们见面的地方的录像里看到我和你，并且我会给你一个机会，等你回来，看他们能否抓住我。"

"但这些都是次要的，对你来说只是区区一百万而已，不过木鱼却因为这个而死。人这一生，到底要为什么而生，为什么而死，你肯定有你的判断，有你的决定。"那人也目不转睛地回望着老杜。

老杜沉默下来，他一时无法从法律层面上判断这样做到底有什么样的风险，但内心又感觉无法拒绝这个要求。老杜和那人对视着，终于说道："我的生活已经一团糟了，你却在上面又撒了一把沙子。"那人并不说话，只是毫无表情地看着老杜，但老杜知道他的平静下面和自己有着同样程度的紧张和纠结。

"我可以去做，"老杜停了一会儿，说道，"但有一个条件，做完这事后我们好好谈一次。"

那人没有犹豫，回答道："当然可以，即便你报警，即便他们已经盯上了你，我还是可以和你好好谈一次，我也很想这样谈一次。"说最后一句的时候，那人脸上又浮现出一丝伤感和茫然的神情。"五天之后我给你打电话，如果那时你和警察在一起的话，你就想办法说出'芯片'两个字，只要听到这两个字，我就明白了。当然你也可以选择不说。"他冷笑了一下。

随后那人好像又想起了什么，拿出一张纸条递给老杜，说道："这是木鱼母亲的电话，万一她不在村子里……"停了一会儿，他又说道："如果你回去——在城北，有一个别墅区，叫巴黎公社，那是像你这种有钱人住的地方。"那人飞快地笑了一下，又继续说道："木鱼就是躲在那里然后被抓的，福建小田在那里当保安，我相信他早已经离开了，我知道你不会见到他，但我想让你知道，不管他走到哪里，我都不会放过他。"那人冷笑了一下："你不要误会，我对你说这个不是要威胁你，是因为我知道将来有一天你会把我们的交往告诉警察，我想让那些警察知道这一点。"

"在城南，"那人继续说道，"也就是木鱼以前住过的那片，那里是这个社会最底层的人聚集的地方，不知那栋五层楼还在不在。我对你说过，木鱼住在第五层，从那里可以看到前面的一大片棚户区，在楼的另一侧是一条商业街，那里有一个婚纱影楼，叫丽莎影楼，如果你去那里见到了那个影楼的老板娘，你可以对她说，就当瞎子已经死了。"

"瞎子是谁？"老杜问。

那人没有回答，看了一下手表，说道："还没到十分钟。"他戴上口罩，站起身往外走，老杜看着他，突然有种预感——这或许是他们的最后一面。老杜叫住那人："你和木鱼最后到底让Z有了什么样的结局？"那人站住不动，头微微转过来，口罩上的眼睛有着深邃的波澜，像是通向Z的世界的窗口。老杜望着他，等待着，但那人最终什么也没有说，他走了出去，把那个旅行包留在了老杜的脚下。

瞎子走出了老杜公司的写字楼。马路上行人如织，别在腰上的枪还在，瞎子突然有些犹豫是否要走入这人流之中，但现在需要以分钟为单位来计算离开这个城市的时间。瞎子这样想着，仍然站在台阶上，第一次，他感觉到在这迷茫的人群之上，不光是他姥爷，还有木鱼也在空中注视着他。在这注视之下，他终于走下了台阶，混入人群。他似乎看到Z就在不远的前边走着，在人流之中毫不起眼，却在引导着他。

13 **

老杜走进会议室的时候，那三个投资人似乎正在讨论着什么事情，看到老杜进来就停了下来。老杜把那个旅行包放在会议桌的下面。老杜拎着它直接进了会议室，是想让他们三个看到自己确实是有急事。老杜想，如果他们看到里面满满的现金，那应该会很有趣。刚才在下面的咖啡厅，那人走后，老杜拉开了一点那个旅行包，看到里面满满的百元钞票，那景象确实让人感觉很惊讶，是一种和看银行卡里的数字完全不一样的感觉。

老杜想从刚才中断的地方继续讲的时候，那三个投资人打断了他，其中一个说道："我们直入主题吧，告诉我们，下一步，你准备怎么做？"

老杜调整了一下身体的姿势，说道："现在的市场，比的是谁能生存下去，只有生存下去的才能进入盈利模式，而要生存下去，只有一条途径，那就是通过提高用户体验来增加活跃度和忠诚度，平行地还要加大地推力度，特别是二线城市的地推。"老杜尽量让自己进入状态，但无法避免地感觉到自己的信心不足。

那个刚才说话的投资人摇了摇头，说道："如果你继续这样走下去，成功的概率太小了，市场的整合比我们想象的要快，这一轮再投下去，并不能坚持多久。"

他们说得对，从他们的立场来说，投进来的风险要比机会大得多，但如果没有风险，还要这些风投干什么？老杜在思考着怎么应对，却没有头绪。

"说实话，来之前我们已经讨论过了，"另一个投资人说道，"如果你转型，你现有的用户群是一个很大的优势；如果不转型，相对于现在市场上其他已经整合的公司，你已经没有优势了，而被收购的概率也越来越小。"

"我也想过转型，并且有了详细的规划，但我希望能在公司情况好转之后去实施。我对扭转公司现在的局面充满信心，虽然我知道这确实很困难。"老杜很冷静地说着这些话，他突然意识到自己的言谈和举止有一点模仿那个银行抢劫犯，"公司渡过困境后，我会确立一个两条腿走路的双向发展战略，与目前的业务平行进行，我们要开发属于我们自己的产品。"

老杜看到面前三个人同时摇了摇头，知道自己还是不应该在这时把这个想法抛出来——没有人会有耐心等着自己去开发产品。但老杜没有慌张，只是冷静地用眼睛扫过他们。

其中一个投资人说道："我们都看好你还有你的团队，不然也不会费这些周折。但你刚才说的计划无法保证我们的投资收益，我们也不会有快速满意的退出机会。"

另一个投资人接话道："我们是带着钱和项目来的，这将是你最好的机会。"他笑着看着老杜，脸上充满了期望合作的表情。

"怎样转型呢？"老杜问道。

"你现有的用户群以男性为主，他们是现在市场上即将爆发的另一个应用的目标群体。"那个投资人继续说道，"只需要在你现在的应用上开一个快速通道，你的转型就成功了一半。"他说到这里，停了下来，似乎是希望老杜能猜出他下面想说的话。

"那是什么样的转型呢？"老杜没有去猜测，虽然心里有两三个选项，但老杜知道自己不应该再贸然说出一些不成熟的想法了。

"做直播。"另一个一直不说话的投资人快速地说出这三个字。

"这在技术上轻而易举，特别是对你而言。"那个侃侃而谈的投资人继续说道，"并且你有现成的用户群，省去了推广的麻烦。"

"直播？我并不了解。"老杜虽然没有时间去详细了解这些东西，但确实知道一点，不过老杜更希望他们详细说出他们的想法。

"这将是下一个自媒体的发展方向，如果你不了解，说明你要从现在的工作中抬起头来看看周围了。不过现在只是刚刚出现，还算不上自媒体。虽然现在还是小范围，但我们已经见识了男人的疯狂。"那个投资人接着说。其他两人也附和地笑了笑。

"是找几个女孩跳脱衣舞那种方向吧？你们让我做这个？"老杜说道。

"干吗说得这么下流？"其中一个投资人笑着说，包括老杜，每个人都笑了一下。

"现在市场上只有不到五家公司在做，小荷才露尖尖角。但你知道的，不出三个月，就会有一百家这样的公司。站在风口上，猪也能飞起来，这些道理对你都不需要再说了。"那个投资人继续侃侃而谈，"我很欣赏你刚才说的两条腿走路的双向发展战略，但另一条腿必须是这个直播项目。我们是带着钱来的，因为我们始终看好你的团队，看好你个人的能力，并且看好这两条腿走路的synergy。"

"直播方面，如果不是跳脱衣舞，具体的模式是什么呢？"老杜心里生出一丝厌恶感，或许许玥现在对自己就是这种厌恶感吧。而现在那个银行抢劫犯在哪里呢？他是否在一趟离开北京的列车上？老杜仿佛看到他消融在熙熙攘攘的人群中，他与众不同，却根本无法被辨认出来。

"这是一个平台，每个人都可以上去展示自己的生活，让千万人去观看。"那个投资人也忍不住一边说一边笑，"但像所有的网络平台一样，你预测不到将来它会演变成什么样子，比如说，它有可能会演变成个人的表演艺术平台，有可能会演变成自发的教育平台，还有可能会演变成成人娱乐平台。"

"那为什么要等它自发演变成这样的平台呢？在启动阶段就可以直接以这样的平台为目标进行建设。"老杜慢慢地说道，心里非常清楚他们想要什么。

"现在是市场刚刚启动的阶段，你需要树立你的reputation，你需要快速聚集活跃用户群，简单一句话，你需要打败其他公司。如果你直接建立那些未来的高大上的平台，你是不可能脱颖而出的。这些你比我明白啊。找几个懂事的女孩，把握好尺度，别越线，先在系统里放一千万虚拟币，一朵玫瑰一块钱，你别笑，这个模式已经被证实是成功的了。"那个投资人继续侃侃而谈。

"还记得当时创立这个公司的情形吗？这个项目在目前的市场就和当初你创业时一样，你需要做的就是义无反顾地冲进去。"另一个投资人打断了第一个人的话，说道。

第三个投资人接话道："和当时不一样的是，现在你有基础，有我们的资金。"

老杜无法摆脱心里的厌恶感，他的理性告诉他这是一个绝好的送上门的机会，可以完全摆脱困境，但是老杜无法摆脱心里的厌恶感。老杜知道自己的表情和对面三个人的激昂太不协调，本应是自己求着他们的，但自己过于冷静，过于置身事外。老杜隐隐感觉到在自己的内心深处，在想要把公司搞起来的同时，开始有一种其他的东西出现。老杜还没有时间去把它理清楚，但他知道这模糊的东西和许玥有关，和Z，和木鱼以及那个抢劫犯有关。

"我已经不是原来的我了。"老杜说道。

"你是这个社会的精英，你要知道我做投行几十年，在我这你是能排进top10的人。并且好几年前你创业的时候，我就知道你不光是精英，你还是精英里的一匹狼。可惜我感觉现在你的狼性已经快没了。"一个投资人说道。

"精英"，老杜记得自己曾经确实是这么定位自己的，但最近这一年老杜几乎忘了这种定位。如果这个市场是污浊的，那被这污浊的市场推选出的精英也必定是污浊的精英。他突然想起了Z，想起了芯片。那个人让他以芯片做暗号是什么意思？老杜突然意识到许玥和那个抢劫犯看自己的眼神有点像。

那个旅行包就在脚下，里面是满满的现金。那个Z本应是一个精英的，但一个大脑里没有芯片的人注定要游走在社会的边缘。老杜想，如果自己再继续写这个小说的话，应该在Z出走后让科技发达到可以摆脱所有的排斥反应，让Z可以选择在大脑中装入芯片，但Z却拒绝这样做。老杜想到这里，发现自己的第一反应竟是想把这个关于Z的想法告诉那个抢劫犯，听一下他是怎么想的。老杜的脑海里又出现了那个抢劫犯的样子，刚才自己还和他在一起，现在却感觉那人已走得很远，或许是往自己的内心深处走得很远，越远却变得越清晰。老杜想自己应该尽快安排回老家一趟。

"我现在是头猪。"老杜从自己的思绪中跳出来，自嘲道。

"是头猪没关系，但你必须跑到风口那儿才行。"那个一直沉默的投资人说道，其他两个人听后都笑了起来。

14 **＊*

老杜坐在郊外那个欧式城堡前的露台上时，又禁不住想起了许玥的那条短信，仿佛已经隔了很久，事情都赶在这几天发生，时间因这些事情的填充而变得漫长。老杜觉得似乎有很久没有看到许玥和女儿了，她们在此刻浮现于脑海中，都有着美丽的面孔，这不能算是一个新的发现，但这一刻，这种感觉格外强烈。

公司的事情可以暂时告一段落。老杜对那三个投资人说，关于这新的发展方向，自己需要时间想一想。这让他们很惊讶，但还是初步接受了继续为现有业务再投一笔钱的方案。老杜知道，他们要找到一个好项目已经越来越难了，现在这个市场，如果不迅速做大，就只会慢慢死亡，人们都失去了耐心，但能做大的企业远远低于百分之一。最近这三年算下来，自己这个公司没有给自己带来什么财富，反而是房产的增值让自己的财富迅速膨胀，这不是什么好兆头。

去做一个直播——现在想到这个项目已不像第一次那样可以让老杜笑出来了。老杜想到了这个城堡里的那个女孩子，在众多男人的眼里，她只是一个数字，以及这数字背后的服务。她也算是生活在一个直播里，她选择不了围观她的人，她以此为生，但如果她到这个网络直播里做一个主播，她会赚多得多的钱，被更多的人围观，而她所需要做的却比现在要少很多，只需要扭扭身子弄掉肩带，这或许是千百个这样的女孩趋之若鹜的工作。做这个项目有什么问题吗？为什么自己心里有一种厌恶感？老杜在想。

那个人现在在哪里呢？是否还会在暗中注视着自己？想到这里老杜便真的感觉有一双眼睛在暗中注视着自己。面前的半杯咖啡早就凉了，老杜招手叫来服务生，付了咖啡的钱，又把一个装着钱的信封交给他，让他转给那个女孩，最后把这里的一张储值卡递给他。老杜没有进到城堡里，在那个服务生错愕的注视中离开了。

一样的拥堵，一样的雾霾。老杜没有戴口罩，在四环的那条辅路上等了将近二十分钟，仍然看到了那个上了年纪的老太太，一只手里拿着一些地图和车载充电器，另一只手里拿着一只乌龟，一辆车一辆车地兜售。老杜的车慢慢地往前挪，同时也看到她慢慢地走过来。恰在这时，车流向前移动的速度突然快起来，那个老太太来不及走到路边，只能站在路中央两道车流中间不动。老杜慢慢地加速，从她身边驶过。老杜的余光看到她神情木讷，手里的乌龟或许仍然是那一只，伸着头，漠视着周围的一切。

从四环辅路拐出来，再开不远的距离就看到了女儿的幼儿园。老杜远远看到好多人围在幼儿园门口，这说明孩子们还没有出来，自己没有迟到。许玥一定在那人群中，老杜一时还看不到她。这是一个过程，老杜想。但他自己并未察觉，在这个过程中许玥失去了和自己共度一生的愿望。这几天老杜对家庭有着从未有过的依赖感，老杜想象不出如果自己变得孑然一身，生活会是什么样子。

老杜缓缓地开到了幼儿园旁边，没有停车位，他便继续开过去，又开了好远才找到一个停车位。老杜下车，向幼儿园走去，心里急切地想马上看到女儿。远远地，老杜看到妻子拉着女儿的手从人群中走出来，女儿已经发现了他，拽着妻子的手向这边跑，老杜也快步向前走，快到一起的时候，妻子松开了手，女儿一下子扑到了老杜的怀里。

一路上女儿说个不停，老杜一边开车一边回应着。快到小区的最后一个拐角处时，老杜想起了和那个抢劫犯在这个地方的那次碰撞，那是一个来自安逸生活的自以为是的人与一个在死亡边缘亡命天涯的人的碰撞。是的，就是在那面墙下，老杜路过时想起了那天夜里那个抢劫犯犀利的眼神。他会为什么而生为什么而死呢？老杜想到这里，听到妻子说话的声音："喂，宝宝问你周末能不能去公园？"老杜回过神来，赶忙说："让我想想……周末，我准备回老家一趟。"

老杜从后视镜里看到妻子的脸仍然转向窗外，留下一个精致的侧影。老杜把车开进小区的车库，打开门，抱起了女儿，对女儿说："等我从老家回来，给你带好玩的东西，好不好？"女儿马上高兴起来，问道："给我带什么好玩的东西呢？"老杜说："保密。"随后女儿便开始不停地问到底是什么东西。

老杜已经很久没有陪女儿睡觉了，这让女儿太兴奋，一直快到十点钟才睡着。老杜从女儿房间出来时，看到妻子坐在客厅的沙发上。

"你周末要回老家？"妻子问道。

"我要回去一趟，还没来得及和你说。"

"是和那个抢劫犯有关吗？"

"是的。"老杜折身去书房拿出了那个旅行包，在妻子面前拉开一半的拉链，里面全是百元一捆的钱。"那个人让我把这些钱交给木鱼的母亲。"老杜看到妻子脸上惊讶的神情。

"你怎么会答应？这算是协助转移赃款吧？你会被抓起来的。"妻子说。

"我觉得我没法拒绝。"

"他威胁你了？"

"其实没有，他说给我一个选择，如果我拒绝，他就离开，但我不能报警；如果我同意，我可以把实情向警察交代，说我不知道这是赃款，或者说我是被胁迫去做的。"

"那你为什么要接受？"

老杜看到妻子脸上的疑惑和担忧，笑了一下，说道："我说我愿意每年给木鱼的母亲寄一些钱，让他把这些钱拿回去，但他说这是木鱼的遗愿，如果这次送钱被发现，如果这些钱被没收，他不介意我每年给木鱼的妈妈寄些钱去。"

老杜把旅行包重新拉上,妻子没有说话,老杜又说道:"不知为什么,我无法拒绝这个要求。从这几次和那个人的交往中,我确信他不会伤害我们,他用一个最有效的方法和我建立一种很不一样的联系,然后在最后,他亮出了他的目的,他给我一个选择,让我决定,不带任何威胁,但我却无法拒绝。"

"为什么无法拒绝呢?"老杜看着妻子明亮纯净的眼睛,感觉那里面多了一些关心。

"那个人很厉害,他不像是一个一般的罪犯,我觉得他挺有思想。"老杜说话的时候脑海里又出现那个人的样子,"他很擅长观察,一上来就找到了我的弱点,我和他的这几次交往一直在他控制之中。"

"他找到了你的什么弱点?"妻子问道。

老杜看着妻子,不知该怎么表述,沉默了一会儿,他说道:"他一定在暗中观察了我们一段时间,他从我那个高中同学那里了解到高中时候的我,然后又看到了现在的我。在第一次见面,他就引用了我高中时想放在我小说里的一句话,那句话是一个国外的诗人说的,他说人生需要有东西维持生存,要有东西可以为之生,要有东西可以为之死,如果缺少一样就导致戏剧性人生,缺少两样就导致悲剧。那个抢劫犯第一次见面就说我的人生是一个悲剧。"老杜说到这里,笑了一下。

"然后他就和我讲他是如何同我的同学交往,如何同他一起编我那篇小说的后续情节,如何谋划那次抢劫,他是如何去了我同学的家,后来我的同学又是如何被抓……他把这些都讲完后才告诉我他的目的,而我已经觉得无法拒绝他的要求了。他让我看到了另外一种生活,不仅仅是一个和犯罪以及贫穷相关的生活,还是一个想象中的生活。他把让我帮他送钱变成了一个关系到要有东西为之生,要有东西为之死的问题。"

然后老杜忍不住把自己关于那个人的想法告诉了妻子:"我一点都想不到,这会是一个形而上的罪犯。他让我发现自己已经变得越来越形而下了。"老杜一边说一边自嘲地笑了一下。

"你怎么确定这不是一个陷阱？怎么确定这件事在你送完钱之后就会结束？"妻子担心地问道。

"我一开始也是这样担心的，但和他的几次交往让我觉得他不会有其他的目的，他在逃亡之中，没有再去抢钱的动机，如果那个抢劫犯有其他目的的话，他没有必要和我费这些周折。"老杜停顿了一下，又说道，"他似乎是在木鱼被判死刑的阴影之中，一直挂念着木鱼的母亲，所以他才冒着风险来北京见我，或许他是希望通过这个来弥补内心的愧疚。"

许玥沉默了一会儿，然后说道："也许是这样，不过，这还是风险很大的行为。"

"这个我也有想过，关于风险，我觉得是不去比去更大一些。"老杜说。

妻子"嗯"了一声，不说话了。

老杜看着许玥，感觉有很多话想说，却又说不出来，这样互相看了一会儿，老杜说："今天和投资人开会了，他们愿意再投一笔钱，但是也希望我尽快启动另一个项目。"

"什么项目？"

"网络直播，现在刚刚兴起。"

"直播什么呢？"

"这是在文字语音之后的一个新的平台，可以满足人们的展示欲望和观看欲望。将来的发展方向是每个人都可以在上面展示任何想展示的东西，做饭，吃饭，睡觉，看她能聚拢多少人围观，就像现在的微博，围观的人多了，她就有了影响力，也就有了价值。但在起步阶段，要让平台快速聚拢人气，需要找几个专业的女主播，需要制造一些引人注目的话题。"老杜简要地说着。

"那盈利模式是什么？"

老杜笑了一下，觉得许玥此时就像一个投资人。"现在还没有明确的盈利模式，在平台上会有虚拟币，围观的人要购买，然后献花给主播，平台和主播分成。单靠这个当然不能盈利，盈利要在注册活跃用户达到一定规模后才能通过其他方式实现，比如广告。"

"让我去做女主播吧？"妻子突然说。

"那怎么可以？"老杜马上回答道。

"你也知道不好？"妻子冲他笑了一下。

15 **✱**

老杜让前台买了高铁票，比坐飞机要花更长的时间，但带着这么多现金，老杜觉得火车更安全。老杜特地叮嘱买头等票，那样自己会有很长一段时间可以独自安静地思考一下。老杜突然意识到那个抢劫犯没有告诉自己木鱼家的地址，他只能通过老师或者同学要到地址，随后就给高中的班主任发了短信，说自己这两天回去，希望能和老师同学们聚一聚。短信刚发出就收到了回信，显然班主任很高兴，说了解到老杜已是事业有成，毕业后第一次回来，一定会通知同学们并让他们安排好。

随后老杜召集所有的员工到会议室，老杜从员工们的脸上能看出他们有些紧张，他们都在担心公司的将来是否会像那百分之九十多的创业公司一样死去，但老杜也能从他们的脸上看出他们对自己的信任，他们中的好几个人都是拒绝了竞争对手的诱惑坚持跟着自己的。老杜想等到回来后要再启动下一轮的股权激励方案，当然前提是让公司活下去。老杜简单介绍了公司的业务和财务现状以及和投资人开会的情况。知道投资人会有一笔新的投入后，老杜看到每个人都松了一口气，那个前台女孩甚至有些夸张地拍了拍手。老杜没有说投资人要求去做的新项目。做还是不做，这是一个问题，老杜想。

随后老杜约了一个律师朋友见面，这是一个可靠的朋友。老杜特地选在"雕刻时光"，他发现自己来过这里无数次，却从未注意到这里的咖啡的味道。这一次老杜要了一杯意式浓缩，没有加糖，小小的杯子里是浓浓的咖啡，苦涩里透出醇香。在这里，老杜很自然地想到和许玥的那些无言相视的时光，也能感受到创业时的自己。如今这里又有了自己和那个抢劫犯的记忆。人是由记忆塑造而成的，这些记忆累加在一起，决定了人对未来的选择，未来又会逐渐转化成新的记忆。这些时光中的记忆会被雕刻成什么样子？其中有死亡的影子——想到这里，老杜的心情又变得阴郁。老杜把最后一小口咖啡喝完，慢慢地，他感觉因为咖啡的作用，自己的思绪开始变得活跃起来。

离开咖啡馆的时候，老杜的心情放松了许多。刚才自己向那个律师朋友详细讲了事情的来龙去脉，那个朋友对老杜讲了不少实际的案例，分析了各种可能的风险和最坏结果，以及在各种情况下自己的最佳应对，在他的建议下，老杜把手机的定位功能和云备份重新启动。

"最关键的是如果你被关起来，"那个朋友说道，"一定要和我联系上，这是你的权利。"

老杜说："还好我不是个律师。"

那个朋友笑着说："整天在厕所旁边就闻不到臭味了。"

"对木鱼公正的判决应该是什么？"老杜问道。

那个朋友摇了摇头："不管我怎么说，我的回答肯定是片面的，你的信息太少。另外，什么算公正呢？你的标准是什么？要知道全球一百多个国家已经取消了死刑。但有一点我们应该铭记，法律永远覆盖不了人性的整个范围。"

在去火车站的路上，老杜的心情放松了许多，但这又让他为自己觉得耻辱，因为自己轻松的心情是来自事先确认了的这次旅行的风险程度。老杜感觉木鱼和他的同伴是在彼岸，甚至许玥也是在彼岸。老杜突然有些恍惚，不知道这趟列车会开向哪里。

叁

PART 3

第三部

1
*

　　火车以三百公里左右的时速向北行进着。车厢里有四个座位，但只有老杜一个乘客。座椅是真皮的，宽敞舒适，几乎可以完全放平。乘务员拿来了拖鞋，还有饮品，老杜要了一瓶矿泉水，放在车窗旁边。窗外近处的树木和黄土地在飞快地向后退去，远处却有一片模糊的山峦静止在那里，并不因列车的移动而改变位置。老杜再次感觉这列车是开往未知之地。坐在这趟列车上，老杜发现自己开始远离北京熟悉的生活，而在回望之光中，许玥、女儿、那个逃犯，甚至那个Z，却都变得更加清晰而真实。

　　那个逃犯，或许他在黑道上的外号叫瞎子，他的目光犀利，却为什么会有这样一个外号？老杜望向远处的山峦，似乎能看到那个瞎子走在北京的街道上，背后别着一把枪，与众人背道而行。Z应该也是如此，他走在这个社会的边缘，走在死亡的边缘。在想象中老杜把那个逃犯的形象放置在了Z的身上，可是Z的神情却又同时有着木鱼的特质。

　　老杜把座椅放平，躺下，乘务员送来一个枕头，在睡着之前，老杜想到了许玥和女儿。随后像是只过去了几分钟，老杜被到站广播吵醒，列车驶入了北方最大的城市，在这个车站老杜还要换乘另一趟列车，因为还没有高铁直通自己的目的地。

　　换乘的列车缓慢而颠簸，老杜坐在拥挤的车厢里，周围弥漫着乡音和老家的气息。那个装着一百万的行李箱就放在头顶的行李架上，老杜时不时向上看一眼，心里有一丝紧张，觉得自己像那个逃犯。

　　大约两个小时后，老杜身边的人指了指窗外，说快到了。老杜望向窗外，看到了远处隐约显现的城市。那是一片似乎连在一起的楼房，和旁边的黄土地似乎有着明确的界限，被尘霾笼罩，又像是浮在尘霾之上。列车似乎是要走一个巨大的弧形去接近那座城市。就是在那里发生了那起银行抢劫案，导致了木鱼的死和那个瞎子的逃亡。老杜无法把它和自己的老家联系在一起。

过了二十分钟，那个城市仍然在远处的一片尘霾之中，列车应该是在驶向那里，老杜想，它终将会到达那座城市之中。

2 **

列车缓缓开进车站，老杜拉着那个装着一百万现金的行李箱走下列车。这个火车站显然刚建成不久，站台上铺着干净的淡黄色瓷砖，月台上方有个巨大的白色的顶棚，隔着铁轨老杜看到另一侧的车站主楼，透过玻璃幕墙可以隐约看到里面的人群，一切都试图给人一种高大上的感觉。老杜站在人流之中，环顾四周，这一路他总是感觉有一双眼睛在暗处盯着自己，自己却总是发现不了。老杜随着人流从月台走入地下通道，通道里又窄又矮，两边还有人坐在大大小小的包袱行李上。老杜被人群裹着往前走，手紧紧握住行李箱，耳边全是乡音，但他却没有感到亲切和兴奋，现在这是一个充满危险的城市，老杜想。老杜记得小时候这个火车站很小，只是一排平房而已，从中间的月台到检票口要走一个天桥，自己小时候经常要待在天桥两侧的铁丝网前，正好在铁轨上方，等着火车开来，很多火车都不停，呼啸着从脚下飞驰而过，现在老杜想起这一幕还有那种在火车通过的一瞬间双腿不由自主地颤抖的感觉。在通道里蹭了好久，通道两侧渐渐开始变宽，老杜看到了检票口前拥挤的人群以及他们头上从外面照射进来的阳光。

出了检票口，老杜站在台阶上，前面是一个崭新的广场，广场上全是行人和商贩，老杜无法相信自己已经站在了刚才那个虚幻的浮在尘霾之上的城市之中。一大群人围了上来，问老杜要不要打车，不需要排队，马上可以走。老杜没有理他们，在前面的人群中快速地搜寻着，看到有个人举着牌子，上面写着"杜先生"三个字和酒店的名字。那个举牌子的人咧着嘴笑着正在冲自己招手，这一定是自己让前台预订的酒店接站的车。老杜向那人走去，那人也迎上来，说："您是杜先生吧？"老杜"嗯"了一声，那人立时上前要拿老杜的行李箱，老杜拦住了他，说："我自己来吧。"那人笑着热情地坚持，老杜冷着脸又说了一遍："我自己来。"这样争了一会儿，那人点着头说了好几遍"好的，好的"，仍然咧着嘴笑着，带领老杜向停车场走去。

老杜坐上车，从车里看到了这个火车站的全貌。整个建筑的中间是高耸的钟楼，两边的屋顶成波浪式延伸，波浪的曲线下面是玻璃幕墙，再下面是各种快餐的招牌和广告。在那一刻，老杜的脑海里突然闪现出"忒修斯之船"这个词。一艘船的零件被全部换掉，甚至外形也发生了变化，它还是原先的船吗？老杜看着渐渐往后退去的火车站这样想着。

"我一眼就认出您了。"司机突然说道，"和周围人不一样，成功人士。"他兀自说着。

"酒店在什么路上？"老杜问道。

"中山路，在市中心，您不熟悉这里吧？"司机快速地回答。

老杜没有回答，他当然知道中山路，曾经最繁华的地方，离当年的家不远，高中时去上学要去中山路坐 26 路公交车，坐三站就可以到。

"大概要多久到？"老杜问道。

"半个小时吧，走高速很快。"司机说。

这时老杜才意识到火车站已经不在当年的原址了，当年的火车站离市中心不远，那时这个城市很小。开了大约二十分钟，老杜才感觉进到城市之中，街道的走势是熟悉的，但街道两旁的建筑已面目全非。拐到中山路时，老杜看到了华联商厦，那是当年最大最高的建筑，那时能每天去商厦下面的超市买东西的一定不是普通人，现在这个建筑蜷缩在一片高楼中间，显得衰老、破败和孤独。

"晚上要不要出去转转？"司机边说边递过来一张名片，"想玩什么咱都能找到地方，保证安全。"

老杜接过名片，看到中间是一个手机号码，字体大而显眼，电话号码上面是"王师傅"三个大字，下面是一行小字"按摩，桑拿，夜总会，上门服务……"翻过名片，上面印着一个妖冶的女人。老杜随手把名片揣进了兜里。

"需要就给我打个电话。"司机补充道，这时车已经开到了酒店的大门前。

酒店的大堂比网上的照片要小很多，也有些昏暗，大堂入口一侧的沙发上有几个坐相极差的人，抽着烟，让酒店里有股难闻的味道。不知怎么，老杜突然想起那个逃犯说过的那种废弃的下水道里的生活，那人说的时候竟然有着一种居高临下的态度。老杜心情有些郁闷，他拒绝了想替自己搬行李的服务生，办理了入住，匆匆来到房间。

房间的隔音不好，老杜能隐约听到隔壁房间电视里的声音。老杜站在窗户前向外望去，一片密密麻麻的火柴盒似的楼房被雾霾笼罩着。这里和其他的城市没有什么区别，甚至和北京也很像，只不过马路窄一些而已。在中国，不少的城市几乎都是一个样子，这应该是从几十年前北京开始拆除那些古老的城墙起就注定了。老杜点起一根烟，但马上意识到这里的排风不好，便又把烟掐灭了。老杜心里又出现了那个抢劫犯最后一刻离开时的眼神，那是一个游离在这个城市之外的注视的目光。

3 **

老杜在写字台的抽屉里找到了一张地图。这个城市确实比原先大了很多，但市中心的那些街道都还在。在中山路上老杜找到了酒店的位置，他用手指沿着中山路往下找到了自己原先的家——自从高考之后举家搬到南方，族里只有自己的堂叔一直住在那里。按照计划，老杜应该先把那个行李箱放在那里，放在酒店的房间里太不安全。这样这几天自己就可以安心出去走走，去参加那个同学聚会，并制定送钱的计划。

自己的心思似乎一直都不在这个城市里，老杜坐上出租车的时候这样想着。多年以后，曾经在忒修斯之船上的水手们来到这艘已完全更新的船旁边，发现不光船已经认不出来了，曾经的水手也已经面目全非，这会是一副什么情形呢？

终归有些东西是不会改变的，老杜想，就像这中山路，两旁的建筑他已经完全认不出来了，除了那个华联商厦，但这条路的走势还和以前一样，这让老杜可以依稀分辨自己相对于以前所在的方位。

当老杜看到26路车站时，一种熟悉的感觉从心里生起。出租车在公交车站的旁边拐进了北京路，这条路和以前完全不一样了，以前的北京路狭窄并且拥挤，现在宽敞很多，两旁种着梧桐树，老杜想这里的房价一定涨得很厉害。

出租车停下来的时候，老杜才发现自己竟然没有认出当年的那几栋住宅楼。它们已经破旧不堪，两侧都是新盖的楼，底层是一个挨一个的小店，其中有些小餐馆门前的路面油污发黑，泼出的水已经结成了冰，这些小店和小餐馆的混乱肮脏显然和那些新盖的高楼及宽敞的马路很不协调。老杜小心地走过去，先在楼下给堂叔打一个电话，说自己提前到了，然后便沿着记忆中的楼梯走了上去。

在堂叔的家里，老杜找不到任何从前的痕迹，显然房间已被重新装修过，有一种廉价的豪华。老杜和堂叔一家人寒暄过后，先把父母和自己不会收回房子这个重要信息传递给堂叔，这可以最大限度地避免那些尴尬的试探性的话语。随后老杜又把事先准备好的红包给了堂叔两个已经长大的孩子，看着堂叔苍老的脸上露出的高兴的神情，那一刻老杜突然想起小时候堂叔唯一一次带着自己去公园玩的情景，那是记忆中仅存的一个画面，却让老杜心里突然充满了一种久远的亲情。

堂叔的女儿已经上班了，儿子还在读初中，老杜记得为了生这个儿子堂叔没少费周折，最终还是交了一笔罚款了事。老杜记得堂叔当年经常说："这个小子刚出生就让我花了一大笔钱。"老杜知道堂叔的打算，这套房子无论如何也要想办法留给他儿子，幸亏自己已经混到了不在乎这套房子的程度，老杜这样想着，对堂叔说："让我这个弟弟到北京读大学吧，我在那边可以照应一下。"老杜能感觉到堂叔听到这话之后高兴的心情，这心情对自己也有感染力，但那个男孩却无动于衷、冷漠无比，连正眼都没有瞧一眼老杜。

午饭吃得很尴尬，老杜甚至对那个男孩有些懊恼，刚进门时那突然闪现的亲情似乎也消失殆尽了。但当堂叔说他把自己当年的东西都完好地保留下来时，老杜心里又涌起了感激之情。吃过午饭后，老杜在原先属于自己的房间里打开了堂叔保留的那个纸箱子，他看到纸箱的一半摞着自己从小学到高中得的所有的奖状，想到自己从来都是别人眼里优秀的学生，老杜冷笑了一下。纸箱的另一半整齐地摞着一些书，有儒勒·凡尔纳的几本书，有一本诗集，还有一本陀思妥耶夫斯基的《罪与罚》。老杜拿起那本诗集，随手翻开，是折角的一页，里面是一首诗：

理想

没有理想的人像是草木，
在春天生发，到秋日枯黄，
对于生活它做不出总结，
面对绝望它提不出希望。

没有理想的人像是流水，
为什么听不见它的歌唱？
原来它已为现实的泥沙
逐渐淤塞，变成污浊的池塘。

没有理想的人像是空屋
而无主人，它紧紧闭着门窗，
生活的四壁堆积着灰尘，
外面在叩门，里面寂无音响。

那么打开吧，生命在呼喊，
让一个精灵从邪恶的远方
侵入他的心，把他折磨够，
因为他在地面看见了天堂。

老杜已经完全想不起这首诗了，当时的自己似乎很喜欢，在这首诗的最后一段的那四行下面还画了波浪线，这是这本诗集里唯一折角的一页。

老杜放下了那本诗集。在那本《罪与罚》的下面，他看到了自己的那个笔记本，就是在这个本子里，自己写了那个Z的故事。老杜想了一下，有些犹豫是否要现在就翻开，这似乎是一个潘多拉之盒。

这是一个八开的笔记本，老杜记得当时自己不喜欢那种常见的十六开笔记本，因为在那上面写字不舒服。他翻开第一页，竟然是当时自己写的序，字迹工整，记录了自己决定写这篇小说的来龙去脉，老杜快速地读了起来：

在提笔写下这第一个字之前，我已经有了很长时间的思考，有一个至今仍然困扰着我的问题，那就是我应该怎样度过我的一生。这个问题将随着我年龄的增长变得越来越不重要，因为随着我年龄的增长，我人生的确定性也在不断增长，对这个问题的思考空间就会相应地缩小。而现在，我还有一点空间去思考，但很遗憾，我思考的结果并不乐观。

老杜一点也想不起自己写过这些，这是一种很奇怪的感觉，他读的时候感觉写下这些文字的人并不是自己。

现在我已经成为我了，大部分人都是在没有能力做出选择的时候已经做出了选择，但我相信人是可以改变的，改变自己，改变命运，虽然能做出这种改变的注定是少数人。只是我担心我并不属于这些少数人。我知道我无法摆脱这样一条世俗的成功之路：一旦进入高三，我会全力以赴准备高考，我会考上最好的大学之一，进入大学之后我会为进入一个全球知名的公司做准备，或者为出国做准备，或者为创业做准备，不管是哪条路，我有信心会成为周围人眼中的成功者，生活无忧，自然也会有一个幸福的家庭。

但如若如此，我就走不了另一条路了，那是一条充满艰辛、折磨着我的灵魂的路，在这条路上，我不会有世俗的成功，只能在哲学或文学上找到庇护所。

我知道这条路注定只会存在于我的想象之中，因为我已经成为我了，在我没有能力做出选择的时候，我的家庭、学校和这个社会已经让我做出了选择，如果没有一个重要的外力，我不会成为那些少数人。在如今的中国，这种少数人越来越少。

趁着现在我还有点时间，我想通过这篇小说把我关于另一条路的幻想记录下来，就像那首诗说的，"让一个精灵从邪恶的远方侵入他的心，把他折磨够，因为他在地面看见了天堂"。

老杜渐渐回忆起了当时在这个笔记本上写字的一些情景，但这些文字他已经不记得了，现在仿佛是第一次读。在这些文字后面的那个高中生，似乎是另外一个人，他预见到了现在的自己，他似乎比现在的自己更有深度。

老杜合上笔记本，不想现在去匆忙地读那篇小说。他又拿出了那本诗集和《罪与罚》，随后合上了那个纸箱子。他走出房间，对堂叔说自己要带走这个笔记本和两本书，其他的东西可以处理掉了。堂叔激动地说，他无论如何都会把那个纸箱子里的东西保留好，让老杜放心。老杜起身告辞，说自己过两天来拿那个行李箱。看到从另一个房间里出来告别的堂叔的两个孩子，老杜想说点什么，但一时又找不到合适的话。

老杜走出了堂叔的家门，来到了下面的马路上，发现自己已经适应了这里的肮脏和混乱。他站在马路边上，一时想不出自己该去哪里。

4 **

老杜叫了一辆出租车，对司机说去第二中学，却发现司机把车开往西边的郊区，他就又说了一遍，那司机说没错，第二中学就是在西边的郊区，这时老杜意识到学校应该是已经从原先的地方搬走了。去看那个新校址有什么意义？老杜想。随后便要求司机去原先在城南的校址。到了之后，老杜看到那里已不见当年的学校，取而代之的是一片别墅。

老杜下车，走进那片别墅前的一个咖啡馆里，在一个靠窗的地方坐了下来，要点一杯浓缩咖啡，服务生对老杜说："浓缩咖啡只有一小口。"

老杜说："是的，我就要一小口浓缩咖啡。"

"很苦的。"那个服务生又好心地强调了一下。

老杜盯着那个服务生，一字一字地说："一杯浓缩咖啡。"

过了一会儿，那个服务生端来了一杯咖啡，是一个大杯子，咖啡刚刚覆盖住杯底，趁着还没凉透，老杜一口喝光了咖啡，感觉咖啡有些酸苦。慢慢地，在咖啡的作用下，老杜感觉自己的思维变得活跃起来。

从窗户里望出去，正好可以看到那个别墅区的大门，镀金的铁门，铁门上方同样是镀金的这个别墅区的名字——"巴黎公社"。四个大字富丽堂皇却俗不可耐，门两旁是欧式的石柱，可以看到里面的几栋别墅，都是一模一样的设计。老杜没有想到那个抢劫犯所说的这城市里最高档的别墅竟然建在自己学校的旧址上。那个别墅区大门的位置就是以前学校的大门，老杜记得当年在学校大门对面，也就是现在的位置，是一片小餐馆和小文具商店，木鱼从来没有独自在小餐馆里吃过饭，即便是同学请客，他也会借故避开。但老杜记得自己请木鱼在一个餐馆里吃过饭，还有一次顺便给木鱼买了一些文具。那次吃饭，老杜一边吃一边讲着Z的故事，当时谁也不会想到各自的人生会是这样过的吧！

不知木鱼躲在这里面的时候想的是什么，按那个抢劫犯的说法，木鱼在这里躲了将近一个月，那该是让人疯狂让人崩溃的一个月吧！老杜感觉有一丝痛楚从自己的心里生起。

老杜把那几本书放在桌子上，最上面是那本诗集，中间是《罪与罚》，最下面是那个笔记本。这时老杜并没有去读的欲望。望着窗外，老杜觉得这个社会像一条汹涌奔腾的河，漩涡密布，沉沙泛起，木鱼和他的同伙，一个被漩涡吞噬，一个随波漂流，或许也终将被吞噬。

而面前这片别墅区，就像是一片泡沫，老杜端起杯子，却发现里面早已

　　从窗户里望出去，正好可以看到那个别墅区的大门，镀金的铁门，铁门上方同样是镀金的这个别墅区的名字——"巴黎公社"。

没了咖啡，老杜把杯子放回去，叫来了服务生。"这杯咖啡的价钱比北京的还贵。"老杜一边掏钱一边说。

"我还是第一次碰到点这种咖啡的，"那个服务生说，"一看您就是大城市来的，不一样。"

老杜手里拿着一张五十元的钞票，说："不用找了。"但他却没有急于把钱递过去，然后又问道："你知道这些别墅是哪年建的吗？"

服务生说："我来这里干了快四年了，来的时候就有这些别墅了，我也不知道是哪年建的。"

"这片别墅建成之前，这里是一个学校，我就在那个学校里读书。"老杜说道，"这次回来和高中同学聚会，说起来，大家都觉得学校搬走太可惜了。"

"有什么可惜的，"那个服务生说道，"这块地风水好，搞房地产最合适，学校在哪儿不是学呢？"

"我同学还说这个别墅区出过一个案子，"老杜没有接那个服务生的话，继续说道，"在这里抓了一个逃犯。"

"这我知道，"那个服务生说道，"是在最里面的一个房子里，那个房子是一个市领导的，一直空着，谁能想到会有人躲在那里呢？后来听说那个市领导被'双规'了。"

"那那个罪犯是怎么被发现的呢？"老杜慢慢地问道。他环顾四周，然后目光划过那个服务生的脸，看到那个服务生的表情有些异样。

"听说是有人告密，"那个服务生压低声音说道，"后来那个人拿了公安局的赏金就消失了。"

"你见过那人吗？"老杜问道。

"我不认识他，但见过，鼠头鼠脸的，不咋的。"那个服务生脸上有了一些警觉的神情。

老杜把钱递过去，便离开了咖啡馆。他径直走向别墅区的大门，余光里看到门卫有些犹豫是否要阻拦，这时老杜已经径直走了进去。

这些别墅乏善可陈，其间的绿化显然因为缺少维护而变得有些破败。小区里的人很少，老杜径直走到最里面，看到了一栋大门贴着封条的别墅，老杜看到有一些枯黄的藤蔓还在墙上，像是静静地等待着春天的到来，老杜相信这就是木鱼曾经藏身的地方。站在这栋别墅前，老杜似乎能透过那斑驳的墙看到木鱼在里面绝望地等着，似乎能感受到木鱼崩溃时想破门而出的冲动。这栋别墅像是一个牢笼，木鱼躲在里面，等来的却是死亡。

难道木鱼的那个同伙不应该受到惩罚吗？老杜这样想着，心里感到一丝烦躁。他又看了一眼这栋别墅，确认它的样子已经印在脑海中，便转身要离开，却看到刚才在门口的那个门卫正向自己走来。

"你找谁？"那个门卫有些紧张地问。

"我来看看这栋房子。"老杜回答。

"这里不能随便进入的。"门卫说。

"我知道，我已经看完了，现在我就离开。"老杜说道。

那门卫陪着老杜往外走，老杜一边走一边问那个门卫："听说这个房子要卖？"

"是要卖，挂牌好长时间了，一直没人买。"门卫回答道，"现在谁都不愿意买，毕竟这房子出过事。如果你要来看房，下次要和中介一起来，先登记。"

"我听说过，"老杜说，"一个银行抢劫犯藏在这里，后来也是在这里被抓了，确实，没人会想住在这里。"

"不光这事。"那个门卫来了精神，说道，"这个房子是一个市领导的，他太倒霉了，因为那个抢劫犯藏在这里，被抓后，媒体曝光了这栋别墅是他的，他就这样被'双规'了。这就更没人敢买了。"

"那个银行抢劫犯怎么会找到这里，肯定有内应吧？"老杜漫不经心地问道。

那个门卫嘿嘿地干笑了两声，没有回答。

老杜说："不会是你朋友吧？"

那门卫说道："现在哪有什么真正的朋友，为了钱可以置别人于死地，然后自己拿着钱跑路。"

"那就是确实有内应了？"老杜问道，"那人没有被抓起来？"

"他应该没有参与，但谁知道是不是他安排的？反正最后警察来把那人抓走了，他也消失了，一声招呼都没打。"那个门卫愤愤地说道。

"那你见过警察来抓那个抢劫犯吗？"老杜问道。

"那天正好我值班，当时我看到外面停了好多车，虽然大部分不是警车，但一看就不对劲，很多便衣一下子就冲进来，拦都拦不住，我跟着他们往里跑。那天小田轮休，但我在那栋房子前边一点看到了他，当时觉得奇怪，也没多想，然后我就看到那些人分散开来向那栋房子跑过去，然后我就听到有人喊'从后面跑了'。好家伙，那些人全都拼命往后面跑，我也跟着往那边跑，刚跑到后面就看到那个人从墙上翻过去，那些警察也跟着从墙上爬过去。我赶紧去把后面的门打开，那个门平时是不开的，好多人都跟着我出去。等我们出去，那个人已经被抓住了。好家伙，四五个人把他摁在地上摁得死死的，然后就给铐上了，好几个人押着他，把他带到开过来的警车上。那人上车时还回头往我们这边看了一眼，看得我心里直发毛。"那个门卫越说越激动，似乎那场景就在他眼前重现了一样。

"那个抢劫犯长什么样？"老杜问道。

"有点远，没太看清楚。胡子拉碴的，我就对他上警车时回头看的那个眼神印象深刻。"

"那是什么样的眼神？"老杜马上问道。

"我也说不上来，反正就是挺害怕挺绝望的，又给我一种感觉是像要从我们这群人里找出仇人一样，说不上来。这些人和我们不是一条路上的人。"

这时他们已经快走到了小区的门口，老杜突然站住，对那人说："带我去看看那栋楼后面的那面墙吧。"

门卫有些诧异，转过身对老杜说："那有什么好看的？"

老杜看着门卫的眼睛说："我就是好奇，你知道这种事平常根本碰不到。"

门卫摇了摇头，转身又带着老杜向那栋别墅的后面走去。来到那面墙跟前，门卫将木鱼翻墙的地方指给老杜。在墙根下有块石头，木鱼应该就是借助这块石头跳起来用双手搭住了墙边。老杜觉得墙一点也不矮，要上去并不容易。老杜在想象中看到木鱼绝望地奔跑，绝望地爬上这面墙，那注定是一场没有希望的奔跑。

在回小区大门的路上，那门卫说："你要想买这里的房子可以等等看有没有其他房子在卖，我替你留意着，没必要买那个晦气的。"

老杜谢了他，没有留电话便转身离开了。老杜想象不出木鱼胡子拉碴的样子，在他的脑海中木鱼始终是一个样子，木讷，不苟言笑，没有自信，从来都不合群。老杜更想象不出他被押上警车回头时的神情。老杜往前走着，突然又站住，转过身来，看到那个门卫还站在那里，远远地望向自己，他穿着松松垮垮的制服，站在一排希腊圆柱和镀金的铁门之间，显得滑稽可笑。

回到酒店后，老杜先打开电脑，然后给妻子和女儿打电话。妻子语气平淡，问老杜哪天回。老杜突然有些焦虑，觉得妻子似乎并不是很相信他说的话，好像自己是在跟她做一场游戏，便对妻子说事情比较麻烦，比预计的时间要长一些。他感觉到手机那边的妻子愣怔了一会儿，随后便把电话给了女儿。女儿想的还是他到底会带什么样的礼物，这开始让老杜有些担心。本来是随口说的，现在看需要花点心思了，在这样的地方，能有什么可买的呢？老杜想。

窗外已是夜色浓浓，外面汽车的鸣笛声，对着马路的音箱里播放的流行歌曲以及偶尔有人大声叫喊的声音混杂在一起，隐隐地传到房间里。这个酒店楼下的一个KTV的霓虹灯开始闪烁起来。老杜走到窗前，从窗户上看下去，可以看到那KTV门前开始陆续有人开车过来，然后从车上下来的人走进KTV，往往在KTV的门前要为谁先进门谦让好久，老杜知道，十分钟后，他们就会在KTV的包间里，开始在陪酒的小姐旁边丑态百出。老杜看到下面的停车位已经满了，觉得有些无聊，好久没有这种无聊的感觉了，这些年来自己一直是处于一种打拼的状态，自己曾经一直觉得在现在这个时代，无聊的同义词就是无能和不思进取。老杜看着下面熙熙攘攘的人群，无奈地摇了摇头，又回到电脑前，处理了几封邮件——那几个投资人似乎很急迫地想要一个答复。面对工作的时候，木鱼和他的同伙又出现在老杜的脑海中，让他无法专心。

那个笔记本和两本书就在电脑旁边，其中有着更纯粹的世界。老杜有些犹豫是否要进入那个世界。对于现在的自己，那已经是一个陌生而又遥远的世界，老杜想象不出，那个世界怎么会和两个抢劫犯的生活有了交集。时间在不知不觉中流逝，老杜感觉睡意在慢慢地聚拢。这一天自己太紧张了。他的理性告诉他，那个抢劫犯不会跟踪他到这个城市，但他始终摆脱不掉那种感觉，他感觉有一双躲在暗处的眼睛始终在注视着自己，这或许是他在晚上十点就觉得疲惫而睡意沉沉的原因。

虽然不是毕业的整数年，但因为以前的聚会老杜从来没有参加过，明天似乎会搞得很隆重。上午要先去学校参观，中午所有同学和学校的老师聚餐，之后老师离开，下午同学们去唱歌，晚上还是同学们一起吃饭喝酒。老杜有些过意不去，这一整天的聚会都是因为自己回来才安排的，也无非是因为自己的公司曾经风光过一阵，自己的名字和访谈在媒体上出现过一段时间。老杜知道这些对于这个小城以及其中的这个中学来说自然是一件值得自豪的事情，但老杜很想让他们知道，那些让他们感觉自豪的东西其实都是一些泡沫，如果他们知道自己公司目前的状况不知他们会怎么想。老杜拒绝了后天给学校的学生做报告的邀请，那一刻老杜很严肃，他觉得自己还不至于无耻到这种地步，所以学校也没有再坚持。但当半躺在过于松软的床上听着隐隐传来的楼下的嘈杂声时，老杜突然想，或许有一天自己真的可以来做一次讲座。老杜想到了那个抢劫犯说的一句话，更确切地说，那是自己在高中时读到的一句话："人生需要有东西维持生存，要有东西可以为之生，要有东西可以为之死，如果缺少一样就导致戏剧性人生，缺少两样就导致悲剧。"或许有一天自己可以为母校的学生讲一讲这句话，说几个真实的故事来阐述它，诠释它，但不是现在，因为现在自己也并没有完全地把握住它。

想到这里，老杜起身去拿自己那本笔记本，希望能在那篇小说中找到这句话。老杜匆忙快速地翻着寻找着，但并没有找到。但老杜还不想去仔细地读它，似乎还不到时候。老杜还能记得当年读到这句话时的一个情景，却记不得是否把它写到了小说里，现在看应该是还没有，这句话在木鱼和他同伙那里转了一圈后又回到了自己这里。

老杜半靠在床上，合上笔记本，仍然拿着它。在大脑中植入芯片，这个高中时的异想天开或许用不了一百年就可以实现了，那时即便还不会形成一个基于超级计算机的主体思想，人也将在客观上成为电脑的奴隶，终有一天人作为整体将会失去尊严，而人和人之间作为个体所要保持的尊严也将失去基础，那时不管是个体还是整体，理想注定会退化为愿望，愿望而已。

那时的人类在书籍里，或者，在他们大脑的芯片里，看到今天的人的生存状态时，或许会觉得荒诞可笑。如果他们读到了现在这个时代里的一个高中生写的这个科幻小说，也一定会觉得这个作者是在借用他们的生活去阐述当时的思想。如果进行一场跨越时空的对话的话，或许双方会激辩谁才是像虫子一样地生活。

谁才是像虫子一样地生活？老杜关了灯，在黑暗中迷迷糊糊地想着。虫子是不会觉得它像虫子一样地生活的。或许在那个未来的时代确实会有Z的存在，他会为现在这个时代里的两个高中生感到欣慰吧。

这样想着，老杜把笔记本放在空着的另一半床上，侧身躺下，闭上眼睛，感觉夜浮了起来，浮在楼下隐约传上来的KTV的嘈杂声中，就像这座城市在远处浮在一片尘霾之上一样。

6 **

第二天，老杜被一阵电话铃声吵醒，一看表，已经八点半了。老杜拿起电话，看到是一个当地的陌生号码，心里突然紧张起来。接通后，老杜听到一个恭恭敬敬的声音："您是杜先生吗？我是来接您去同学聚会的司机。"老杜"哦"了一声，猜不出这是哪个同学派来的，睡意已经全无，他调整了一下语气，不慌不忙地说道："麻烦你等一下，我马上下去。"那人诚惶诚恐地说："好的，好的，不着急，不着急。"

老杜急匆匆地洗漱，在镜子中看到自己，看到额头的发际线似乎又向后退了一些。老杜想不起自己高中时的样子，不知一会儿碰到那些同学是否还能认出来，随后老杜又变得像昨天一样紧张起来。自己住的酒店只告诉过用短信联系的老师，怎么会有同学派车来接呢？老杜感觉心跳在加速，但又想到或许是老师安排的，让一个混得好的同学来接自己。自己怎么变得这么草木皆兵了？老杜在电梯里翻看了手机里的短信，果然有一条老师昨天夜里发来的信息，说今早有车来接。

老杜走出电梯，来到大堂，马上有个人迎了过来，老杜心里想道：为什么他们总是能准确地认出自己？老杜还是有些担心，不是担心这个司机，是担心这个城市里隐藏着一个巨大的阴谋。

"是谁让你过来的？"老杜边问边环顾四周。

"是王总。"那人说道。

"王总？"

"就是王立军王总。"

老杜知道这个同学，想不到那个学习这么差的现在也做了总经理。老杜快速摆了一下手，让司机带路，走出了酒店。

车往城市西边开去，那应该就是昨天自己没有去的新校址了。窗外的中山路现在已经变得有些熟悉，老杜发现了更多当年的东西。比如在中山路中段的市立医院，虽然医院大楼已经翻新重建，但旁边仍然有一个小胡同，像当年一样窄小逼仄，里面是各种各样的小吃店。还有在与中山路垂直的青岛路上，老杜能隐约看到当年的农贸市场，人头攒动，小商贩密集地排在一起，想必那里也在卖各种假名牌的衣服、箱包和手表。

车开得很快，这里还没有开始像北京那样堵车。"学校是什么时候搬到西边的？"老杜问那个司机。

"我还真不知道，应该有好多年了吧。"

"好像原先的地方已经是高档住宅了。"老杜闲聊般地说道。

"是啊，那片是有钱人住的地方了。"司机的语气也放松下来。

"那南边呢？南边现在发展得怎么样了？"老杜仍然漫不经心地说。

"南边不行，乱！"司机说道。

"怎么乱了？那里好像有片棚户区？"

"是！那片棚户区还在呢。治安不好，乱七八糟的人都在那儿，您尽量别去那边。"司机说道。

老杜想象不出南边是什么景象，木鱼是怎样住到那里，然后又是怎样和那个抢劫犯谋划那次改变他一生的抢劫的。老杜突然有一种冲动，想去那里看一看，这种冲动瞬间强大到自己已无法控制。临走之前一定要去那里看看，老杜想，即便那里充满危险。

显然这次同学聚会过于隆重了，老杜在校门口下车后，立刻有一个年轻人过来迎接，自我介绍是校办的小张，他领着老杜来到学校的主教学楼，老杜看到有很多同学站在那里聊着天。

在老杜的记忆中，曾经的校园有着水泥地的篮球场和泥土地的半个足球场，下雨时足球场和校园的小路上都泥泞不堪。而教学楼在当时已经很破旧了，冬天最冷的时候暖气总是不足，上课时同学们都穿着厚厚的衣服。老杜突然想起来那时的高中分了快慢班，自己是在快班，木鱼也是在快班，这似乎是老杜第一次意识到木鱼应该不是一个很笨的人。

跟着小张来到教学楼下，老杜见到了很多同学，他们的名字很自然地随着他们的面孔而出现在老杜的脑子里，相互之间忽略了各自在这社会中近二十年的挣扎和奔波，以高中生的姿态打着招呼。小张带着大家参观新校园：有标准的塑胶跑道运动场，中间是塑料草坪的足球场，在四层高的教学楼里有实验室和电脑室，电脑教室里每个桌子上都有一台电脑。随后小张带着大家去旁边的会议室，会议桌上摆着鲜花和各种水果。面目全非的水手回到了面目全非的忒修斯之船，老杜这样想着。

在会议室刚坐下，校长就走了进来，大家又都站起来，轮流和这个不认识的校长握手。老杜知道，一切都将进入一个固定的套路，要听这个从没见过的校长说一通废话，随后还要和他在酒桌上讲另一通废话。老杜没有想到这次聚会会是这样开始，他本以为会和教过自己的老师一起围坐而谈，回忆一下高中时的往事。老杜看到坐在对面教过自己的老师，其中有几个看起来明显比当年要老了许多，他们在校长讲话时都显得很拘谨，完全没有了重逢的氛围。老杜有些后悔，心里希望这些能赶快结束。

校长的讲话里着重讲了校园的建设，哪届的某个学生捐了什么东西。老杜听得出校长话里的意思，他想起了自己公司的窘境，又想起了那个装着一百万元的行李箱，不禁有些恍惚，似乎忘了自己到这里来的初衷是什么。

<h1 style="text-align:center">7 **</h1>

在喧闹的餐馆里老杜和校领导被安排在一桌，当他们在互相推让着安排座位的时候，老杜又想起了木鱼——

"你确定不参加高考？"老杜问道。

"嗯，不去了。"木鱼回答。

"那你有什么打算？"

木鱼沉默着，似乎不愿意回答这个问题。"你呢？"过了好久，木鱼说道。

老杜记得当年自己习惯了木鱼的沉默，当时自己挺喜欢两人坐在操场边的石头上，隔着两三米远，有一搭没一搭说着话的那种感觉。

"我？我就这样了。"老杜说道，"去北京读大学，然后出国。"

"什么时候能写完你的小说？"

"靠你了。"老杜笑着说道。

然后又是沉默，天渐渐暗下来。"去外边吃点东西吧。"老杜站起身，对着木鱼说道。

木鱼的样子闪过老杜的脑海，老杜发现木鱼脸上有一丝犹豫，但记忆中当时的自己并没有注意到。

走出校门，对面是一排小餐馆和小文具店，这些小店后面是一个公园，用铁栅栏围着，栅栏里面是茂密的树林。那排小店和现在的咖啡馆、餐馆在脑海里似乎可以完全重叠起来，但学校的大门与现在那片别墅前的镀金大门却在记忆中无法相融地对峙着。老杜想到木鱼在多年以后竟然回到了同一个地方……以一个在逃抢劫犯的身份。

在模糊的记忆中，那应该是个相对不错的餐馆。"要不要来瓶酒？"老杜笑着说。

好像是要了一瓶啤酒。木鱼问："怎样才能出国？"

"考托福，考GRE，联系学校，联系奖学金……不过现在奖学金听说越来越难了。"老杜说。

"那你没时间写你的小说了？"

"估计是没时间了，也说不准，你想好了告诉我，我没准可以把它写完。"

"我有种不好的预感，你让Z在高中就从学校出走，他不可能混得好。"

"这就是我的目的啊。"老杜高声说道，"Z应该是怀着理想从社会底层杀出一条血路。他可能会面临一个困境——找不到工作，因为他没法和社会上的'正常人'竞争；读书又少，因为他没法像别人那样可以一秒钟就可以下载一本书。你说得对，他不可能混得好。"

老杜心里蓦然生出一种熟悉的感觉，想起当年说"杀出一条血路"的时候，胸中是有点浪漫的感觉的。

"你想让我怎么编呢？"

"这只是小说而已，别太在意了。我保证，过两年你就没心思在这上面了。"

"我就怕把Z给编坏了，我一点也不知道怎么让他怀着理想从社会底层杀出一条血路。"

老杜读懂了回忆中木鱼落寞的神情，在过了这么多年又回到学校后，在聚会的酒桌上，坐在喧闹的同学和老师中，老杜突然意识到自己和木鱼真是生活在两个不同的世界里，以前真的没有这种感觉。

8 **

老杜这几分钟的走神，让他感觉与面前的老师同学隔开了距离。这一桌除了老杜还有几个事业有成的同学，包括王立军。老杜的位置可以不用侧身就看到投影仪在墙上投射的照片，看来班主任为了这次聚会颇费了一番心思。那些保留下来的学校里的老照片被轮番投射到墙上，照片里的人都有一种与现在的时代不一样的表情和穿着，虽然也只是相距不到二十年的时间而已。老杜也看到了自己，照片里的自己充满自信。同学们时不时地发出惊叹和笑声。等了好久，老杜终于在一张照片中找到了木鱼。照片中应该是学校运动会的一个场景，木鱼在一个角落，所有的人都在为比赛呼喊，木鱼的表情似乎也比以往活泛一些，他的目光投向照片之外的某处，仿佛那个地方正发生着一件有趣的事情。但老杜还没来得及看清楚，那张照片便一闪而过，老杜再也没有在之后的照片中找到木鱼。

照片播放结束后，开始上菜，不断地有笑声响起，在这喧嚣中，老杜似乎感觉到了木鱼曾经的孤独。老杜需要找个时机问一下木鱼老家的地址，但老杜知道现在不是时候。所有人面前的酒杯都已斟满，白酒杯非常小，意味着这场中午的聚餐因为年迈的老师在而变得有节制。

第一波敬酒结束后，大家终于可以坐下来聊聊天了，老杜感觉酒精在体内慢慢地起了作用。班主任说起了当年学生时期发生的一些事情，但没有人提到木鱼，他在校领导眼中应该是学校的污点，并且当年在学校里他就微不足道。老杜觉得自己分成了两部分，一部分和同学老师在一起喝酒聊天，另一部分守着孤独的木鱼，甚至自己变成了木鱼。

"再来一瓶。"老杜大声叫着服务员，有些夸张。

木鱼脸上没有了那种犹犹豫豫的表情，等服务员拿来酒，刚放到桌子上，木鱼便拿过来，用牙咬掉了瓶盖，先给老杜满上，又给自己斟满，两个人都咧着嘴笑着干杯。

"谢谢你。"木鱼说，"谢谢你给我讲Z的故事。"

老杜从回忆中回到这嘈杂的酒桌，周围的谈笑声更大了，有人起哄要求班长向一个女同学单腿下跪敬酒。老杜站起身，走出了包房，先向结账处走去。这种情况通常不需要由自己来买单，但如果可以，老杜还是想由自己来请客，毕竟这次聚会是因为自己而起。但老杜看到王立军正拿出一沓钞票站在那里，老杜走过去，说："我来结吧。"王立军不由分说推开了老杜，先把一沓钞票甩给了收银员，说："找的钱一会儿给我送过去。"随后便拉着老杜说："走，我们出去抽根烟透透气。"

外面是清爽的干冷，街道上的人不多，显然这一片还没有完全开发好。王立军给老杜点了一根烟，说道："我们多少年没见面了？好像是从毕业以后吧？"

老杜点了点头，说："毕业后就再没见。好像还是有好多同学没来。"

立军说道："有一小半的同学都不在这个小县城了，我也是特地开车赶过来的。"

老杜看了一眼立军，这个当年学习不好但特别喜欢出风头的同学，如今变得成熟稳重，身体也比当年强壮了许多。他肯定也混得不错，老杜想。

"在新闻里常看到你，你是咱班的骄傲啊。"

"新闻里的东西，"老杜自嘲地笑了笑，"你是在笑话我。"

"哪里。不管怎么说，你是见过大世面的，跟北京相比，我们都是在农村，人在低处，眼睛再好也看不远。"

老杜面对着立军，又想起了忒修斯之船。经历了十多年，每个人都变了，大家靠着怀旧的情绪聚在一起，既以此摆脱各自所处社会的世态炎凉，同时又希望借此网络增加一条摆脱现世诸多纠缠的路径。

"这次能待多久？"立军问道。

"两三天吧。"老杜说。

"时间太短了，要是时间充裕，请你到我那儿看看。我一直做木材贸易，现在又搞了个家具厂，做大了以后就感觉管理起来有些吃力，你来可以给我指点一下。"

"你是实打实干出来的。"老杜说。

立军笑了起来，老杜能感觉出自己的话让他很高兴。

"听说很多人都到北京读MBA，可以学学现代管理，还能建立人脉网络。"王立军说。

"确实，你要是还没读，可以考虑一下。"老杜说得很实在，怕让这个同学感觉自己居高临下。老杜觉得自己失去了那种锐气，以前提起那些MBA，自己总是很不屑。

"有打算，有打算。"立军说道，"听说还能碰到不少二流影视明星。"他说着便笑了起来。

"木鱼没来。"老杜漫不经心地说，但瞥见立军的眼神里闪过一丝惊讶。

"他死了，你不知道吗？"立军问道，好像是在说一个不相干的人。

老杜心跳突然加速起来，说道："我听说他是抢银行，被抓起来了，但不知道他已经死了。"老杜想起了在天坛公园的那个下午，那个银行抢劫犯说木鱼被判了死刑，他说这个消息很可能是滞后的。

"他被判了死刑，早就枪决了。"立军说道，语气稍微有了一丝感慨。

"他是怎么走上这条路的？"老杜问道。

王立军吸了一口烟，说道："你在北京，体会不到这种落后小县城的残酷生活。这次聚会没来的人里面，有好几个都和木鱼一样，干个保安开个小店什么的，吃饱饭没问题，有个小病小灾就完了。"他又抽了一口烟，然后把剩下的香烟用手指弹了出去，继续说道："现在这个社会，说是弱肉强食一点也不过分。你在北京，体会不到这种落后的小县城的残酷。"

"在北京其实也一样。"老杜说道。

"毕业十周年的聚会木鱼也参加了，和在学校时一样，不说话，谁能想到他会去抢劫运钞车？那次聚会我听说他一直在给他母亲还债，做保安一个月也就一千多块钱。"王立军眯着眼睛皱着眉说道，语气中老杜却能感到一丝轻蔑，老杜知道自己在北京的酒吧里也曾有过这种神态。"对了，那次聚会木鱼还向很多人问起你，问你是不是在北京，还问有没有书出版。"

"然后呢？"老杜问道。

"当时大家都不知道你的具体情况，只知道你在北京，搞自己的公司。那时你还没上新闻呢。"立军的脸舒展了一些，"后来再聚会木鱼都没参加，再后来就听说他出事了。"

老杜沉默了一会儿，说道："我和木鱼当年有一段交往，谁都不知道，我当时把我写的东西给他看。我知道他从小和他母亲在一起，这次回来我想去看看他的母亲，但不知道地址。"

立军马上拿出手机，拨通后对着手机说道："你去查一下我那个同学通讯录，就在我办公桌旁边的书橱里，然后你找一下余金财的地址，把地址发短信给我，现在就去做。"

　　随后王立军问老杜的手机号码，老杜看到他刚刚把自己的手机号码录入到手机中，就收到了一条短信，然后自己的手机也来了一条短信，内容是一个地址。立军说："发那条短信的是我的电话号码。"他边说边伸手拍着老杜的肩膀："重情义啊，兄弟。"

　　烟已经抽完了，身上的热气也消散得差不多了，他们反身往饭店里走，立军的手搭在老杜的肩膀上。在进餐馆的大门时，他把手臂从老杜肩上拿了下来。

9 **

　　中午的聚餐只是预热，晚上的才是狂欢。老师们都回去了，一些女同学也都没有参加。一杯接着一杯，只是为了喝酒而喝酒，老杜已经不适应这种场合和方式了，虽然创业初期在北京也曾经历过。酒精麻醉了大脑，让前额叶不再像平常一样去分析判断和控制，让一部分大脑区域兴奋起来，让另一些区域消沉下去。人终究还是一台精密的仪器，老杜这样想。随后突然有一种悲哀从心底涌起，他想起了自己笔下的Z。在未来世界里人们都已经接受了人是一台精密仪器这个观点，但Z却始终拒绝。是的，那个高中生笔下的Z由此从学校出走。老杜起身，来到洗手间，刚准备好，胃里的酒便混杂着食物喷涌而出。老杜感觉思维还在控制之中，但胃已经脱离控制了。

　　老杜从洗手间出来时，看到两个同学匆匆往里走，交错而过时，老杜和他们互相拍着肩膀。在酒精的作用下，老杜无法控制地把他们当作自己的兄弟，虽然在心里仍然保持冷静的那一部分告诉自己，这里有真情，也有逢场作戏。

　　老杜回到包房，桌子上杯盘狼藉，老杜坐在了包房旁边的沙发上。老杜很想一个人坐着缓一缓，他想明天就去木鱼的老家，带着那一百万元，然后自己就会回到北京，回到自己的生活当中，在那个生活中，自己已经不会这样疯狂地往死里喝酒了。人为什么要这样喝酒？老杜当然知道这里的风气，只是这世界如此变化，但这个往死里喝的风气仍然没有改变。或许人只有过了那个临界点，才能突破常规的生活，在另一个层面感受自己的存在，或许这是他们的宗教。而在这个喝酒的过程中充满了各种各样的仪式，每次敬酒，大家会说出差不多的话，既约定俗成又发自内心。老杜脑海里又出现了中午看到的那张有木鱼的照片，他完全处于喧嚣之外；老杜的脑海中又跳跃出另一个画面，很模糊，有一声枪响，那是木鱼生命的结束。"死亡"，老杜在酒精的作用下毫无顾忌地想着这个词。

之后老杜的记忆有一个空白，从餐馆出来上车后老杜就睡了一会儿，被叫醒下车时，发现自己站在了自己所住酒店的下面，他恍惚了一阵才意识到是要去卡拉OK。老杜看到来唱歌的只有七八个人，显然离开餐馆后又有几个同学回家了。大家走进那个KTV的金碧辉煌的大门，一个服务生应该是认识王立军，对他说道："王总，您订的是五号大包房。"随后那人领着大家往里走，走在走廊里，从各个房间里传出来的是人们拿着麦克风唱歌的声音，但伴奏的音乐却传不出来，失去了伴奏音乐，那歌声便如鬼哭狼嚎一般。

在KTV的包房里，大家刚坐下来，领班便带进来七八个穿着暴露的女子，她们排成一排站在一圈沙发前。班长看着立军，立军摆了摆手："出去，出去，今晚是我们同学聚会。"等到那帮人走出去，班长拿起话筒，说道："大家安静一下，今天这是个难得的机会，大家能聚在一起，痛快聊天痛快喝酒，首先要谢谢老杜，给大家提供这个机会。"班长抬起手做出往下压的手势让大家安静，继续说道："然后要谢谢王立军同学的财务支持。我代表大家用这首歌表达一下我们的同学情谊……'至少还有你！'"

同学们鼓起掌来。

歌声响起，带动起一种肤浅而又真切的情绪，班长唱得不错，显然是练过很多遍，情感也很饱满。这三分钟的歌声让老杜随着班长情感的起伏而起伏，当音乐减弱，大家突然脱离了那种情绪，用力鼓掌高声喊叫。

随后是另一首歌，另一种情绪，和刚才差不太多但又略有不同，老杜感觉人生似乎是漂浮在这肤浅的歌声上，每三四分钟都快速地演绎一遍。很快，服务生又端来两打啤酒，是很淡的科罗娜啤酒，酒瓶也很小，老杜知道这是KTV鼓励消费的手段之一。大家继续喝了起来，老杜感觉今天从中午开始简直就是一场酒精的狂欢。但在睡了一小觉后，老杜觉得自己的控制力在恢复，不再和大家一饮而尽，这时老杜又感觉到似乎有一双眼睛从暗处看着自己，只是分不清是那个抢劫犯还是木鱼的注视。同学们一首歌一首歌地唱，带动自己的情绪如海浪一般。

唱歌是免不了的，老杜找到了那首《一块红布》，他高中时就喜欢唱。很快那曲调便响了起来，熟悉的旋律，老杜拿着话筒唱了起来：

那天是你用一块红布

蒙住我双眼也蒙住了天

你问我看见了什么

我说我看见了幸福

……

老杜唱着唱着，觉得自己唱进去了，远在家乡的他突然想到了许玥，突然有一种想要流泪的感觉。可是很快便唱完了，同学们鼓起掌来，那种情绪也随之消减。这时立军过来从老杜手里接过了话筒，对着话筒说："我也来首崔健的，高中时我还不知道崔健呢。"随后立军便开始唱了起来：

我站在浪尖风口

南墙碰了我的头

我挺着身体背着手

风你可以斩我的首

废话穿透了耳朵

恐惧压歌喉

土地松软沉默

骨头变成了肉

……

立军用各种奇怪的声音唱着这首歌，惹得同学们大笑，但老杜看到他唱得很投入。听着这熟悉的旋律和歌词，老杜的情绪再次随着歌声起伏，但这次似乎不一样，老杜感觉自己的手开始颤抖，透过这歌声，老杜似乎看到那个银行抢劫犯和木鱼一起站在远处，看着处于芸芸众生之中的自己。老杜希望这歌声不要太早地停止，老杜想在这首歌的世界里多待一会儿。

10 **

老杜站在 KTV 的门口，和同学道别。一个喝多了的同学抱住老杜并哭了起来，班长把他拉开，右手扶住他，左手用力和老杜的右手握了一下，顾不上说话，便陪他上了出租车。立军在帮着大家叫车，等大家都走了，他的那辆奥迪也等在了门口。立军过来和老杜握手："兄弟，找机会我们好好喝一杯，慢慢喝，边喝边聊。"老杜也同样用力地握住立军的手，左手放在立军的肩膀上，说道："有机会来北京一定和我联系。"

立军的车消失在夜幕中，老杜感觉这喧嚣的一天也突然毫无痕迹地消失了，老杜站在那里，仿佛是站在无尽的虚空之中。直到感觉到寒冷，老杜才转身向旁边酒店的大堂走去。酒店这边已经冷冷清清，大堂里只有几盏灯亮着，从外面看进去，显得阴暗而又死气沉沉。

这是什么地方？我怎么跑到这里来了？老杜这样想着，有些踉跄地走着，觉得头昏昏沉沉。这时从暗处突然蹿出三个人，其中两个快速抓住老杜的胳膊，老杜看到他们穿着警服，但仍然本能地要甩手摆脱他们。老杜越挣扎他们抓得越紧，第三个警察也冲了上来，老杜被他们压在地上，双手被扣在背后，老杜的酒全醒了。"冷静，冷静。"老杜对自己说道。老杜甚至想到了如果再激烈反抗，引起呕吐，可能会使呕吐物被吸到气管里导致窒息。老杜趴在地上不再动，但那两个警察还是压在他身上，压得他喘不过气来。

"你涉嫌嫖娼，跟我们去把情况讲清楚吧。"老杜听到那第三个警察快速地说道。

他们终于让老杜站了起来，老杜从惊恐中稳定下来，说道："你们搞错了吧？我刚刚和同学聚会完，就在旁边的KTV。"

"你找的那个小姐已经把情况都告诉我们了，现在我们要录你的口供，跟我们走吧。"老杜看到对面说话的这个警察的脸上有一丝隐藏着的嘲笑，恐惧又从心里生起。

"我要给我律师打电话。"老杜说道，脑子里快速回忆临走前律师朋友告诫自己的话，可是什么也想不起来。

"还给律师打电话，"一个警察笑了起来，"嫖娼也不是什么大事儿。"

老杜被他们推着上了警车，在警车上，老杜感觉自己的思绪完全清醒了，只是胃还是很难受。警车里没有人说话，窗外一片漆黑，这个城市突然又重新变得陌生和危险。

在警察局，老杜被关进了一个小房间。

"你们不是要录口供吗？"老杜问道。

"等明天上班吧。"那个警察冷冷地说。

"把我的手机给我。"老杜说，警察没有回答，把门关上并从外面锁上。

"FUCK！"老杜对着门说。

老杜躺在床上，这里的暖气不足，床上的被子有一股很浓的难闻的味道，但没有别的办法，老杜把被子盖在胸部以下，酒精似乎又涌上大脑，昏昏沉沉，这时恐惧便消退下去，思维不再连续，一些画面开始混乱地闪现。那次运钞车的抢劫，仿佛自己就站在旁边，木鱼和那个抢劫犯在窄小的运钞车里与押运员搏斗，搏斗中突然枪响，血溅在车内到处都是；随后画面又转到了那个破败的别墅，很久没有刮胡子的木鱼躲在窗帘后面，盯着外面，那是一种什么眼神呢？木讷，绝望，凶恶……然后是木鱼绝望地奔跑，翻过那面墙，最终被警察反扭着双手押上警车，他回头望向那些看热闹的人，他知道自己这一生已经完了；然后班主任、班长、王立军，还有那个抱着自己哭的同学，他们在自己的脑海中——闪过；然后老杜看到了自己，坐在北京办公室的落地窗前；最后老杜看到了许玥，她抱着孩子，让自己在离婚协议上签字……

老杜不知道自己是什么时候睡着的，直到感觉有人推了一下自己，老杜的第一反应是怎么会有人进到房间里来。老杜睁开眼，看到一个警察站在床前。"睡得还挺香，是不是这儿比五星级酒店还舒服？"那个警察说道，老杜听到旁边有人在笑。

"起来吧，跟我走。"那个警察说。

老杜从床上坐起来，试图回忆昨晚发生的事情，但大脑有一种裂痛。

"走吧，别磨蹭了。"那个警察催促道。

老杜站起身来，看到旁边还有一些人躺在床上，昨晚竟没有注意到。老杜跟着那个警察，出了房间后在走廊里走着，走廊两侧白色的墙上贴着一些遵纪守法或者抗拒从严之类的宣传画和标语，走廊里没有碰到任何人，只有前面低着头走路的警察。这样走着，老杜觉得自己向右拐了两次，然后便失去了在这个建筑里的方位感。

"请问现在几点了？"老杜问道。

那个警察并不回答，再拐了一个弯后抬手向拐角右边的墙上指了指，老杜看到墙上的钟，显示的时间是十点，但这个楼里却几乎没有人。老杜看着前面那个警察的背影，他的年龄一定不小了，背稍微有点驼，走路的样子似乎是心事重重。

"你带我去哪里？"老杜忍不住又问道。

"走吧。"警察答非所问地说。他们穿过了一个长长的走廊，两边有窗户，老杜看到窗外是冬天干枯的树枝，这是在一个二层高的走廊上，下面是枯黄的草和几座假山。现在应该是通过一个走廊到另一个建筑物里。

老杜想起了那个律师朋友告诫自己的话，在没有和律师联系上之前，不要回答他们的任何问题，但老杜不知道他说的是否适用于嫖娼被抓的情况。在这两个建筑之间的走廊上老杜感觉走了很久，走进另一个建筑物后，走廊里的人开始多了起来，人们看到那个警察都会和他打声招呼，然后也会顺便看一眼老杜，他们的眼神都没有恶意，但老杜也看不出什么善意来，老杜知道，他们也只是在做着他们的工作而已。

那个警察把老杜带到一个大办公室，里面有几个警察在办公，在大门左边有五六个人蹲在墙边。那个警察指了指门边，对老杜说："你在这儿等着叫你。"老杜看着那个警察，那个警察又伸手向门边的墙那儿指了一下。"在那儿等着叫你。"他又说了一遍。

老杜觉得自己不能再沉默了，他大声说道："你们凭什么把我关一夜，并且不让我打电话。"老杜发现虽然自己声音很大但没有人在乎他，甚至那几个蹲在墙边的人也只是抬头瞟了他一眼而已。

那个警察变得不耐烦起来，说道："所以让你在这儿等着，一会儿把情况说清楚。你要是不想等，我就带你回去。"

"FUCK。"老杜说道。

那个警察走过来推了一下老杜："你以为我听不懂？"老杜向后退了一步，警察又用手指着墙根，说："你去那儿等着。"

老杜看到一个年轻的警察从座位上站了起来，脸上是恶狠狠的神情。老杜知道现在不是去和他们争执的时候，便走到了墙边。那个警察竟然又往前一步，对着老杜命令道："蹲下！"

老杜咬着牙，感觉血液涌到了头上。"蹲下！"那人又说了一遍。老杜慢慢地蹲了下来，听到旁边蹲着的人笑了一下，那个警察脸上有一丝嘲讽的表情。

老杜无法相信这一切会发生在自己身上，这样耻辱地蹲着让他无法冷静地思考。蹲在旁边的是一个女孩，她小声地对老杜说："忍一忍，交点钱就完事了。"

老杜看了一眼这女孩，她上身是一件貂皮短上衣，估计是假的，下身是一条短裙配红色的长马靴，她的脸上仍有稚气的神态，可化了妆又让人感觉饱经沧桑，一看就能猜出她的职业。老杜没有搭话。

"要不你留我一个电话？以后别在酒店和KTV了，不安全。到我住的地方，保证安全，还把酒店的钱省了。"那个女孩小声说着，安慰着老杜，"别担心，他们也就是要点钱，每年都有任务。"

"FUCK。"老杜并不厌烦那个女孩，只是想象不到自己会这样屈辱地蹲在墙根，不由自主地又小声骂了一句。

"你这么想啊。"那女孩嘻嘻笑了一声，小声说道，"我也能听得懂。"

这样等了很久，老杜感觉腿已经麻了的时候，一个年轻的警察走进来，叫了老杜的名字，老杜站起来，那个年轻警察说："跟我走吧，别在这里等了。"他带着老杜来到一个小房间，里面有一个长方形桌子，桌子一侧是三把椅子，对面是一个椅子，老杜想，显然这把单独的椅子是留给自己的。

老杜坐下后，那个警察说："在这等着吧。一会儿好好配合，没准你还能出去赶上吃午饭的时间。"然后就出去了。

老杜坐在那里，一直没有人进来，似乎这里是一个被遗忘的角落。他觉得胃很难受，想喝一碗热粥，又想抽根烟。他站起来，活动了一下身体，然后又坐了回去。门外偶尔有脚步声和说话的声音，但没有人进来。老杜犹豫着是否直接打开门离开这里，最终还是没有去实施，他感觉自己在北京的打拼和事业在这一刻已经没有任何意义，变得不堪一击，仅仅因为一个莫须有的嫖娼。

老杜感觉已经是中午了，终于进来两个人，一个穿着警服，一个是便衣，那个便衣手里拿着一个纸袋，老杜相信那里面装着自己的手机。他们坐在桌子后面，那个穿警服的说道："你叫杜鹏？"

老杜说道："是，但在回答你的问题前，我需要和我的律师联系一下。这是我的权利。"

那个便衣开始笑起来，穿警服的也跟着干笑了两声。"在我们这种小地方没那么多讲究。再说，也没什么大事。"

"问题是我根本就没有嫖娼。"老杜说道。

"我今天上午打了几个电话，了解了一下情况，才发现是我们搞错了。"那个便衣说道。

老杜抬起头，盯着那个便衣，说："你们搞错了？"

那人笑了笑，一点也没有愧疚的样子。"这种事情常有，小姐有的时候也记不清嫖客的样子。你留个身份证号吧。"

老杜留下了自己的身份证号码，那个便衣问道："你是本地人？"

"是的。"老杜说。

"但你应该不在这里生活吧？你的手机号码是北京的。"

"对。我来参加同学聚会。"老杜说。

那个便衣点了点头，又问道："准备待几天？"

"两三天吧。我可以走了吗？"

"当然，签个字就行。"那人拿起桌子上的纸袋，晃了一下说，"然后你就可以拿着你的东西走了。"

老杜在一个表格上签了字，看了一眼那人，说道："那我被关的这一夜怎么说？"

"你要知道，现在的初步调查结果是那个小姐不能确定是你嫖娼，你要是觉得这一夜太委屈，那就投诉，那样的话你就在这儿再住一晚，因为我们还要进一步调查。"那个便衣用一种很官方的口气说着这些话，"或者，你现在就可以走了。"

不知怎么，老杜想起了那个抢劫犯和他所说的下水道里的生活。

老杜接过纸袋，从里面拿出自己的手机。那人陪着老杜走出房间，往外走时感觉这栋楼的布局很简单，他们径直走向大门，楼里的人明显比早晨要忙碌得多，碰到的人的表情也不再像早上那么平淡。

那个便衣把老杜送到门口。"这几天注意安全，我手上有好几个案子都拖了好几年还没结案。"他漫不经心地说道。

11 **

老杜走出警察局，中午的阳光照在马路上，暖暖的，空气清冽，老杜没有急着叫出租车，他想走一会儿。虽然这条马路以前从来没有来过，但这里仍然有一种氛围，让自己感觉陌生却又亲切。在路边老杜看到一个拉面馆，里面人并不多，老杜走进去，坐在一个靠窗的位子上，要了一碗拉面，好像木鱼曾说过，在周末他偶尔会去外面吃碗面，那算是改善生活了。窗外的人和车似乎都走得不慌不忙，不知道为什么，老杜有一种与世隔绝的感觉，或许那个抢劫犯也是这样的心情，他要不停地逃离这个世界，却又无法斩断与这个世界的联系。

老杜喝了点汤，觉得胃好受了一点，他拿出手机，犹豫着是否要给律师朋友打个电话。这个朋友足够可靠，也足够了解自己，但嫖娼是一件神奇的事情，一旦传出去，特别是对于像自己这样还有一点小名气的人，就像是在大街上被扒光了衣服，围观的人拥上来，没人会去听自己的解释。只是这件事情太过离奇，老杜又重新感觉到了危险，他走出餐馆，还是拨了那个律师朋友的电话，并把这个嫖娼事件简单讲给了律师。

"很奇怪，"律师听完老杜的讲述后说道，"你昨天做什么了？"

"我去当年的学校看了看，那里已经变成一片高档别墅了，那个银行抢劫犯，也就是我的高中同学就是在那里被抓的。"老杜说。

"你能详细说一下经过吗？"那个律师在思考了一会儿之后说道。

老杜把从找到那个被封的别墅到折返回去看木鱼逃跑时翻越的围墙的经过详细讲给了律师，律师沉默了一会儿，突然说道："我一会儿用微信和你视频。"

过了几分钟，老杜收到律师朋友的视频电话，在视频里老杜看到律师朋友坐在他的办公室里，背后是一个白板，那个朋友向旁边走了两步，露出了白板上的一行字："你的手机可能被监听或被植入跟踪软件了，最好尽快回京。"

老杜惊讶地看着律师，律师在视频里摊开双手，说道："做最坏的打算才能最好地保护自己。"

老杜挂断了电话后真切地感觉到自己变成了那个逃犯，或出走的Z，但他很奇怪自己并没有去考虑尽快回京，他想的是如何尽快把钱送给木鱼的母亲。老杜从手机里看到了木鱼母亲的电话，想了一下，然后拨了出去，铃声一直在响，但没有人接，老杜挂断了电话。明天干脆直接跑一趟，带着钱，老杜这样想着。随后打开了手机里的导航，在地图里，老杜发现这里是在市区南边，高中时自己对这边并不熟悉，在导航中老杜发现了那个抢劫犯所说的商业街，并找到了那个丽莎影楼，离自己并不远。

当老杜站在这城南地带的商业街上时，心里再度为木鱼短暂的一生感到心痛。这应该就是那个抢劫犯所描述的他和木鱼这个阶层的人经常出没的地方，他所说的木鱼住的那栋五层楼应该就在附近。老杜希望能和那个抢劫犯再聊一次，到时候问他要一下木鱼的住址，将来去看一看。"另一个阶层"，老杜想起那个抢劫犯说这几个字时的语气，那其中似乎夹杂着不屑、愤怒、无奈，甚至还有些悲悯。

面前这嘈杂的街道充满着庸俗而又廉价的浮华，同时又生机勃勃，很多商铺用喇叭向街道倾泻着噪声，"走过路过千万不要错过"，他们千篇一律地重复着，老杜想起在北京那个"宇宙中心"也有一家卖手机的商铺这样制造噪声。"走过路过千万不要错过"，老杜听着这句在稍微发达一点的城市里都已经被淘汰的话时，又想起了木鱼的一生。这句话应该比恺撒的"我来，我见，我征服"更适合这个阶层，更适合恺撒身后的芸芸众生，也包括自己。

老杜走进了这街道，根据手机的定位，他要穿过这条街道，那个影楼在路的另一头。时间还早，老杜走得并不匆忙，这条路上有三分之一是卖建材的，还有三分之一是卖服装的，剩下的是餐馆和洗头房。那些洗头房往往都是在极小的门脸房里，里面总是坐着一两个无精打采的女人，她们是这个社会里最底层的性工作者——老杜想起了警察局里蹲在墙根的那个脸上还有些稚气的衣着暴露的女孩。走了大概二十分钟，当老杜站在那个影楼前时，还是感觉这个所谓的影楼和想象中的相比有很大的落差。这只是一个不大的门脸房，很小的橱窗，里面摆着一件婚纱和几张照片，但老杜从那简单的摆设之中看到了一种与周围环境不相称的精致。老杜走进了这个影楼，里面没有人，他环顾四周，店铺里异常整洁，墙上的几张大幅婚纱照很温馨，让人觉得人生似乎充满了幸福。在店铺的一个角落摆放着很多相框和照片夹，老杜注意到其中有一个心形的可以放三张照片的相框，设计很巧妙，浅蓝色，是女儿喜欢的颜色，老杜走过去，拿在手里看着。

"那个相框四十五块钱。"

背后传来一个女人的声音，老杜转身看到这个女人，她站在通往里面房间的走廊处。这是一张将成熟与青春完美地混合在一起的面庞。她的身材匀称，虽然已经没有了年轻女人的紧致和纤细，却因丰满而更充满了生命力。老杜看着她，觉得她大概就是抢劫犯所说的那个女人。

　　"您再随便看看。"见老杜不说话，她便微笑着说。

　　老杜回过神来，觉得自己刚才盯着她看有些失礼，也微笑着说道："我买一个，要给女儿带个礼物，她应该会喜欢。"

　　"您不住在这里吧？"

　　"我从北京来，办点事，今晚就回去。"老杜看到她的脸上闪过一丝惊讶，随后便恢复了刚才的从容。

　　"一看您就不像本地人，但还有点本地人的口音。"

　　"我在这里一直读到高中，之后离开了，到现在是第一次回来。有个人让我回来看望一下我的一个高中同学的母亲，给她捎点东西。"老杜又在她的脸上看到一丝惊讶，还混杂了警觉。

　　"这么远过来，挺不容易的。"

　　"那个人委托我来，没法拒绝。"老杜看着那女人的眼睛，她警觉地盯着自己，老杜继续说道，"他还让我来传一句话。"

　　老杜和这个女人之间突然充满了沉默，当看到那个女人眼中掩饰不住的一种急切的等待，老杜知道她已经猜到了。

　　"他是谁？"她问道。

　　"是他。"老杜回答。

　　"他说什么？"这个女人看着老杜，老杜能感觉到她在压抑着自己的情绪。

　　老杜有些犹豫，但还是如实说了出来："他让你不要等他，他说，就当瞎子已经死了。"老杜并没有在这女人的脸上看到自己预想的悲伤或愤怒的表情，这女人抿着嘴笑了一下。

　　"呵呵。"她说。

　　老杜看着面前这个女人，在她刚才笑的时候，老杜看到了一种动人的妩媚，她怎么会笑呢？老杜看着这个女人，感觉自己心里最柔软的部分被触动了。老杜说道："我和他有一个约定，等我回去，还要和他聊一次。如果你有什么想给他的话，我可以转达。"

对面的女人想了一会儿，自言自语地说道："没有经过审视的生活是不值得过的。"

老杜点点头。

"我已经审视过了。"好像房间里还有另外一个人，她是对着那个人说话的。

"我明白了。"老杜说。

她请老杜坐在房间里的一个白色的小圆桌旁，圆桌上是一本影集，影集封面上是一张温馨但故意把人物模糊化的婚纱照。"你见到他时，他的右手手臂，是不是能正常活动？"那女人问道。

老杜想了一下，自嘲地笑着说："他曾这样卡住了我的脖子。"老杜边说边抬起右手，做了一个用胳膊肘顶住脖子的动作。

然后老杜问道："是他右手臂受伤了吗？"

她笑了笑，没有回答，老杜便不再追问，继续说道："那你知道另一个人吗？那个躲在一个别墅里后来被抓起来的，我这次来就是为了去看一下他的母亲。"

"我当然知道他。"她说道，"其实我和他在小学是同一个学校的，我住的村子离他家不远。那时我刚从深圳回来，准备开这个影楼。我回家后知道他妈妈拿了村子里好多人的钱去搞项目，也有我家的，说是回报很高，唉，都是骗那些没有经验的农民的。"

老杜静静地听着，希望她能详细地说下去。

"他是个好人。"她说道，"我去见他是为了要钱，我也没指望能要回来，但他还是还给我了。那时他在一个物业做保安，工资应该不会太高。后来又在一个饭局上见到他，他已经和瞎子走在一起了。"

"我和金财在高中时是最好的朋友，他人很木讷老实，我想象不出他怎么会走上这条路。"老杜说道。

"被逼急了，越是老实的人做事越疯狂。"她说道，"后来我挺后悔向他要钱的，他那点工资去还那么多钱，太难了。好像村子里有个人逼他还钱逼得很凶，当时我都想把钱再还给他，但瞎子说不用了，他要替他把欠的钱都还上。"

老杜认真地听着，确认了那个抢劫犯的外号叫瞎子。"瞎子是个什么样的人？"老杜问道，刚说出口他就后悔了，因为他看到那个女人突然变得警觉起来。"算了，别和我说瞎子了，还是说金财吧。你是说他这么做都是为了他的母亲？我明天准备去他老家，瞎子让我给她带点东西。"

"我觉得是的，他根本还不了那么多钱，我也没想到瞎子会在做那件事之前先替他把钱都还了。"她脸上的警觉稍稍消退了一些，老杜看到她说起瞎子时脸上划过一丝微笑。"不过那次饭局之后我就再也没见到他，只是瞎子偶尔和我说起他。"

"他怎么说的？"老杜问道。

"他说他很后悔把金财拉到这件事里，我问他什么事，他又不和我说。当时我就很担心，我对他说那就别去做了。"

"他怎么说？"老杜问道。

"这个时候他就不说话了，后来我对他说，我们好好过日子不行吗，他说不行。"那女人脸上有了一丝伤感的神情。

"但他还是后悔把金财拉进来。"老杜说道。

"后来我才知道那是件什么事，那件事对金财来说太疯狂，但对他来说不是。"

"为什么？"

"他不是个普通人，他有他的想法，从来不会对别人说。"那个女人说道，"后来我才知道，他筹划这件事很久了，但我很担心他有一天变得疯狂，那时他就危险了。"她脸上流露出担心的神色，又说道："你可以把我这话也转达给他。"

"或许他会突然回来，把你接走。"老杜说道。

那个女人没有回答，看向老杜的身后。老杜听到身后有轻微的响声，回过头来，看到一个五六岁的小男孩，正低头看着地面，一步一挪地往前走。女人让这个小孩叫老杜叔叔，但那个小孩毫不理睬，依旧看着地面。那个女人起身，摸着小男孩的头轻声说："是到玩玩具的时间了吗？"那个小男孩依然低着头不回答。她把手放在小男孩的肩膀上，搂着他往里面走，边走边对老杜说："等我一下，马上回来。"

老杜看着他们的背影，觉得这个小男孩很奇怪，也想到这个女人或许有着比自己想象的还要丰富的经历。

在等她的时候，老杜打开了桌上的影集，里面竟然都是她的婚纱照，她在照片中竟然是那么美丽脱俗，照片的新郎并不是那个抢劫犯。"当然不可能是。"老杜马上又在心里想。那个新郎虽然忠厚但缺少一种阳光的气质，和这个女人在一起并不般配。在影集的最后还有几张是刚才那个小男孩的照片，他穿着西装，打着领结，帅气可爱，可是在所有的照片里他的眼睛始终盯着地面。

这时那个女人回来坐在老杜身边，说道："没办法，刚开张时只能自己照一组，里面那个男的是我们摄影师的弟弟。"

"你的小孩也很可爱。"老杜看了她一眼说道。

她沉默下来，没有说话。

"就是太害羞了。"老杜说。

"他有些问题，现在越来越麻烦。"那个女人终于说道。

"如果你有机会来北京，我在北京认识一些医院的朋友，可以帮着看一下。如果有自闭倾向的话，最好能早点介入治疗。"老杜小心翼翼地说道。

"我在深圳也有朋友帮忙看过，这个好像是没有什么有效的办法的。"她说道，"谁也不知道他们这样的孩子心里在想什么，没准儿他们心里的世界比我们的要丰富精彩得多。"

"或许是的。"老杜说道，"我回北京帮你问一下，下次我再来可以和你商量一下怎样会更好。"

"你确认你还会再来吗？"她说道。

老杜在她脸上看到一丝嘲讽，他没有回答，笑了一下，从钱包里拿出了一张五十元的钞票。

"不用了，"她说道，"算是个小纪念吧，送你女儿的小礼物，你的女儿肯定很可爱。"

老杜看着面前这个女人，想象不出她和那个抢劫犯会有一个怎样的结局。当爱情随着时间的磨砺而消亡的时候，当各自的生活在分离中渐行渐远的时候，或许那个抢劫犯是对的，她没有必要等下去，但面前这个女人有一种从容，似乎可以面对生活中的任何改变，包括她自己的改变，她对生活好像真的是"审视"过了。老杜觉得这个女人跟那个瞎子有点类似，肯定也有过不同寻常的经历。

老杜收起了那张钞票，拿着相框起身离开，那个女人送他到门口。老杜走入夜色里的那条街道，回身再看时，那个女人已经从门口消失了，但小小的橱窗里的灯还没有关掉，在夜幕中孤独地亮着。

12 **

站在这条商业街上，老杜看到那些小餐馆开始变得热闹起来，嘈杂声从餐馆里传出来。到了晚上，气温下降得很快，老杜耸起衣领，抄着手用胳膊夹着相框走着。走了几步，他回头看了一眼，身后并没有人，老杜又开始感觉到有一双眼睛在暗处盯着自己。街道上的路灯像是泄了气的皮球，几乎没有行人。路过一家餐馆的时候，老杜看到里面有几桌人在喝酒，简陋的方桌上摆着六七盘菜和四五瓶白酒，老杜走过另一家餐馆时看到的也是差不多的景象。这样走着，老杜又突然回头看了一眼，背后仍然是空空的街道和昏暗的灯光。

老杜拿出手机，发现马上就没有电了。打开手机里的地图，老杜看到那片棚户区其实就在旁边不远的地方，当他再想看走过去的路径时，手机已经关机了。老杜犹豫了一下，便在下一个路口拐到一条小路上。这条路是下坡，很短，连接着和商业街平行的另一条路，路上没有路灯，两旁五层或者六层的老式楼房和破败的平房混杂在一起，老杜印象中应该是再走一段就可以看到那片棚户区了。每次走过路口，老杜都会看到商业街上的昏暗的路灯投射过来，把自己的影子照得很长。鬼使神差，自己怎么会来到这里？去年的时

　　回身再看时，那个女人已经从门口消失了，但小小的橱窗里的灯还没有关掉，在夜幕中孤独地亮着。

候，自己还曾考虑过把公司变现然后移民到国外，新西兰或者加拿大，买一个湖边的房子，老杜边走边想。在下一个路口，老杜突然发现自己的脚下有另一个人的影子。老杜惊讶地转过头，看到这个长长的影子的另一端有一个人在走着。老杜的心跳加速起来，周围的黑暗再次充满了危险，但这次更真切。老杜加速走着，在下一个路口，他再次看到了那个长长的影子，老杜转过头，看到那人的脸转向了自己，然后又转了回去，并快速走过路口。

在两个路口间的黑暗中，老杜快速思考着周围是否真的出现了危险。他向右前方望去，已经可以看到那片棚户区了，像一潭黑水，上面泛着几点渔火，而在前方不远处，老杜看到了一栋五层楼，矗立在黑暗之中。老杜停了下来，看着那栋楼，或许就是在那里木鱼决定了跟着瞎子去做那件通往毁灭和死亡的事，不知怎么，老杜感觉它身上充满了愤懑的黑暗，像是随时都会爆发。

老杜突然转身，快速向后走去，走过第三个路口时看到斜对面商业街的拐角处有一个亮着灯的餐馆，他快速跑过去，走进餐馆。餐馆里有几桌人在喝酒，老板坐在吧台后面看着电视，老杜走过去递给老板五十块钱，让老板帮忙马上叫一辆车。

当出租车开向商业街的另一端时，老杜从车里看到了那个人，他站在路边，抽着烟。老杜从车里看着他，他也看着出租车，像是在目送老杜远去。

老杜回到酒店，大堂里依然灯光昏暗，仍然有一股不好闻的气味，几个服务员无精打采地坐在那里。老杜在电梯里碰到一个小姐，问他要不要服务，他警觉地摇头，心里对这个酒店有了更多的厌恶感。回到房间，老杜感觉自己似乎离开了很久。前天睡觉前放在床上的诗集，那本《罪与罚》，还有自己的笔记本被整齐地放在了床头柜上，电脑被合上了，老杜仔细地看着，却判断不出是否有人来检查过。老杜把手机放到桌子上，看着手机，想到那个跟踪的人，他拿起手机，想了想，又把它放到了桌子上。

洗过澡后，老杜拿起那两本书和那个笔记本，把它们放在床上，随后在床上躺了下来。这两天经历了太多的事情，但这一刻老杜不可抑制地想着那个开影楼的女人，那个外号叫瞎子的抢劫犯曾和这个女人在一起，显然他们仍然互相挂念着。那个眼神犀利的瞎子为什么要去做这件事呢？而那个女

　　老杜停了下来，看着那栋楼，或许就是在那里木鱼决定了跟着瞎子去做那件通往毁灭和死亡的事，不知怎么，老杜感觉它身上充满了愤懑的黑暗，像是随时都会爆发。

人的影楼竟是这几天自己所见的唯一的沉静美好的地方，即便那些婚纱照都是假的。老杜感觉思绪越来越混乱，睡意也渐渐涌了上来。他拿起那个笔记本，随手从中间翻开，看到被括号括起来的一句话：

（先写到这儿，想一想Z该怎么从学校出走，Z出走之后的情节就比较难写了，和木鱼聊一下。）

老杜想起了那时的写作习惯，喜欢把想法和计划写在括号里。高中时自己的字比现在好多了，如今老杜已经想象不出该怎样用笔一个字一个字地去写一篇小说。老杜并没有逐字去读，只是让这个八开笔记本一页一页地脱离自己的手指，任由一行一行的句子跳入自己的视线。一些零碎的情节浮现出来，但老杜无法把它们串联成一个故事，那篇小说真的是被自己彻底遗忘了。随着逐渐接近笔记本的最后几页，老杜发现那些字变得越来越潦草，或许是为了跟上思维的速度，或许是自己已经失去了耐心。老杜不知道这些文字是幼稚还是寓意深刻，当最后一页也离开了右手拇指和食指，老杜感觉惘然若失。笔记本趴在床上，老杜并不想现在去读这篇小说，不是现在。或许在把瞎子委托的事办好之后，在离开这座城市的火车上，可以认真完整地读完这篇小说，从而看清那个高中时代的自己，看清那个在木鱼和瞎子那里得以继续生存的Z。老杜把笔记本放回到那两本书上面，感觉自己沉浸在孤独之中，并慢慢睡去……

13**

第二天老杜昏昏沉沉地起床，先去堂叔那里把行李箱取了回来，那个箱子还在，里面的钱也在。老杜把钱都装进一个老旧的旅行拎包里，可以用手拎着，也可以背在肩膀上，然后又确认了一遍自己的证件、手机、充电宝等东西。老杜想了一下，把那个笔记本和那两本书也放进了包里，平放在那些钱上面。这时还不到上午十点钟，老杜在手机里又找到木鱼母亲的电话，拨出去后，听到两声铃声，随后便是忙音，老杜发现自己很想去木鱼的老家看一看。

老杜收拾好行李，简单地吃了点东西后，从酒店结账，把行李箱寄存在前台，拎着旅行包，让酒店前台帮忙叫了一辆出租车。因为路途远，出租车司机要先谈好价钱，这反而让老杜觉得安心。老杜担心回来时没有出租车，索性包了一天。

出租车很快就驶出了城市，司机问是否走高速，如果走高速的话要另交高速费。老杜马上明白了这司机的伎俩，但仍然对司机说："刚才不是说好了全包的价钱吗？"那司机说："是说好了，但那个价钱不包括高速费，如果包括高速费的话那我肯定要亏钱了。"老杜懒得和他计较，这种事情司空见惯，现在已经没法去和一个陌生人谈诚信了。老杜让司机走高速，心想如果他知道自己此行是去送这么多钱，或许还会要保护费吧。

高速公路上车很少，司机可以很轻松地以每小时一百二十公里的速度前行。沿途是零星的楼房和工厂。老杜想再睡一会儿，但又无法平静下来，他回头看了一眼，后面并没有车跟着。危险的味道越来越重，老杜有点后悔自己的选择，尤其是昨晚被警察压在身下的时候，感觉自己像个无头的苍蝇，不知道自己在干什么，但同时又有点兴奋，觉得自己正在进入另外一个世界，这个世界是陌生的，但其实一直就在自己的身边，而且奇怪的是，他甚至隐隐地觉得自己的困境可能会在这里得到突破，好像是生活的什么真相正在向自己慢慢呈现。

不知那个抢劫犯现在躲在哪里？老杜第一次开始正视这个叫瞎子的人，正视他的"活法"。然后老杜就开始想，他难道真的不会回来找那个开影楼的女人吗？他是否真的会去找福建小田复仇？他又会怎么样再次和自己联系呢？如果他足够明智的话，或许应该永远也不和自己联系，但老杜知道自己肯定会等着他的出现或电话，因为他答应过要和自己再做一次完全坦诚的交流。而这一切竟然都是由那个木讷的同学木鱼引起的。

出租车开了大约一个小时，然后出了高速，回头望去，老杜又看到了那个浮在尘霾之上的城市。很快老杜感觉道路变得颠簸起来，车窗外开始出现农田和一些破旧的房屋。

"还有多远？"老杜问司机。

"快了，还有二十多分钟吧。"

路两旁是荒地和光秃秃的山丘。老杜回头看了一眼，后面没有车。过了一会儿，老杜抬头向车的前方望去，已经隐约可以看到一个村庄，再靠近一点时，老杜看到远处一辆车停在村口的空地上，是一辆警车。

"停下！"老杜快速地说道。

司机快速地刹车，回头看着老杜。老杜拿起旅行包，打开车门，下车前对司机说道："你等我一下，我打个电话。"

"你把包放车上呗，你是包天的，我又不会走。"

老杜没有搭话，拎着旅行包走了几步，确认司机听不到自己的话。

老杜拨通了律师朋友的电话，接通电话后老杜能感觉到他从一个会议中出来，老杜说："你在开会？要不一会儿再说。"

过了一会儿，律师朋友说道："没事，我出来了。怎么样？碰没碰到麻烦？"

老杜说："昨晚我感觉有人跟踪我，我也不确定那是个路人还是个跟踪我的便衣。我现在带着钱快到那个村子了，但看到一辆警车停在村口。"老杜尽量压低声音，并尽量清晰地讲着来龙去脉。

老杜感觉到那个律师朋友在思考，然后听到他快速地说道："在这种情况下，每个偶然事件都要当作对方的手段。不过你也别太担心，毕竟他们的目标是那个抢劫犯，只是要注意不要让他们把你当作那个抢劫犯的同谋。"他停顿了一下，老杜能感觉出来他在思考下一步该怎么做。"你可以先拨110报案，"律师朋友说道，"你是被胁迫的，这是事实，并且我们有足够的证据来证明。报案后我们会更主动。然后一定要避免在那个小地方被警察抓起来，我碰到过太多这种事情了，抓不到真凶，就找个嫌疑人顶事，在那种地方说不清道不明，回到北京就好办了。"

"那钱的事该怎么说？"老杜也快速地问道。

"没有办法，你必须向警察说出来。但我记得你说过，那个银行抢劫犯对你说这不是抢银行得到的钱，如果那些银行的钱没有记下编号的话，公安需要抓住那个人才能判定这些是不是赃款。跟他们说那个抢劫犯以你的家庭要挟你。你现在就打电话吧，我想如果你去看你同学的母亲，这事肯定会被公安局掌握的。你先打电话报警，有什么事报警之后再说。"

"这两天的经历简直让我怀疑人生。"老杜用尽量轻松的语气说道。

"老兄，我们就是在一个可疑的时代过着可疑的人生。"电话那边的语气也放松下来，"早点回来吧，回来请你喝酒，压压惊。"

老杜挂了电话，站在那里。"同谋"，老杜想着这个词，它充满了危险和诱惑。看到手里的手机，老杜心里突然一阵紧张。望向远处的那辆警车，老杜开始犹豫起来。远处的那个村子似乎很小，仅仅能看到十多个破旧的平房，和土地的颜色差不多，像是大地的补丁。在那个村子的一侧不远处是铁路，老杜看到一列高铁正飞驰而过。老杜并不想拨110，但又担心不听朋友的劝告终会引火上身。这样愣了一会儿，老杜回到车上，对司机说："我朋友今天不在村子，我们往回走吧。"

在出租车上，老杜又回头看了一眼那破败的村庄，让司机快一些开往县城。在高速的入口处，老杜看到出口处又有一辆警车，老杜在车上弯腰去系鞋带，车开过之后才抬起身来。

高速公路上的车仍然很少，司机自言自语道："为了省点高速费，人们都在省路上，就不能把高速费降下来吗？这得省多少时间。"老杜懒得搭话，望向车窗外，高速公路两旁是荒芜的土地和正在建的楼房，夹杂着破败的村庄。这条高速公路同周围并不协调，它宽敞冷酷，漠视着周围的一切，一味地延伸到远方。

老杜仍然付了司机一天的费用，并没有回酒店，而是在中山路找了一个咖啡馆坐下。老杜仍然在犹豫是否要先拨110报警，或许事情还不至于到这种地步。老杜望向咖啡厅外的街道，看到一个人的身影很像那个抢劫犯，他正走入一个商场。老杜立刻紧张起来，但随后又觉得不可能，自己这两天太风声鹤唳了。

老杜拿出电话，再次拨给木鱼的母亲，铃声响了三次，竟然接通了，却听到一个苍老的男人的声音。

"你是谁啊？"

老杜有些惊讶，但还是沉下气来回答说："我是余金财的高中同学，从北京来，给金财的妈妈捎了些东西。"

"余金财已经死了。"

"我知道，我就想见他妈妈一面。"

"她住院了，在县城医院。"

"在什么医院？"

"在县城人民医院。"

"我现在过去能见到她吗？"

"那你快一点。"

"我现在就过去，你在医院哪个病房？"老杜快速地说道，并起身去结账。

"我在医院的大厅里等你。"那个苍老的声音说道。

14 **∗**∗

老杜在离医院还有一点距离的地方下了出租车，边走向医院边观察着，那次在北京的"雕刻时光"咖啡馆，瞎子应该也是这样的吧。刚才看到的那个很像瞎子的身影让老杜有一种感觉，就是瞎子现在也在这个小县城里，当自己把警察都吸引过来后，他来到这里反而更安全，虽然老杜的理性在不停地否定这个想法。

接近医院门口时，老杜并没有看出什么异样，走进医院的大厅，里面全是人，老杜从右侧的楼梯走上二楼，从那里可以看到整个大厅。老杜拨了木鱼母亲的电话，然后在下面的人群中搜索着，在缴费的队伍旁老杜看到一个老人，对着电话说着"喂、喂"，老杜挂了电话，那人看了一下手机，也挂了电话。老杜快速走到那个老人跟前，对他说："我是刚才打电话的，想找金财的母亲。"

那个老人说："她已经搭村里的便车回去了，没钱了，没法再住了。我在这儿还要把欠医院的钱补交上去。"

"多少钱？"老杜问道。

"不到三千。"

"您在这儿等我一下。"老杜说完便快速走向洗手间，在洗手间从旅行包里拿出包扎好的一万块钱放到上衣兜里。老杜返回到那个老人身边，把那一扎钱递给他，说道："这个您先拿着，先把欠医院的钱还了，然后我们出去聊一会儿。"

那个老人有些犹豫，但还是收下了钱，站到人群后面去排队。老杜说道："我到外面抽根烟，在门口等着您。"

站在医院大楼的门口时，老杜感觉这个城市又变得极其陌生。在不远处医院入口的大门外有一个女人抱着孩子坐在地上，面前是一条写满字的白色床单，已经脏得有些发黑了。大楼的门上挂着厚重的棉布帘子，进出的人掀开帘子，走过后并不看后面是否有人便突然放手，帘子落向后面的人，后面的人举手承接下来，然后重复着同样的动作。老杜实在想不起那个芯片人的小说是因何而起，也想不起高中时的自己在这样一个小县城怀着一种什么样的心态去编这个故事。

那个老人碰了一下老杜的手臂，打断了老杜的思考。老杜看到他手里拿着剩下的钱，有些不知所措，便说道："这些钱您先拿着，我们出去找个地方聊聊。"说完便拉着老人走出了医院。

在医院附近没有安静的地方，他们走了一会儿，在一个小广场中心的长椅上坐了下来。

"我刚刚去了你们村子，没有见到金财的妈妈，就赶回来了。"老杜撒了个谎。

"她住院一个多星期了。你再晚点去就好了，正好她赶回去。"老人说道。

"我上个月才知道金财的事，在高中我们两个是最要好的朋友，所以我想了解一下他妈妈的情况。"

"金财早就没了。"

老杜看着面前这个老人，他的年龄应该有七十多岁了吧，满是皱纹的脸上没有表情，眼睛是浑浊的，即便他提起木鱼的死时老杜也无法从中看出任何情绪的变化，似乎他已经见惯了这种悲剧。

"那他妈妈现在就是一个人生活了？"老杜问道。

"金财被抓了以后，她也被抓了，关了一阵子。"

"为什么？"老杜很惊讶地问道。

"非法集资。"老人说道，"后来又给放出来了。她哪里算非法集资呢，当时金财已经把钱都还上了。据说是在里面病了，公安局也不想关一个病人。她把钱都盘光了，也消停了，但身体也不行了。"

"金财的死应该给她打击很大。"老杜说道。

"反正金财死后，她人很快就蔫了，手上也没剩什么钱，她那些说得能上天的东西，什么回报都没有，要不是金财替她把钱还上，现在没人会帮她。"

"那这次住院的钱是谁帮她出的呢？"

"一开始她不想住院，大夫说了，如果不来，将来更麻烦。这次她的积蓄全花完了，村子里几个老人又替她凑了一些。"

"金财一点钱也没留下吗？"

"我也不知道，就算留了，也基本给盘光了。"

"那将来怎么办？"

"有些人的一辈子就像个炮仗，炸了一下，就完了；有些人像点炮仗的香，慢慢烧到最后，灭了。"老人说道，"村子里这样的老人很多，儿女都在外面打工，顾不上老人。"他说的时候依然没有什么表情的变化，像是在说一件不相关的事情。

"那这次出院不是因为病治好了，而是因为没有钱了？"老杜问道。

"算是吧。"老人回答。

"一会儿您怎么回去呢？"老杜又问。

"坐长途车回去，现在方便了。"老人回答道。

老杜给包车的司机打了电话，费了点口舌，给他刚才一半的价钱让他再跑一趟，然后老杜又给了老人两扎钱，让他转交给木鱼的母亲。

老人走后，老杜独自坐在广场角落的椅子上。如果真有人跟踪的话，那么现在那人一定就在不远处盯着自己。老杜在犹豫要不要报警，如果警察真的把自己当作那个抢劫犯的同谋，这确实是一件麻烦事。"同谋"，这个词又一次敲击着老杜的心。

老杜拨了北京的110，但马上又挂断了。他找到王立军的电话，拨了出去。

老杜听到立军的声音好像还没有睡醒一样："老杜，那晚是不是喝多了？"

"是，那天断片了好几次。"老杜说，"还是你酒量大。"老杜没有去提那晚之后发生的事情。

老杜听到立军边笑边说道："老兄，那晚散场后我又去旁边的KTV喝了一场，那一场我才是真正喝多了。你下次来，我带你去真正好玩的地方。"

"立军，有件事想麻烦你一下。"老杜没有心情和立军说这些，想尽快转入正题。

"什么事？你说。"立军回答得很麻利。

"木鱼的老母亲住院了，刚出院，是因为没钱才出院的，我带了一笔钱，准备留给她，但我在想，能不能在我们县城或者省城里找一个好一点的养老院，我想这钱应该足够她住养老院了。"

"嗯。"

老杜听到立军不置可否地应了一声，心里已经感觉到立军态度的变化，但还是接着说道："你看能不能帮忙安排一下，把老人安顿一下就行。"

"我安排人去看一下咯。"立军说。

老杜从立军的口气里已经确定了他的态度，心里突然涌起一丝悲凉。"不要勉强，同学之间不用装着。"老杜说。

"我看看咯，我有电话进来，一会儿我打给你。"立军用一种很随意的口气说。

"没事儿。"老杜说完便挂了电话。

过了一会儿，立军的电话来了，老杜接通，听到立军的语气变得沉稳而严肃："老杜，我知道你这次回来肯定是有事要办。但你知道因为木鱼的事我们县城的一把手进去了吗？其实他和那个案子根本没什么联系，就是因为木鱼藏在他的别墅里，媒体曝光了是他的别墅，然后纪委就来查，这事我很清楚。你应该知道，现在不管查谁，哪能查不出事儿来。"

老杜没有说话，只是听着。

"不是我不帮你，不是我不想帮。你知道我手上的公司里有几百人在靠我吃饭，市里面从上到下多少人的仕途和身家都拴在我这儿，我没法不谨慎，犯一点事，这些人就全栽我手里了啊。兄弟，你要是需要钱，跟我说一下，我给你转过去。"

"没事儿，理解，都是身不由己。"老杜冷冷地说道，"我再想想办法，我们有机会再聊。"随后老杜便挂断了电话。

15 **

已经下午五点了，天暗了下来，广场上的老人开始多了起来，有人开始用自带的音响播放音乐。这是个熟悉的城市，这是个陌生的城市，这是个最好的时代，这是个最坏的时代……老杜左右看了一下，但心里很清楚，自己没有任何反侦察的能力。他站起身，拎着包向广场旁边的最宽的一条街道走去。

老杜走进一个商场，进去后快速找到另一个出口，出去后马上上了一辆出租车，但老杜不知道该去哪里，出租车向前开着，老杜犹豫着，终于说道："去中山路吧。"

在中山路，老杜用好几个叫车软件并加了钱叫车，终于找到了一辆愿意去木鱼老家的车。天已经黑了下来，老杜手机里收到一条短信，是律师朋友发来的，问有没有报警，老杜回短信说还没有，很快律师朋友又发了一条很长的短信，写了事情的来龙去脉，最后又劝老杜不要担心家人的安全，尽快报警反而能保护家人，等等。老杜意识到这短信也是朋友在保护自己，心里有一丝感动，便回短信说一定尽快。北京的生活似乎变得遥远，不知自己回去后，等待自己的是什么？老杜看着窗外，还是没有拨出那个报警的电话。

车离开了城市，在黑暗中开着，出租车的空调制热效果明显不足，老杜蜷缩在后座上，关掉了手机，把电池也拿了下来，感觉自己开始和这个世界有了距离。高速公路上仍然空空的，这个冬日的野外一片荒芜、毫无生气，几周之前，自己从来没有想到会出现在这样的地方。那个村庄里的人有着完全不同的人生，他们的人生是一个悲剧，木鱼的人生是一个悲剧，老杜想起那个抢劫犯的话，他说自己的人生也是一个悲剧。

车出了高速公路，过了收费站，开进了坑坑洼洼的小路，应该快到了刚才返回的那个地方了。又这样开了一会儿，老杜终于看到了远处的几点灯光，微弱而又遥远，像是奄奄一息的坚持。车灯只照亮前方一点路，在黑暗中惨淡而又无奈。老杜想象不出那个村庄是什么样子，也想象不出如果木鱼的母亲独自一人的话，过的会是一种什么样的生活。

离那个村庄已经越来越近了，车突然停了下来。老杜发现在前方停着一辆警车，出租车被拦下了，从警车里下来一个人，走到车门边时老杜认出来他就是那天送自己出警察局的那个便衣，他敲了敲司机旁的车门玻璃，说："这么晚了，去哪儿？"

司机指了指前面那个小村子，说道："就差两步路就到了，送后面这位客人去前面那个村子。"

那个便衣往后看了看，正好和老杜的目光碰在一起，他并没有太惊讶，说道："又是你，你去那儿做什么？"

老杜不知道是该如实说还是编一个其他的理由，那个便衣始终在盯着老杜，外面很冷，他并没有穿大衣。"去看一个人。"老杜说道。

那个便衣掏出了证件，在司机和老杜眼前晃了晃。"我是警察，你——"他指着老杜说道，"拿着你的包下车，我要检查一下。"

老杜下车，看到前面的警车里似乎没有人。

那个便衣拉开了老杜的旅行包，看到里面满满的一扎一扎的现金，忍不住惊呼了一声："喔，这么多钱。"

"带现金也犯法？"老杜说道。

便衣把旅行包拉上，脸上露出一丝满意的笑容。"没人说你犯法，你只是涉嫌犯法。"然后他对着老杜笑了一下，说，"我知道你是送给谁的，跟我走一趟吧，我们好好聊聊。"

老杜说："我没有嫖娼，你不能因为我带了现金就带走我吧？"

"你最好能好好配合。是在这里耗两个小时，等我找人把文件送来，还是现在跟我走。"那人说道，"免得越来越被动。跟我走吧。"他拎起老杜的包，看着老杜。

老杜从兜里拿出两百块钱，扔给了一脸惊愕的出租车司机，然后跟着便衣往警车走去。

警车里果然没有人，也就是说这个便衣并不是专门在路上等着自己的，老杜想，警车的方向是往县城开的，说明他刚从那个村子出来。在这个时间碰到一辆开往那个小村庄的出租车，当然会引起他的注意。

"坐我旁边。"便衣这样说，把旅行包扔到了后座上。上车前老杜又看了一眼那个村庄，才发现刚才觉得很远是因为那里的灯光太微弱稀疏，现在看似乎走路十来分钟就可以到。

那辆出租车已经掉头开在了前面，警车很快就超过了它。老杜坐在副驾驶的位子上，系上安全带，用眼角看了一眼那个便衣，见他冷笑了一下，像是对自己系安全带很不以为然。

警车在黑暗中开着，对讲机里时不时发出噼啪噼啪的声音。那个便衣转了一下对讲机的一个旋钮，似乎是把它关掉了，这时车里完全安静下来，只有车外车辆行驶产生的嗡嗡的背景声。老杜心里闪过那些好莱坞大片的场景：自己突然去转动方向盘，汽车转向撞到了公路的隔离带，汽车在空中翻滚着，便衣身受重伤，自己从车里爬出逃走……随后又是另一幅画面，木鱼和那个抢劫犯用枪逼住运钞车里的押运员，在空间这样狭小的车里会有怎样的搏斗……警车仍然在平稳地行进着。

"你见过余金财？"老杜不知道自己是怎么问出这句话的。

"当然。"那个便衣说道。

"审讯过他？"老杜又问。

那人犹豫了一下，说："是的。"

"他为什么会走上这条路？"老杜问。

"一念成佛，一念成魔。"那人盯着前方的路，仍然是一副漫不经心的样子。

"我从来都不相信这种说法，"老杜说道，"一念之差，其实是很多事情的日积月累，并且这一念形成的时候也至少有潜意识里的很多挣扎。"

便衣冷笑了一下，说道："我碰到的冲动型犯罪你都想象不出。上上周，有个小贩和城管一言不合，就把人给捅死了。上周还有一个，去县政府闹，闹着闹着就跳楼了。他妈的，人命不值钱啊，你说这算什么？"

老杜不知该说什么，这样沉默了一会儿，那个便衣又说道："我的工作就是把犯法的人抓起来，但有时犯法的人不都是坏人，像那个余金财。"说到这儿，他突然停住了。

"是的，金财是个好人。"老杜希望便衣能继续说下去，但他仍然沉默着。

"你觉得金财应该被判死刑吗？"老杜问。

"你想让我说什么？"那个便衣冷冷地说道。

老杜说："我很想知道金财在狱中的情况，他是个很内向的人，好像是完全活在他的想象里，但让我觉得很内疚的是，他的想象里有很多是关于我高中时写的一篇小说。"

"那个什么脑子里放芯片的故事？"那个人打断了老杜的话。

"是的，那是我胡乱写的，但高中时只和他说起过。"

"他也向我说起过。"那个便衣说道，"但你知道，我们对这些不感兴趣。就像现在，你对我说什么戏剧悲剧，这些我不感兴趣，我感兴趣的就是怎么抓住他和他的同伙。"

"我很想知道金财在监狱里有没有后悔。"老杜说。

那个便衣转头看了老杜一眼，说道："他后悔了，后悔没有阻止那个人。你的同学是个好人，他被那个同伙给控制住了。他是个好人，这我知道，但是没办法，谁也救不了他。"

"另一个抢劫犯在北京跟踪了我和我家人很久，没办法，我只能按他说的做，把这些钱送给木鱼的母亲。"终于把这些话说出来了，老杜知道，这并不是真的，那个抢劫犯当时给了自己两个选择。"那人还说，这些钱不是抢来的，是他和金财做正经生意赚的。"

"这些话你可以到局子里再说一遍。"便衣又冷冷地说道。

"那个抢劫犯还和我说过，他会和我开诚布公地谈一次。"老杜不知道为什么把这些也说了出来。

那个便衣转过头看了一眼老杜，说："这是你将功补过的机会。"

"我想把整个事件的来龙去脉全搞清楚。"老杜说道，"我还想帮一下金财的母亲。"

"你准备再写一篇小说？"便衣问，"你准备怎么写我？"说完他就笑了起来。

"你能不能把你审讯金财的细节告诉我？"老杜问。

"不涉及保密的东西我可以告诉你。"那个便衣对这个话题开始重视起来。"不如这样，"他又说道，"等我们把那个逃犯抓起来，我把所有的细节都告诉你。"

"我已经想过了，我可以配合你们去抓那个在逃的抢劫犯，因为这一切都是他造成的，配合你们去抓他，这样才是一个公平的游戏。不过那个抢劫犯可能也预料到了这一点，在见我之前，他跟踪了我很长时间，把我家人的情况，孩子的幼儿园，还有我家和公司的地址全都了解得非常清楚。然后他第一次见到我时，上来就对我说我的人生是一个悲剧。我感觉他一下子就控制住了和我的交流节奏，可能就像他控制金财一样。我觉得我应该把这些都告诉你，配合你们抓住他，但我不确定你们是否能抓住他，他是个高智商罪犯。"

便衣鼻子里哼哼了两声。

老杜搞不清他是对那个高智商的罪犯哼呢，还是对自己哼。他脑子飞转着，但好像在空转，落入了一个很尴尬的境地，突然在一个地方停了下来。如果瞎子被抓住，愿意被抓住，我该对他说些什么？是的，是的，我要对他说，我之前的人生确实是一个悲剧，现在还是。

16 **✶**✶

仍然是那栋方方正正的大楼。那个便衣让老杜拎着那个装满钱的旅行包。这次老杜被带进去后并没有转来转去，而是上了门口的电梯，径直走到了一个审讯室。老杜忍不住在想这栋楼是一个什么样的设计。那个便衣让老杜等着，随后就离开了审讯室。

老杜坐在那里，对面的桌子后面是空着的三把椅子。等了好久，老杜感觉危险的味道越来越重，这一百万现金本身就是一个巨大的风险。老杜拉开旅行包，看到里面一扎一扎的钱。现在已经是晚上十点了，无论如何不应该在这里再被关一夜。

老杜走到门边，轻轻转动门把手，发现门没有锁，他反身去拿那个旅行包，打开门轻轻走了出去。走廊里没有人，旁边一个办公室的门虚掩着，里面透出灯光来。老杜走过时听到里面有打电话的声音传来，是那个便衣，老杜听到他在说自己："他不可能是那个逃犯，我跟了他两天了，可以确定。"说话声中断了，似乎是在听电话另一端的人说话，老杜站在那里，又听到那个便衣继续说道："我基本可以确定他没有参与那次抢劫，他应该是被胁迫的。我真的不同意把他当作那个嫌疑人拘留，他是我们目前唯一的一个线索，通过他有可能抓住嫌犯。"说话声又停了下来，老杜想走，但又想听下去。过了一会儿，那人又开始说道："我不会再做这种事了，我早说过那个在逃的是主犯，也是真正的凶手。你要抓他也行，那我就退出这个案子……"老杜听到这里，心开始狂跳起来，踮着脚快步向电梯走去。老杜没有去坐电梯，而是走进旁边的楼梯间，飞快地往下跑去。跑到一楼，老杜调整了一下呼吸，走了出去，但发现并不是刚才进来的大厅，而是一个侧门，那个门已经被锁上了，另一个门可以打开，是一个走廊。老杜在走廊里转来转去，心里越来越紧张，终于转到了一个走廊，在这个走廊尽头老杜看到大厅里的白炽灯的光线，老杜快步走过去，路过门卫时抬着头不去看他，就这样老杜来到了大街上。

在大街上老杜跑了起来，街道上空无一人，但老杜感觉后面似乎有人在追赶。老杜喘着粗气，拼命地奔跑，空气变得厚重起来，同时也有了阻力，阻挡着自己离开这个陌生的世界。在奔跑中绝望慢慢地从心中生起，老杜觉得越来越喘不上气。许玥和宝宝，木鱼和瞎子，在公司会议室里坐着的投资人，还有那个小村庄，老杜不清楚自己是在跑向他们还是在离开他们。跑了很久，他突然停了下来，站在一个陌生的地方，茫然无措起来，一下子弄不明白自己怎么到了这个地方。慢慢地他终于意识到自己做了一个疯狂的决定，这不是律师朋友提醒他该做的。

17 **＊**＊

已经是晚上十一点了，老杜看到有一个小餐馆还在营业，他分辨不出这里的方位，只是感觉离那个商业街并不远。那个餐馆很小，只有三个方桌，其中两个坐满了人，能看出他们是一群在社会底层生活的打工仔，他们说话的姿态和脚下的空啤酒瓶显示他们正进入晚宴的高潮。还有一个方桌旁只坐了两个人，各自面前有一碗面，两人只点了一盘菜。老杜走进去，坐在了那两个人对面空着的凳子上，那两个人看了一眼老杜，然后继续吃着他们的面。

进来以后老杜才发现这个餐馆是在街道的拐角处，自己正对着餐馆的门，在自己右手边的那面墙上有两扇窗户，因为餐馆里太热，其中一扇开了一点小缝，有细微的凉风吹进来。

老杜点了三个菜、两瓶啤酒，随后拿出了手机和电池，犹豫着是否要把电池装上，在这个小地方，他们应该没有能力监听自己的电话，但用手机定位应该可以做得到。他们怎么可以这样！竟然要把自己当作犯罪嫌疑人抓起来！虽然老杜知道有很多这样的事情发生，但发生在自己身上，还是觉得不可思议。

"这手机多少钱啊？"老杜犹豫的时候，坐在对面的人突然问道。他大概有三十几岁，在没有表情的脸上挤出一丝笑来。

老杜吓了一跳，抬头看了那人一眼，然后说道："两千多吧。"

那人在喉咙里咕哝了一声，又开始吃面。

刚到这个小县城时的那种感觉又出现在心里，就像有一双眼睛在暗中盯着自己，这种感觉强烈而又明确。"五天以后和我联系，那应该就是今天。我不能错过他的电话。"老杜想。他打开了手机，看到有好多未接来电，有那个律师朋友的，有投资人的，但没有许玥的来电。有两个陌生的未接来电，一个号码是本地的，另一个是乌鲁木齐的。老杜有种感觉，那个乌鲁木齐的号码是瞎子打过来的。老杜犹豫着，最终还是拨了回去，那边的铃声一响，老杜便挂断了电话。随后老杜翻看了短消息，有投资人的一条短信，问自己是否决定去做直播，如果不尽快决定的话，上次会议中确定的那笔资金可能会有问题。"他妈的。"老杜骂了出来，飞快地回了一条短信，说自己决定不去做那种无聊的直播。

随后老杜在手机上快速查了飞北京的航班，每周只有两班，明天有，但航班在下午，如果早上一大早去那个村子，再赶去机场应该来得及，但应该坐飞机走吗？老杜很快否定了这个想法。坐火车的话上午就有。老杜突然想起那列从村庄旁边飞驰而过的高铁，他搜出了开往北京的高铁的停靠站——与其从那个村子返回这个县城，倒不如去另一个城市，一路高速，然后在那里上高铁。

关键是他们是否决定把自己当作那个在逃的抢劫犯，老杜并不知道他们的效率有多高，是否明天早上自己的身份证号码就会传遍所有的酒店、机场和火车站。"我一定会去的。"老杜这样想着，脑海里又出现了那个浮在黑暗中有着微弱而又遥远的灯光的小村子。

"你怎么不吃饭啊？"对面那个人突然说道，"一会儿全凉了。"

"没事。"老杜说。

"没什么大不了的事。"那人又说道，"看你这样子，别想不开啊。"

"你看我像是想不开的人吗？"老杜冲他们笑了笑。

"你要找旅店的话，我们知道一家便宜的。"那人说。

"不用，我订了酒店，谢谢。"老杜说完，有些后悔自己表现得和他们太不一样了。

这时餐馆的门被打开，那个便衣走了进来。老杜突然全身绷得紧紧的，看着走进来的便衣。那个便衣并没有任何突然的动作，他举着右手，手掌做着向下压的动作，似乎示意老杜不要紧张。他来到老杜身边，坐了下来。

"你们决定把我当作嫌疑犯了吗？"老杜问道。

"我没有太多时间帮你，"便衣并没有直接回答，"你先把情况尽快告诉我。你还记得我们在车里说过的话吧？"他说完，便向旁边那两个人挥了挥手，那两人一脸惊讶地离开了餐馆。

老杜想了一会儿，说道："在他来找我之前，我就感觉有人在跟踪我。后来他在我公司楼下和我见面，他一上来就用一句话吸引了我，他说，人生需要有东西维持生存，要有东西可以为之生，要有东西可以为之死，如果缺少一样就导致戏剧性人生，缺少两样就导致悲剧。"老杜看了那人一眼，继续说道："他说我的人生也是个悲剧。"

那个便衣的表情有点迷茫，说道："我知道金财的人生是个悲剧，那个中枪的银行职员的人生是个悲剧，这都是他造成的。"

老杜说："我能看出来他很后悔，他很后悔把金财引到这条道上来。在我和他的最后一次交谈中，他说今天会给我打一个电话，和我开诚布公地谈一次。"

那个便衣的目光突然变得犀利起来，盯着老杜。旁边两个桌子上的人仍然在吵闹着喝酒。那个电话就是在这时打进来的，老杜拿起电话，是那个乌鲁木齐的号码，老杜看了一眼那个便衣，便接通了电话。电话的另一端没有声音，老杜的心跳开始加速起来，问道："哪位？"同时看着那个便衣，他的表情似乎是僵住了，他的手抬到半空，停在那里，一动不动。

"你说过要跟我好好谈一次。"

老杜听得出是那个人的声音，老杜让自己尽量平静下来，说道："是的。你的话我传到了。"

老杜停顿了一下，看到那个便衣用他自己的手机拨通了什么电话，在门口紧张地低声说着什么。"我要先把她捎给你的话告诉你。"老杜说道。

"什么话？"那人冷冷地问。

"没有经过审视的生活是不值得过的，"老杜说道，"她说，她已经审视过了。"

"然后呢？"

"没有了。"老杜说道，并让自己笑了一下，他看到那个便衣戴上耳机，来到了自己的身边，他拿出一个小本子，在上面快速地写下三个字：拖住他。

"东西送到了吗？"

"明天再去一次，金财的母亲住院了，今天下午刚出院，你那笔钱应该正是时候。"老杜说。

"你说过要我和你开诚布公地谈一次，"那人说道，"你想和我谈什么？"

老杜说："我想知道每一个细节，你的，木鱼的，你和木鱼的。"老杜看到那个便衣对着自己点头并竖起大拇指。

电话的另一端是沉默，老杜有些紧张，时间似乎过得很慢，老杜终于听到那人说："你是想重新开始写作吗？"

老杜看了一眼便衣，瞎子竟然说了跟便衣一样的话。便衣则严肃地看着他，眼神里有一丝探寻。

"我漂泊了三年，然后才到了木鱼的城市……"瞎子没等老杜回答，开始说道。

老杜听着，不去打断他的话。

"我第一次见到木鱼，是在一个酒桌上……"他继续缓慢地说着，老杜看到旁边的便衣走到了门口，用耳机打着电话，老杜听不到他在说什么，但看到他的表情开始扭曲起来，似乎是在哀求着什么。随后他走回到老杜身边，老杜的目光和他碰撞在一起，老杜从中读到了一丝和刚才不一样的表情。

电话里瞎子在讲述自己如何给木鱼讲起了自己的身世，如何认识了影楼老板娘，他还讲起了他是如何谋划那次银行抢劫的，他说起了木鱼带他去见木鱼的母亲，说起了木鱼母亲所住的那个破旧的房子，院门上褪色的残破的春联，他说起了Z，说起木鱼怎么跟他讨论Z的未来——起初他只是以此在跟木鱼接近，但是不得不说，后来他对这种讨论也产生了兴趣……

老杜静静地听着，思考着，然后打断了瞎子的话，说道："我很后悔写那篇小说，如果没有那些所谓的芯片人，木鱼可能就不会去做这件事情。"

电话那端沉默下来，老杜感觉自己并没有去思考便说出了"芯片"两个字。老杜看着那个便衣，他的眼神里确实包含着一种异样的神情。

"也许吧。"瞎子说道。

电话没有挂断，老杜似乎能隐隐听到瞎子的呼吸声，像是在黑暗的沉默中起伏的波浪。

"那个影楼老板娘还有句话让我捎给你，她说这件事情对木鱼来说是一种疯狂，对你不是，但当你疯狂的时候，那就是你最危险的时刻。"老杜边说边看了一眼那个便衣，他正盯着自己。

电话的那端又传来了瞎子的声音："你准备把那个Z的故事写完吗？或是你准备把我和木鱼的故事写下来？"

老杜想了一下，说道："都不是。"

"那是什么？"那个人问。

"我也讲不好。"老杜说，"发生了太多的事情……喂，你在吗？"老杜问。

这时老杜听到外面有汽车刹车的声音，便衣的眉头皱了起来，他的目光和老杜的碰在一起，那是一种奇怪的神情，那个便衣的嘴唇动了动，随后老杜从他的口型读到了两个字："快跑！"老杜站起身，把包斜挎在肩上，挪向那扇窗户，便衣没有动，这时餐馆的门被撞开，老杜打开窗户，跳了出去。"从窗户逃了！"有人喊道。

老杜在陌生的街道里快速地奔跑着，不停地拐来拐去，好像拐一个弯就能增加一份安全保险似的。就这样跑啊，拐啊，一直到累得跑不动了，装满钞票的包好像有千钧之重，再跑一步就要扑倒了，他才停了下来，坐在一个破败的墙角下，完全失去了方位。他喘着气，观察着四周，旁边有一个厕所和一盏昏暗的灯，好像有污水从厕所里渗出来。但是他似乎已经感觉不到空气中的恶臭了，只是大口喘着粗气。手机竟然还接通着，话筒里没有任何声音。老杜拿着电话，感觉自己是站在悬崖之上，脚下是漆黑无底的沉默的深渊。老杜拉开旅行包的拉链，看到那个笔记本安静地躺在里面……突然听到自己呵呵地笑了两声。

肆

PART 4

第四部

Z 的故事（八开笔记本的节选）

那么打开吧，生命在呼喊，

让一个精灵从邪恶的远方，

侵入他的心，把他折磨够，

因为他在地面看见了天堂。

——摘自穆旦诗《理想》

"这个世界早已失去了信仰。"诺克校长站在咖啡馆门口突然想到了那封信里的这句话。

那个人坐在咖啡馆最里面的一个靠窗的角落里，连衣帽戴在头上，背对着入口，旁边的窗户没有扣上，只是虚掩着，他的面前放着一本纸质书，很厚，封面扣在桌子上——这些信息被分析处理，但没有收获，不过诺克校长还是在进门后的第一眼就确定了那个人就是约自己来这里的人。

在这个偏远破旧的咖啡馆里还零星坐着十七个人，应该都是低端芯片的安装者，他们中的一些人目光呆滞，对周围的变化没有反应，还有一些人在聊天，说出来的话要么破碎不堪，要么是从芯片里提取的语无伦次的句子。诺克校长走向正对着门的服务台，这个咖啡馆的布局和他事先搜索到的资料里的有些不一样，在他的右手边是一面墙，而资料里左右两边的空间是对称的。诺克校长看到这面墙从大门向前延伸到服务台，在服务台旁边的墙上开有一扇门，很明显右侧区域被改装了并且没有报备。校长向前走着，右侧斑驳的墙面上有一些凹槽，里面有各种陈旧的小摆设：微缩的金字塔，破旧的布娃娃，罗丹的沉思者雕塑，枯萎的植物，人类第一次登月的照片，电影《2001太空漫游》里猿人和那块黑色石板的照片，一辆二战时的坦克模型，还有一张摇滚乐队现场音乐会的照片。校长没有搜索到这张照片，显然这个咖啡馆的主人着迷于那些一两百年前的东西。

诺克校长在服务台取了一杯咖啡，端着走向那个人，那人的身体微微动了一下。诺克校长来到他的对面，坐下，看到面前这个人在墨镜下面瘦削而没有血色的脸，有一道经过修复但依然可见的伤疤从左边墨镜里伸了出来，他嘴唇的轮廓显露出一丝坚韧的品质，他的鼻翼却暗示着危险。诺克校长看着这个人，把面前的这副面孔和大脑中数据库里的照片并列对比，感觉这个人历尽沧桑，已不再是学校里曾经的那个学生。

"抱歉，安排在这种地方和您见面。"那个人说。

"这里也是我们这个世界的一部分。"诺克校长笑了笑，直视着对面那个人说道，"你就是Z？"

"在学校里我是钟仁泽，现在我是Z。"那个人说，"我有名字，但没有芯片的编码。"

"这些年，"校长似乎是在寻找着词语，慢慢说道，"这些年你是怎么过来的？那些关于你的传言是真实的吗？"

"哪些传言？"那个人问道。

"你从学校出走后就开始在社会的最底层生存，你在大都会的下水道里生活了一年，和那里无处不在的老鼠为伍，在那些发黑发臭的墙上留下你的句子？"

那人微微点了点头。

"你在最廉价的餐馆照顾那些无法掌控芯片、无法控制情绪的人，被他们辱骂和殴打。"校长继续说道。那个人一动不动，像是沉浸在往事之中。

"渐渐地你被他们接受，他们聚拢在你周围，把你当作圣人。"校长继续说着，那人又微微点了点头。

"社会上流传着你说的话，你开始侵入芯片的中央控制系统，尝试着终止人们脑中芯片的运转。"校长突然停了下来，过了一会儿，他才说道，"你选择和这个世界背道而驰。"

"我不想在笼子里生活。"那个人说。

"是的，我也没有想到这世界会变成这样。但是你——"校长停了一下，然后说道，"你是否确信自己是这样一个人，即使这个世界在他看来愚陋不堪，根本不值得他为之献身，他仍能无怨无悔①？"

那个人看到校长的目光从一个虚无的点重新聚集在自己的脸上。

"等着瞧吧②。"他说，并看到校长脸上有一丝会意的微笑。

"我们学校的学生里从来不缺传奇。"校长说道。

"我只是一个普通人。"那个人说，声音很低。

"我收到了你的信，"校长说道，"说实话，我对你的记忆是存在芯片里的。现在，看到你坐在我对面，我对你才有了属于我自己的感觉。"诺克校长伸手把桌子上两人之间的那本书转动了一下，看到了书脊上的字：存在与虚无。

"你还在读书？"他把重音放在"读"这个字上。

"是的，我还在读书，读得很慢。"那个人说。

"你怎么找到这些人的？他们的书一百多年前就没人读了。"校长说。

"向那个时代望一眼，总是会看到他们，维护人类尊严的最后哲人。"那人停顿了一下，继续说道，"但现在我不知道该怎么办。"

"我也不知道。我读了你信里提到的那些书，包括这本，"诺克校长看了一眼面前的书，又抬起眼睛继续看着对面这个人的脸，"是读，不是下载。"校长苦笑了一下，继续说道："这些书让我回想起我和我们这个社会的过去，我已经八十五岁了，我有过和你一样的担忧和思考，可是之前我不但放弃了一切介入的机会，而且更没有为自己的方向做出自己的选择，我一直都在虚无中度过了漫长的岁月，一个达到理智之年的人居然不能理智地确定自己的人生路线，这是莫大的悲哀③。过去我有太多的屈从，是时候了，我应该站出来，或者说，作为一个人，介入进去。"

"现在太危险，您应该知道最近发生的一些事情。"那个人说道。

"是的，我知道，这个世界正在脱离轨道。"

"您还记得王楚吗？"那个人问道。

---

①韦伯：《以学术为业：1917、1919 以政治为业：1919》，吕叔君译，人民出版社，2021。

②同上。

③萨特：《存在与虚无》，陈宣良等译，生活·读书·新知三联书店，2007。

"当然，你的同学，学校的骄傲。"诺克校长笑了笑，继续说道，"他作为联合国人脑芯片安全局局长，现在掌管着所有和大脑芯片相关的安全事务。他昨天还给我打过电话，是关于一款最新的芯片对人的……"

诺克校长说到一半的话突然停下，一声沉闷的枪响，那个人看到校长猛地倒下，他左侧太阳穴有一个弹孔，很快他的眼睛开始向内塌陷，腮部也开始收缩，有那么一瞬间诺克校长像是在绝望地看着某处，然后像是要呼喊，但声音却涌向了他身体内部。子弹是从窗外射入的，那个人快速起身，椅子在他身后倒下，他冲向窗户，打开窗户向外看去，随后他又折返回到校长身边，他向前单膝跪在校长身边，手放在校长的肩膀上，看着校长，用手摇动了一下校长，但校长没有反应。子弹炸毁了诺克校长大脑内部的芯片，抹去了他所有的记忆和思考。

那个人戴上口罩，站了起来，走过那些木讷呆滞却又用惊慌的眼神看着他的人们。

吴菲走在郊外。现在是最舒服的季节，远处山上的树林呈现出不同的色彩，脚下金黄的树叶松软，走在上面有一种飘忽眩晕的感觉。她的风衣下摆被风吹起，风里还有一丝夏日的余温。周围一个人也没有，现在还有谁会去欣赏自然里的秋色之美。吴菲找了一块石头坐在了上面。从那辆破败的市郊空中巴士上下来，她已经走了很远的路，但她并不觉得累。她望向远处，看到山脚下河边的一个破败的小屋，那里就是目的地，看着很近，但她估计仍然要走一大会儿才能到。

站在那个小屋的门口，吴菲仍然没有想通为什么会在这里见面，就像她无法想象在几年前自己还是个初吻主义者。铁门上的油漆已经斑驳脱落，门框是木头做的，被白蚁蛀蚀过，门两侧各有一扇窗户，玻璃上落满灰尘，左侧窗户是破的，里面黑黑的看不清楚。她敲了敲门，随后便安静地等在门口。

（Z不是拉斯科尔尼科夫，他冷静而智慧，敏感却坚韧。"初吻主义"这个词是不是太假了？但如果初吻可以在人的一生中一以贯之的话，那该是一件多么美好的事情。等我结婚，我请木鱼参加婚礼时，或者我参加木鱼的婚礼时，我再给他讲讲这一段，呵呵。现在我要好好酝酿一下，该怎么写这个我还没有经历过的初吻。）

纯白色的房间里，只有一张桌子和桌子两侧的两把椅子，他走进去，看到桌子上有一沓病历，上面在姓名一栏里写着"钟仁泽"三个字。他伸手去翻开第一页，突然一张立体的人脸从下面那一页里冒出来，他惊恐地推开病历，那沓病历又恢复了原样。一个医生从白色墙壁上的隐形门走进来，坐在了桌子的另一侧。

"你是四年级的学生？"医生问道。

"是的。"

"这么说你刚装上芯片。"医生说。

"是的。"他回答。

"你装的是9.17版本的芯片，已经完全消除了机体的排异反应。"

"但我一直有种奇怪的感觉。"他说道。

"什么奇怪的感觉？"

"我觉得周围的一切都是不真实的，周围的声音有时遥远，有时又像是从我脑子里发出，分不清现实和梦，清醒和睡眠。"

"现实里一切都像是做梦，而真正的梦又特别真实？"医生问道。

"是的。"他说。随后他看到医生背后的墙上突然泛起了蓝色的水的波纹。医生的身体发生变形然后又恢复正常。

"这第九代芯片虽然完全消除了机体的排异反应，但却有另一种副作用，我们称之为'梦蝶效应'。"医生说道。

"梦蝶效应？"

"是的，你知道庄周梦蝶的故事吗？"医生问。

"不知周之梦为胡蝶与，胡蝶之梦为周与？[①]"

---

①王孝鱼：《庄子内篇新解　庄子通疏证》，中华书局，2014。

"难得。"医生脸上露出一丝笑，然后又说道，"是不是有同样的感觉？"

"是，是这种感觉。"

"这是第九代芯片还没有解决的问题，出现的概率大概只有百万分之一。我们不知道它因何产生，目前可以确定的是这种反应和人的机体无关，我们成功消除了人的机体的排异反应，但却发现某些人在精神层面上对这一代芯片有排异反应。"医生说。

"人的精神对芯片的排异反应？也就是说这百万分之一的人有着和别人不一样的精神？"他问道。

"你不必为此骄傲，已经有一个简单的治疗办法被证明有效，或许你真的与众不同，但我劝你不要这么想。"医生说。

"什么办法？"

"一个简单的配合药物的问答治疗。你想试一下吗？"

"或许我应该试一下。"他说道。

"我想也是，没有芯片，你将来在这个社会没法生存。你要从现在就开始，先吃这个药片，每天两次，每次一片，连续一个月，另外每三天来这里做一次治疗。"

医生递给他一粒药片和一杯水，他犹豫了一下，把药片服下。

"跟我来。"医生说。

医生起身，带他走向房间的一侧，他这时才发现墙壁上有一个白色的门，融在整个房间的白色里，不注意很难发现。他们来到这个隐蔽的小门前，医生打开门，里面是一个很小的房间。

"你出来的时候会感觉好很多。"医生笑着说道。

他推门进去，当医生关上门之后，整个房间的颜色都变成了暗红色，显得极其逼仄。他坐在房间中央的一个椅子上，灯光变化，光柱向上聚集在一个很高的点上，一个颇有感染力的声音从空中四面八方飘落下来。

"你好，下面是一个消除疗程，它会消除你对芯片的排异反应，它会让你与芯片融为一体，让你进入人类精神的更高层面。"那个声音说道，"当我向你提问的时候，请不要思考，立刻回答；当我说重复的时候，请不要思

　　他坐在房间中央的一个椅子上，灯光变化，光柱向上聚集在一个很高的点上，一个颇有感染力的声音从空中四面八方飘落下来。

考，立刻重复我的话。好的，疗程开始。"

他坐在这片红色之中等待着。

"你装入芯片多长时间了？"

"三天。"

"你是否出现过幻觉？"

"是。"

"你的幻觉是什么颜色？"

"蓝色。蓝色的水的波纹，无处不在。"他尽量让自己不去思考就回答。

"请注意，不需要做过多的解释，只需要简单直接的回答。你是否梦到过你的童年？"

"是的。"

"你是否在梦里哭泣过？"

"是的。"

"装上芯片后你是否故意砸碎过东西？"

"是的。"

"你是否想过杀人？"

"没有。"

"你是否想过自杀？"

他沉默。

"你是否想过自杀？"机器又用不变的口吻重复了一遍。

"梦里有过。"

光线发生了变化，从红色逐渐过渡到暗绿色。

"下面请在听到我说重复时立刻重复我说的话。"机器换了一种口吻说道。

"我装了第九代芯片。重复。"

"我装了第九代芯片。"

"我感到精神恍惚，我很痛苦。重复。"

"我感到精神恍惚，我很痛苦。"

"天空里有一束光。重复。"

"天空里有一束光。"

"我还在地面之上，我很痛苦。重复。"

"我还在地面之上，我很痛苦。"

"我要抛开一切进入那束光。重复。"

"我要抛开一切进入那束光。"

"那束光来自我脑中的芯片。重复。"

他停顿了一下，随后仍然跟着说道："那束光来自我脑中的芯片。"

"我追随那束光脱离我的过去。重复。"

他又停顿了一下，感到这逼仄的房间似乎开始旋转："我追随那束光脱离我的过去。"

"那束光消融了我的一切。重复。"

他没有重复。

"那束光消融了我的一切。重复。"

他感到周围的一切旋转得更加厉害。

"那束光消融了我的一切。重复。"

他的脸开始扭曲，他感受到从心脏蔓延而来的痛。

"那束光消融了我的一切。重复。"

机器仍在用相同的语调重复着这句话。

"那束光消融了我的一切。重复。"

他突然站起来，走出房间。

Z的目光里似乎是一片荒芜，他像是在沙漠之中艰难地往前行走，这时从空中散落的是小提琴所奏出的柔软而朦胧的音乐，似乎在呈现远处起伏悠远的山脉的轮廓。吴菲不知该说什么，她看到一个女机器人正看向这边。

"你就是钟仁泽？"吴菲开口问道。

"是的。"他说道，"我就是钟仁泽，也是Z。"

"你拒绝了那个治疗？"吴菲问道。

Z没有回答，他似乎摇了摇头，又似乎没有。

"然后呢？"吴菲问。

"这么快？"那个医生惊讶地看着他问道。

"这不是治疗，这是洗脑。"他说。

"是的。做一个简单的洗脑，然后确立一个短暂的信仰，那种排异反应就会消失。虽然我们现在还不知道这背后的机理，但这个办法确实有效。"医生漫不经心地说道。

"你让我改变信仰？"他问，又补充道，"虽然我不知道我现在的信仰是什么。"

"可能你还没有或者不知道自己的信仰，但你有一种潜质，一种执念，让你产生了排异反应。这种治疗只是让你换一个信仰。如果你原先没有信仰的话，就设置一个，随便什么，比如宗教，比如健身，比如崇拜那些演艺明星，那种排异反应就会逐渐消失。这不是一个最好的方案，但至少有效。"

"我不想这样。"

"排异反应消失以后，你还可以再回到你原先的信仰。"医生开始变得有些不耐烦。

"我不想这样。"他重复道。

"目前没有别的办法。如果你不这样，那你就要忍受你现在的痛苦，并且，你不会有你的事业，甚至无法在这个社会里立足。想一想吧。"医生说。

他看着医生，后面墙上的波纹闪烁晃动得更厉害，他看到医生的身体也开始扭曲。

（高考结束了。千军万马过独木桥。我突然轻松下来，去北京问题不大。未来的大门已经敞开。在毕业聚会上我没有看到木鱼，我问班主任，他也不知道。我到宿舍去找他，才知道他已经把寝室退了。我到处打听木鱼的联系方式，但没有人知道。我有些替木鱼担心，我突然感觉到木鱼把Z带走了。）

远处山上的颜色和上次相比有了变化。上次的颜色是多彩轻快的，现在则黯然凝重，原先一层层从浅黄到红艳逐渐加深的山峦现在已被暗红灰黑以及高处的白雪覆盖，风中有了寒冷的味道。吴菲的脑海中突然响起《自新大陆》中的一段旋律，是在刚开始让她感到不安的部分之后出现的那一段，单纯优美，忽高忽低之中有一种乡愁。是的，是一种乡愁，吴菲这样想。头脑中的音乐仍然在回响，她继续向前走着，和上次确实有所不同，她看到在已开始发硬的土地上，落叶少了很多，并都已变得灰暗和干枯。这世界确实已有所不同，吴菲边走边想。自从拿出了芯片，很多感觉是逐渐增强的，越来越多的感官被释放出来，而那些被芯片操控的感受也慢慢地变得平滑，拿出芯片之后自己的大脑也从一开始的一片空白慢慢地积累了更多的内容。

她看到在一棵低矮的树枝上还挂着一片深黄色的叶子，叶子上已经出现了几个深褐色的圆圈，她伸手把叶子摘下来，相比在Z的房间里那棵树上落下的虚拟之叶，它的颜色更暗一些，但形状似乎差不多。没有了芯片，她脑中的知识完全不足以让她知道这棵树的名称。她把这片树叶放到鼻下，吸了一口气，她记得有芯片的时候，这种味道会被放大并归类，而现在这不知名的味道虽然如此微弱，却能让她产生一种真切却又神秘的感觉，虽然她还不知道该如何给这种感觉命名。

她把这片叶子放入兜里，加快了脚步，她想快一点见到Z，还有那只猫，还有那幅画，以及充盈在整个房间的音乐。她走向远处的那个小屋，虽然和上次所见是同样的破败，却让她觉得熟悉和亲切。

她再次看到那个叫鹰的身材强壮的保镖，他带她走入地下。第三次来这里，她已经熟悉了这里的光线和味道，甚至鹰的目光，以及他敲门时变得谨慎和恭敬的神态。

敲门声响起的时候，Z手中的酒已喝了大半，他起身离开那棵树，来到会客区等着敲门的人进来，他心里有一丝难以察觉的期待。

吴菲走进来，看到女机器人正跪在那幅画前擦地板。女机器人回头看了她一眼，她们的目光在某个瞬间对视了一下，女机器人的眼神是空洞的，但吴菲却又感觉它包含着一丝说不出的情绪。吴菲坐到Z的对面，看到带她进来的保镖轻轻地关上了门。Z穿着一套白色棉麻衣裤，上面沾有一些颜料，他的手上也有。吴菲发现他的手指修长，指甲剪得很短，手背上有一条明显凸起的血管。吴菲抬起头看向那幅画，那个吹笛人的剪影比上次更完整一些，一条从旁边树枝上伸过来的蛇也显现出更加清晰的轮廓。女机器人仍然在擦着地板，凌乱的地板像是刚才刚刚打过一架似的。当吴菲看着这些的时候，Z看了她一眼，随后他把身子靠在沙发背上，望向高高的天花板。

那只猫听到声音匆匆地从楼梯上跑下来，跳到吴菲身边的沙发上，然后走向吴菲。

"哦，小家伙，你好吗？"吴菲伸手去摸猫，猫没有躲避，吴菲用手指抓着猫的头和脖子，猫很享受地眯起眼睛。

"顺利吗？"Z问道。

"我没有见到那个王楚，"吴菲说，"甚至都没人和我搭讪。"她用另一只手在大腿上拍了拍，那只猫走到她的腿上，找到了一个最舒服的姿势，趴了下来。

"你看，"吴菲惊讶地说道，"它趴到我腿上了！"她从兜里拿出那片叶子放在猫的面前，猫探过头嗅着叶子。

"没有人和你搭讪吗？"Z并没有理会吴菲的惊喜，他似乎不相信吴菲的话，像是要确认一下似的反问道。

特里记得上一次双脚踏在真实的土地上还是在五年前。这五年间不管是在屋顶，还是在会议大厅的虚拟空间，脚踩那里的"大地"，感官上和现在几乎没有区别，但现在当他走在秋冬交界的真实的野外，心里仍然涌起一种难以名状的激动，他知道这是因为他的大脑相信了这是真实的土地，这就像是在一个全身心投入的梦里。

这确实是真实的土地，还有远处的山峦，白雪已从山峰倾泻至半山腰，山脚下仍然保留着一些秋天的色彩，风吹过四周的树林，像是涛声，但其中夹杂着尖锐的呼号，脚下残败的枯叶被风吹起，空气中确实有一种不一样的味道，他一直在想这种不一样的味道到底是什么，看到那些随风而起延绵而去的落叶，他突然意识到那是一种因落叶腐败而产生的味道，这种味道不会出现在那些模拟空间里或屋顶被精致修剪过的草坪上，这是让自己的大脑相信这里是真实世界的原因。他吸了一口气，但随后这种味道在大脑中被芯片命名、归类，在一瞬间失去了刚才的神秘。

在河边，特里坐下来休息了一下。他再次把周围的景象与大脑中芯片所存储的图像做了对比——是这里，虽然传给自己的图像并不清楚。那个叫齐昕的年轻人从手机把图像传给了他大脑里的芯片，这种操作本身就不安全。当时那个年轻人的同伴就在不远处，如果传送的文件过大或者包含被控制的信息，就会有被同伴检测到的风险。那个年轻人的模样从记忆里逐渐浮现出来，那是个没有装芯片的年轻人，形容懦弱呆滞而瘦削。特里把他愁云密布的面孔存放在自己的大脑中而非芯片里，虽然后者会保留得更精确和长久。

那个学生恳求的目光仍然留在特里的脑海之中，他要逃离出来，却孤立无助。特里站起身，准备沿着脚下的小路继续走下去，这时他突然有了一种不祥的感觉。他再次环顾四周，并没有发现异样，但那种不祥之感并没有消除，于是他打开了芯片的监视功能。他眼中出现了一个方框，一行小字出现在方框下端："进入监控模式。确认。取消。"他在脑中做了确认，然后再次环顾四周，让那个方框扫过周围的一切，眼中所见似乎没有在自己的大脑中留下任何印象，他看到眼中的方框里又出现一行小字："未发现危险目标，是否启动扫描模式？确认。取消。"他有些犹豫，开始向前走去，这种监控模式让他有一种虚幻的感觉，仿佛自己不是走在现实里，而是在一个没有重量感的虚拟空间。远处的山峦和近处的树木，以及脚下的土地和落叶，甚至空中的风，甚至时间和空间，这一切都是由零和一组成的虚幻，只是这种虚幻的感觉真实无比。他向前走着，那行方框里的小字依然悬浮在眼前："未发现危险目标，是否启动扫描模式？确认。取消。"他走到一个地势稍高一点的地方，在脑中确认了扫描模式，再次用眼中的方框扫过周围的每个角落。大脑比刚才更加空白，连虚幻的感觉也都减弱了很多。

当他转身望向身后的时候，他看到眼中的方框开始闪动起来，远处一片矮木丛的后面有一处被一个圆圈圈了起来，同时眼中又出现一行小字："异常锁定！是否上传图像？确认。取消。"这时特里感觉自己的意识重新回到了大脑，他知道远处的那个地方有着和周围不太一样的阳光，或许是某个人隐藏在看不到的地方，他身上带着一些反射太阳光的东西，造成了那里的光异常。

特里感到了实实在在的紧张和担忧，他取消了上传图像，然后转身开始往前快速走去，眼中仍然是监控模式的方框，仍然是走在虚拟空间里的虚幻的感觉。他开始跑了起来，双脚能感受到地面的撞击，但同时又像是踩在虚无之上。随后他突然停下，再次环视四周，方框里出现一行小字："未发现危险目标，是否启动扫描模式？确认。取消。"他再次启动了扫描模式，但这次却没有任何异常的发现。

他关闭了芯片的监控扫描，恢复了自己所熟悉的正常感知，自己又回到了真实的世界。可这时的世界真的就是真实的吗？他这样问自己。他转身继续向前走去，那种不祥的预感也重新回到他心里。他感觉自己有些喘不上气来。七十岁，自己仍然在人生的中年，但这一刻他觉得自己已经衰老，他觉得这个世界似乎没有太多可以留恋的。他抬起头看向远处的山峦，他看到在不远的地方有一个影子一闪而过，或许是自己的幻觉，或许不是。他直接打开了扫描模式，眼中的方框立刻闪烁起来，不远处红色的圆圈在移动，向自己移动！

特里的心跳骤然加速，眼中出现一行小字："启动自卫模式，由芯片接管身体。确认。取消。"特里犹豫着。"不，我不会让芯片完全接管我。"他这样想着，同时转身开始跑了起来，眼中的那行字也开始闪烁起来，脑中响起了滴滴的警报声。他继续在虚空之中跑着，仍然没有做出选择。他大口地喘着气，脑中的警报声越来越尖锐，方框和那行字都变成了红色在闪烁着。他奔跑着，直到一个沉闷的声音在脑中响起，随后是震动和疼痛，他向前踉跄几步，倒在地上，头颅上又遭到了重击，一下，两下，三下……他感觉到自己的意识在逐渐减弱，离自己越来越远，像是要走入远方一个无比真实的世界。

吴菲看到Z和那只猫走到了那棵树下，Z抚摸了一下树干，那个房间便开始下起雪来。

"爱情是从什么时候消失的？"吴菲问。

Z从树下看向吴菲这边，并没有马上回答，随后他离开了那个房间，雪便在身后停下。Z走向那个楼梯，沿着楼梯拾级而上，走过一半后停下来，转身坐在台阶上，向下看着吴菲。

"我不知道是从什么时候消失的，"他说，"但我了解爱情最蓬勃的那个时代。"

"是什么时候？"吴菲问。

Z从身上拿出一个小金属卡片，在上面点了几下，吴菲看到那片健身区出现了一个巨大的屏幕，上面是各种影像。吴菲从沙发上站起身来，也拾级而上，坐在Z的身边，和Z一起看着那个巨大的屏幕。

"就是那个时代，"Z说道，"在人类历史上，那个时代是人类最疯狂的时代，那个时代的结尾就是我们现在这个时代的起点，那个起点也可以说是无芯片时代的终点。"

"那是个什么样的时代？"吴菲问道，"你知道，没有了芯片，那段历史对我就是个空白。现在还有谁对历史感兴趣？"

"那是人类历史上心灵最自由的时代，但也是人类疯狂的顶峰。"

"那个时代发生了什么？"

Z在手中的卡片上又拨了一下，吴菲看到屏幕上出现了战争的场面。

"两三百年前，人类刚刚意识到不存在一个真实的神主导我们的社会，但人类从来都不知道怎样在自由里生活，也不知道如何与不同的民族和信仰相处。那个时代发生了两次世界大战，人类尝试着不同的社会形态和信仰，人与人之间疯狂地屠杀。与之前不一样的是，那个时代他们开始用一种机械化系统化的方式杀人，那是一个机械屠宰场。那两场战争之后，人们开始反思这种对人的屠杀，但那些反思已经被现在的人们忽视。"Z加重了语气，并看了一眼吴菲，他看到吴菲没有任何反应，继续说道，"在这两场战争里死去的人，比之前的所有战争里死去的人的总和还要多。"

"我不相信，这怎么可能。"

"是真的，似乎只有经历这样的灾难，人类才懂得和平与相互尊重的宝贵。那是一个可怕又疯狂的时代。"

"我不想看这些画面。"吴菲转过头，发现Z正专注地看着屏幕，同时吴菲看到那个女机器人也在望向屏幕。

"我也不想看，"Z说道，随后屏幕上的画面在变化，"战争结束后的一段历史很让我困惑。"

"什么历史让你困惑？"

"第二次世界大战结束后，这几个战胜国分割了世界。"

吴菲看到了一张照片，三个男人并排坐在一起。

"我对这可不感兴趣，你刚才说的是爱情最蓬勃的那个时代。"吴菲说，"你，为什么会向往那个战争的年代？"

Z把那张照片抹掉，随后出现了各种人聚集在一起的图片。

"我当然不会向往战争。我只是想说，战争之后人类开始理解什么是真正的自由，那时科学和科技的发展也让人们有能力去理解真正的自由。人们开始享受自由的思想、艺术，还有爱情。科技拐点是从那个时代开始的。"

"科技拐点？"

"是的，自由带来了各种可能性。随后进入了二十一世纪，人工智能发展起来，很快，人类就被科技包围，所以在历史上人类的心灵自由刚一出现就开始消失了。"

"所以你想回到的那个时代，其实是战争之后的那段很短的时间？"

"那个时代人类还保留着作为人的天性，但那时人们的平均寿命连一百岁都不到，很多人都要忍受疾病的折磨，特别是癌症。那时全世界有一百多个国家，两次世界大战之后，国家之间仍然有小规模的战争，人和人之间仍然在相互残杀，虽然规模越来越小……但在人类历史上，只有那个时代人类作为一个整体有过短暂的自由，那个时代有诗歌，有音乐，有面对面的爱，那是个自由的时代，人的自由和思想的自由。"

"那之前呢？"吴菲问。

"那之前自由只属于少数人，"Z说道，"少数有能力去自由的人。"

"那之后的一百年呢？"吴菲又问道。

"那之后，从二十一世纪初开始，人工智能迅猛发展，一直到现在，那是一个人变成机器的过程。"

"那你想回到一百年前那个时代吗？"吴菲问。

"你问我是否想回到那个时代，不，我只是想把那个时代美好的东西带到现在。"Z说。

吴菲再次转过脸，发现Z正注视着自己，目光里闪烁着一种难以言表的东西。吴菲把身体向后，并用肘撑在后面的台阶上。

"所以你想把人们大脑中的芯片都取出来？"吴菲问，"你想抓住王楚？"

Z没有回答，吴菲继续问道："你抓到他又会怎么样？"

"他和你还说了什么？"Z问。

吴菲想了想，说道："他对我说，于千万人之中遇见你所要遇见的人，于千万年之中，时间的无涯的荒野里，没有早一步，也没有晚一步，刚巧赶上了。①"

吴菲继续看着Z，Z摇了摇头，显然他并不知道这段话的出处，吴菲看到Z把目光投到那片白色的屏幕上。

"他有没有和你说过一种新型芯片？"Z问。

吴菲想了一下，说道："没有。"

"他的芯片里有控制所有人类芯片的最核心的指令和密码。"

"你想改变所有人的芯片的配置？"

"我相信我可以找到一个方法来保护人性，至少我可以阻止他们用芯片控制人类的脚步。"

"他说我有17%的概率是被一个组织派到他身边的。"

"我们在赌博，你所激起的他对你的情感或许可以战胜他对这17%的顾虑。"

"难道没有别的方法了吗？"吴菲问。

---

① 摘自张爱玲的散文作品《爱》。

Z摇了摇头，说道："三年前，我们有过一次尝试。我们准备了整整一年的时间。我们有十多个人，埋伏在一栋郊区小楼里，精确计算了他所有可能逃跑的路线。当时我们知道具备接管身体功能的芯片仅限于极少数人使用，并且自从推出还没有人真正使用过，我们并不知道它的效力有多大，后来我才知道我们远远低估了一个超级芯片人的能力。"

王楚走入那栋被废弃的郊区小楼，他从一开始就不相信会有危险，这只是一次秘密的接触。他看到第一个冲过来的人时拒绝了由芯片接管身体，随后人越来越多，围拢过来，有人拿着棍子和刀，也有人拿着自制手枪。他首先被一根木棍打中肋骨，他听到了骨头断裂的声音从身体内部传到大脑，伴随着剧烈的疼痛。随后他让芯片完全接管了身体，疼痛消失，不仅是疼痛消失，他的自我也消失了，虽然他仍能看到自己的行为，但就像自我被分出来一部分，在一旁冷冷地看着自己的所作所为。

Z没有参与，他躲在暗处看着这场战斗。他看到王楚被打倒在地后突然目光呆滞地站了起来，他的身手变得无比干脆利落，他精确地让那个拿枪的人无法瞄准自己，然后出拳或出腿，每招都致命。Z看到他找到机会，用指尖横扫那个枪手的脖子，鲜血随后喷涌而出。虽然仍然有木棍打在王楚身上，但他好像感觉不到痛，其他人都被王楚的这种冷酷震惊，愣在那里不动，这样静止了几秒钟，他们又重新扑过来，其中一人拿着刀。王楚迅速夺过那人的刀，然后用刀快速把其他人全部杀死，血光四溅。最后他用手臂夹住了最后一个人的脖子，用刀横切，他拎着那人的头颅，站在那里，四周全是尸体。

"它找到了我。"

吴菲看到这句话从那个冷冰冰的人嘴里说出来，那个人身边站着鹰，另一边站着一个形容懦弱呆滞而瘦削的年轻人。吴菲看到自己被捆绑在一个下面带着轮子的椅子上。

"它找到了我，"那人又重复了一遍刚才的话，"我也接纳了它。"

"东西带来了，我的使命完成了。现在的我对你既没有用处又没有危害。"吴菲说。

"你完美地完成了任务，超出我的想象。只是，似乎有些东西失控了。"那人说道，"你的情感像一匹脱缰的野马，你完全被欲望控制，那一点点荷尔蒙的分泌，就让你神魂颠倒。别担心，你回到真正的理性只需要一个小小的芯片。你的世界会重归秩序。"

"不，"吴菲像是要哭出来了，"我要的是自由。"

"自由？"那人重复了一遍这个词，用一成不变的冷冰冰的语气说道，"你只是希望保持你现在的状态而已，人啊，总是抵抗不了本能。我们会给你装一个简单的芯片，刚好可以控制你的情绪，会让你觉得你很自由。等到我们有了自己的量子芯片，我会再次让你成为我的左膀右臂。"

"求求你，不要这样，不要给我装回芯片，我想保持现在的样子。"吴菲开始在束缚自己的绳子里挣扎起来，"让我回到他身边。"

"你没有发现吗？你所爱着的那个人，那个Z，为了他所谓的人的尊严，就让你放弃你的尊严。他这次为了那个美妙的理想牺牲了你，将来就可以牺牲更多的人。人只是一根绳索，系在动物与超人之间——一根悬于深渊之上的绳索。①"

"但我不想成为一台机器。"吴菲说。

"人是自以为不是机器的机器。"那人说，"现在的你并不知道你想成为什么，你被一种原始的愚蠢的冲动控制，你其实连选择的机会都没有。但人总是意识不到这一点，人喜欢相信自己有一个灵魂，喜欢为自己制造一个幻象，在这个幻象中，人们感觉自己可以塑造自己，有些人这一生都意识不到这点，有些人临死前发现了这点。人类的进步完全依赖于那些能跳出这个幻象的人，而现在，人类的进化已经走到了一个极限点，我要让人类超越这个极限。你拒绝，我理解，因为你不知道自己在做什么，②但你没有选择，从来都没有过。"

---

①尼采：《查拉斯图特拉如是说》，杨恒达译，译林出版社，2016。
②摘自《圣经》。

那人转过身，向门口走去，边走边说："你是一个新时代的起点，你想象不出你带回来的芯片会开启一个怎样的未来。我们的当局愚蠢地控制着强人工智能的发展，他们面对一个广阔的未来却畏缩不前。而另外一些人，比如Z，虚妄地维护着所谓的人类的尊严，虽然我和他都没有装芯片，但我以他为耻。当他拥抱着他的机器女佣接吻的时候，我看到了一张埋没在海边沙砾里的面孔①。现在，那个未来已经到来了。万物在场，空无标记。②"

那人挥了挥手："齐昕，把她带走。"那个懦弱呆滞的青年走到吴菲的椅子后面，将吴菲推向另一扇门。

在街道上熙攘的人群之中，Z面无表情地走着，植入脖颈处的芯片向外发射着虚假的信息，让他得以通过一个又一个的监测点。

我爱你，不光是因为你的样子，还因为，和你在一起时我的样子；我爱你，不光是因为你为我而做的事，还因为，为了你，我能做得成的事；我爱你，因为你能唤出我最真的那部分；我爱你，因为你穿过我心灵的旷野，如同阳光透过水晶般容易。③这些话就像河水在Z的大脑中流淌着。

Z仍然行走于人流之中。"我没有想到我为了人类而做的一切，却将人类推向了深渊。"他这样想着，然后突然停住脚步，后面的人撞向他，但他仍然一动不动。他的眼睛看向远方一个虚无的点：我走在命运为我规定的路上，虽然我并不愿意走在这条路上，但是我除了满腔悲愤地走着，别无选择。④

（今天是个值得记忆的日子，我终于拿到了大学录取通知书，狂喜中……）

————————
① 福柯：《词与物：人文知识的考古学》，莫伟民译，上海三联书店，2016。
② 摘自德语诗人保罗·策兰的诗歌作品《夜之断章·晦》。
③ 摘自爱尔兰诗人罗伊·克里夫特的诗歌作品《爱》。
④ 尼采：《查拉斯图特拉如是说》，杨恒达译，译林出版社，2016。

　　在街道上熙攘的人群之中，Z面无表情地走着，植入脖颈处的芯片向外发射着虚假的信息，让他得以通过一个又一个的监测点。